青花痣

QINGHUA ZHI

风飞扬 / 著

重庆出版集团 重庆出版社

图书在版编目(CIP)数据

青花痣/风飞扬著.—重庆:重庆出版社,2020.7
ISBN 978-7-229-14818-8

Ⅰ.①青… Ⅱ.①风… Ⅲ.①散文集—中国—当代 Ⅳ.①I267

中国版本图书馆CIP数据核字(2020)第014937号

青花痣
QINGHUA ZHI
风飞扬 著

责任编辑:李 梅 陈劲杉
责任校对:刘 艳
封面设计:九一设计

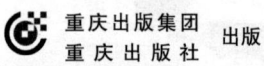

重庆出版集团 出版
重庆出版社
重庆市南岸区南滨路162号1幢 邮政编码:400061 http://www.cqph.com
重庆出版社艺术设计有限公司制版
重庆升光电力印务有限公司印刷
重庆出版集团图书发行有限公司发行
E-MAIL:fxchu@cqph.com 邮购电话:023-61520646
全国新华书店经销

开本:890mm×1240mm 1/32 印张:8.5 字数:250千
2020年12月第1版 2020年12月第1次印刷
ISBN 978-7-229-14818-8
定价:49.80元

如有印装质量问题,请向本集团图书发行有限公司调换:023-61520678

版权所有 侵权必究

目录

1　移竹当窗闲自赏

1　若素·地老天荒

2　就等故事都经过

13　隔尘人远天涯近

24　人间有味是清欢

31　花气袭人欲破禅

38　水墨难描天青色

49	初妆·一意孤行
50	十分清瘦更无诗
57	陪君醉笑三千场
65	杨花厚处春光薄
79	问几处烟火人家
88	狭路相逢本无题

101	出尘·心无挂碍
102	繁华事散逐香尘
109	暗香静燃独映雪
117	醉里吴音相媚好
129	则为你凡尘共度
139	重门花影笑相顾

196	184	175	164	152	151
红尘渡口配低弦	有梦不觉故人远	霜花不落碧云天	清尘收露步飞烟	花媚玉堂水沉烟	苍凉·相忘江湖

245	234	224	215	206	205
不到禅语不知休	平生天涯风染笑	旧时月色映眉山	一树梨花开成海	山有木兮木有枝	醉颜·独赴红尘

移竹当窗闲自赏

风飞扬

情到深处,便是传奇。

风起时,忽而相思,穿越云烟往事,看到的许是你,许是自己,无有不好。

爱好是什么呢?有时候自己也糊涂,说不清,便不难为自己,率性而为,一路随缘。喜欢一切美好的事物,喜欢有着光阴味道和流年记忆的珍藏,就是那份沉默的沧桑,安静的等待,带着前世今生的故事,等待一场驻足凝望的擦肩,在目光相对的那一刻,心里有了柔软的缠绵和不舍。

我走在风里,长发飘散,人生而孤单,转身寂寞,在自己的世界里,有多少人像我一样,有着"拣尽寒枝不肯栖"的清冷,而我更善待这样的遇见。

丰子恺出尘入世走得从容,他说:"有生即有情,有情即有艺术,故艺术非专科,乃人人所本能;艺术无专家,人人皆生知。"

千度以上为瓷,百般锤炼,在世间一立风霜若许年。每每看着它们,泪水便能融化掉隔阂,它多像那个固执的人,用硬朗抵御风尘,不离不弃不改变,要经历多少浩劫才成最终的涅槃。

回忆也是会断的,戛然而止在某个情节下:不寻,它在那里静默;寻,它在那里暖意融融。一路的景色里,它看似已定格无法更改,实则一页一页翻过,承载着数不尽的繁华和孤寂。我用最柔软的心,忘掉疼痛,舍弃杂乱,年华褪去,岁月加身,宁愿在心里把它们化为珠贝,或是花开时的期许,我修筑樊篱来收留,愿如初见,只如初见。

我是红尘里的过客,想问一句,你是为谁守护千古情缘?

它们是岁月的沉香,斑驳的,洞悉的,能穿过光阴,若有若无,有着言之不尽的寂寞,经历高温的烧造,再一点一点凉下来,从此永远冰清。

如情到深处,爱到极致,也一定是含着凉的。

因为惦记,所以不安;因为想念,所以伤感。喜欢远行,转而流连,是因为漫路风烟里,看见了那个熟悉的自己。

而那个自己,必将是孤独的,也正是因为孤独,才让自己可以是自己。让我,只是我。

邱如白说起梅兰芳,说谁毁了他的孤独,谁就毁了中国的京剧。看这部电影,梅兰芳和孟小冬的爱情没有让我流泪,梅兰芳经历的曲折和辉煌也没有让我迷失自己,然而这一句,却让我掩面而泣,珠泪滚滚。

人生有知己如此替他守,纵然不成大家,也已是山长水远几世因果的缘分。说知己难遇,皆因过往之人,常可看到你的悲喜,却看不透你的不悲不喜,所以这一生,长长短短的路,走着走着,就到了路口。

所谓肝胆相照,那一份亮光似火焰,恰如点燃秋天的荒原,熊熊蔓延。千万里跋涉而来,甘愿赴凶险,生死与共性命相陪,也是微笑着并肩。照心照胆,照的是对方心里的自己,只有这个人的懂得是比海还要深的理解,拼了全部的守护,化成高山流水的旋律,这样,便不会丢了世间最真实的自己,且一度春风一度生,轮回不散。

借朗朗的光在岁月里刻上一句念白:因为懂得,所以慈悲。

于我,是那一点忧伤,在安静的生活里绽放,连那份不舍也无法描述得出。

故事都是讲给不知情的人听的吧,而我,只愿当你是那个知情的人。

寒夜细听曲,静拈词,一夕焚香,晨起自吟唱,我用满含慈悲的柔肠,习惯了在这些不经意的时候,情深独赏,独自收藏着红尘琳琅,总有一种不舍,一种恋,既珍惜,又苍茫。只因为,一旦放手,便是此生再也见不到。

所有的创作,都是人生路上的放生,我不参不悟,只行走。

我说,愿世间人,遇见我的文字,而不识我这个人;我说,做永远的朋友,不为相逢。

总是会有这样那样的心思,却分明是临着自己,也许,怕的只是疏离。

只不过一个转身,竟然就沉寂了这些时日。

有些心情，原以为可以积攒，待真的坐下来，一个人，慢慢回忆，却如同装进陶罐里的酒，尘封上了岁月的泥，埋在很深很深的光阴里，还带着桂花的香气，越来越远，远成了一段旋律，可以怀念，可以想起，唯独不愿意再启封。有那些回忆在，过往就永远成不了过去，一时一念，便在眼前了。

　　尘封只需要一个瞬间，开启也许却要用隔世的距离。

　　于是，泡一壶清茶，水流潺潺，透过青花的瓷杯，暖着冰凉的手指。满心的秋意尽敛入这一沉一浮，茶色清淡，浅酌晨昏。这味道，是要回味时才甘，以酬天涯海角的相遇和独赴江湖的过往。

　　未饮已倾城。你也是这般吧。

　　雨停了，还能看见树叶上有雨滴落下来，却不再有敲窗的声音。我凝视苍空，细拆秋心。

　　窗台上燃着香，一点烟灰落下来，完整地，细碎地，无声无息。由它自在，我不收拾，入眼繁华，好像一个天成的卦象，它说什么，我不问，亦不想知。

　　外面寒来暑往，然而心里的四季并不分明，一瞬间花开花谢，一刹那春花秋月。时光如水，记忆似尘，那一册一册的句子，与心事无关，总是那份素雅，映着茂林修竹，转眼暮色成霜。

　　日光散尽，斜阳影里，守着安详的容颜，说不尽的话，便成空。

　　日子越过越薄，却还是不愿意走快。

　　我恋红尘烟火，不舍过眼入心的缘分，心思纤细，盛不下太多，也空不得。

在法师那里看到了惊心的句子,从古人中来,到古人中去,就是结局。

金刚怒目,菩萨低眉,你在红尘陌上,丝路着锦;我在秋天深处,落笔成书。写下来的,已是磐石诺言,桃花情意,那些远牵近念,隔着前世今生,一个人,就此铭记了。

我与文字,共春秋,约永久,用心写成的字,再用心收着。何其有幸,这一种缘分,唯命是从。

韶光无情,我写着红尘往昔,做那抹颜色不一样的风,静雅如瓷,素心似简。为一场相悟,倾杯成序,伏笔情牵,寄予红尘,皆成盟约。

只为途中与你相见。

止水泱泱,纵笔千行,快意里恩仇可消。我执花对镜,相伴一场,不诉离殇。情愿独自凭栏,用素简清凉,把深刻的时光,一个人的流浪,过成可饱满可留白的日常。

情到深处,必将孤独,人生的路,原本就是独自来,再独自走。

懂了,就值了。

若素·地老天荒

是这样苍绿而深情,如一抹轻轻的叹息,又像一片清澈的注视,就这般不动声色地入了心,摇荡的,却是失魂落魄的欢喜。静默在屋檐下,任光阴打磨,看时过境迁,守着这一院疏朗,独赴红尘,萦怀茶香。终不语,只记录下且行且珍惜的过往。它的厚重,一直读到目光生出潮湿,是如此踏实的温暖,无止无息。

就等故事都经过

烽烟散尽,遗落成简。

明月千里,江河浩荡,历史被封在一册一册的书中。我盘膝静坐,檀香缭绕中,抚摸着它的厚重,眉宇间扫过青山远黛,掌心有着说不出来的痕迹蔓延。岁月无情,也多情,动荡的纷乱和诗意的悠然,像深潭里摇碎的月光,有着沁人的冰凉和无意收拾的浅伤。然而一切都会散去,留下来的,是一段又一段的故事,激昂与婉转,不仅仅是为了动听,更是为了生情。

帝王居庙堂,与红尘烟火有了距离,这生活看上去也如戏一般,而一旦入了民间,顿时是活泼的世间凡俗,那戏的大幕拉开,倒像平常人家的生活。

也许戏说的故事太潦草,只是谁在一厢情愿地诉说,然而它就这样流传了下来,经历了打磨,仍不肯圆润光滑。只因为那个贴切的棱角,是生来就有的样子,是奢华人生里的折子戏,这样唱来,你为热闹喝彩,而我,有了寄托。

大明王朝的正德皇帝又名"潇洒帝",这"潇洒"二字来得不糊涂,他贪杯、好色、尚兵、无赖,喜欢玩,而且玩得荒唐。

这要放在别人身上,也无非就是一个不学无术的市井无赖或不知天高地厚的纨绔子弟,可放在他朱厚照身上,就是这个皇帝的不羁。

明朝有名气的皇帝太多,知道他,还是在《游龙戏凤》这出戏里。想起正德帝,一出场就是马连良潇洒地从台上走过,整冠、捋髯、抖袖,气定神闲之态顷刻而出。

我在一个阳光明媚的下午看这一段邂逅,之后对"相遇"这个词,就有那么一时间的解不清。

戏里说得分明,天子出皇宫,不外乎一个理由,访查民情;然而皇帝的心长出了翅膀,千方百计只有一个算计:赶紧摆脱掉跟随的大臣和左右亲兵,像个普通人一样闲逛几处。

他们无一例外有着自信,脱下黄袍放下龙冠,他们有足够的自身魅力去施展那七分风流。

这一天,正德帝游至梅龙镇,为寻景致而来,住在李龙客店。李龙巡街守夜,店里交给妹妹李凤姐照看,一个是自命不凡出身本也不凡的男子,一个是如花似玉青春妙龄的女子,这故事,上演得棋逢对手。

这出戏一定要看,只听是不够的,正德帝击堂木一敲,旁边小锣钹一击,高唤酒保。

里面清清脆脆响响亮亮地应了一声,如门外隔着帘栊藏在枝叶间的黄鹂,鲜亮明媚,让人生出无限遐想。出来的女子也不让人失望,有着三分俏两分娇,和着那一点若隐若现的羞,让人一见就软了心肠。

她端着茶盘,如春风一样走过,放到正德帝面前的桌案上,一只手拿着帕子遮着脸。

闺阁女孩的贵气就是这么与众不同,每一个亮相都隆重得像是粉墨登场,这样比热辣辣的迎面撞上更能艳惊四座。那满堂喝彩是在别人心里发出来的,然而她却能洞晓分明似的,脚步更轻快了些,心思更稳重了些,眼神里的笑意也更多了些。

心里投映了一个自己轻灵的影子,想着转身就是芙蓉池边的窈窕淑女,万千姿态,她是要在自己的情节里走过的。出门之前先抚一下鬓边,不是怕不够美,只怕门外站着她翩若惊鸿的白马少年,在他面前,是怎么美都唯恐不够的。

只为着一场遇见,要有记忆深处的开端。

正德帝用扇子去搭李凤姐手中的帕子。宫中的女子为了自己要斗智争宠,心里带着盔甲,身上恨不得生出刺来。久而久之,原本的那份温柔无奈又可怜地变成了逢场作戏,好似演给皇帝看的,装出来的如水模样也显得虚假,哪像这眼前的人,娇媚婉转皆出天然。

李凤姐一个嗔怪,蛮腰一转,莲步紧迈,要回绣房。两人只对视了一眼,这要命的一眼,眼眸一瞥一转,秋波已含。

皇帝就是皇帝,他并未因这一眼就丢了三魂失了七魄,他决意要戏一戏这凤姐,否则白来民间一趟。

《履园丛话》里有训:"凡事要做则做,若一味因循,大误终身。"

这时候也一样,虽然得有些风险。

他用带子做试探,此一段,两人你来我往,只打手势,且看表情。一切都明明白白地显现着,男的不安分,女的俏伶俐,所以不惧。

正德帝哈哈大笑,好花出在深山内,美女生在小地方。这也真是捡了宝。

男人说来也奇怪,心里没有那个人,她的美就像路边的盆栽,瞥一眼也是她自己进了视线,天天从那门前过,未必能想起她的颜色。可一旦心里存在怜爱,倒要小心翼翼起来,言行举止都得思忖那么几下,不敢再随意放肆,唯恐意中人恼了怒了,不理了。

其实女子又何尝不是如此,只因为对面的人,就是心里暗藏的他。她现下重重心事,慌乱是因为他,甜蜜也是因为他。

他问店主是她什么人,她说是哥哥,问名字,她说叫李龙。正德帝就顺口问道,你叫什么呀。李凤姐极有警觉,说我是没有名字的。

名字不可能没有,至少会有一个闺名。

古代女子的名字就是这样私有,不能被人乱叫,甚至不能被别人知道,要一直好好藏着收着,像酿那坛加了桂花的女儿红一样,非得等命中注定的那个人来,才能写在大红喜气的洒金纸上递过去,连同自己的一生都交付到他手上。

凤姐却不同,她在酒店里当垆卖酒,街坊邻居和经常往来的客官,一定知道她的名字,不可能叫她酒大姐。那份女孩藏名遮脸的娇贵气,也是要有条件才能不显山不露水的。

她不是养在深闺的女孩,当哥哥的夜里能放心地把她留下照看店铺,应对陌生男客,就足以说明她的能力。她是八面玲珑,见多了各色人等的聪慧女子。

男人的心思,她不难猜,所以总觉得,这场戏,明是游龙戏凤,其实更像是凤姐戏了正德帝。

要怪就怪这良夜无端,怎么也挡不住这俏皮美艳的女子,遇见这气度不凡的男子。

朱厚照(以下简称"朱"):哎!人生天地之间,岂能无有名字的道理?你叫什么?

李凤姐(以下简称"李"):名字倒有,说出来怕军爷你叫!

朱:为军的不叫。

李:怎么?军爷不叫?

朱:不叫。

李:我——

朱:怎么?

李:我姓李呀!

朱:我晓得你姓李,叫什么名字?

李:我,我叫李凤姐。

朱:呃!好!好个李凤姐哟哦!哈哈哈!

李:把名字还我!

  这一句"还我",才真是女孩满含娇嗔的恼怒,这恼掩藏的,是那份收不回来的羞。名字一事,平常别人叫便叫了,知便知了,而他刚才这般应承下来不会叫出口,她才肯如此珍重地告知,这里面是含了小小的期待的。希望他能像珍藏倾城之宝一样,深深地记下,而不是这般,毫无道理毫不过脑地随口而出。

  她没有把他当寻常人看待,所以把名字藏起来后又小心地告诉他,他却待她如寻常人,连名字叫出来,也这么寻常。

  她恼,是因为失望。

  那千回百转的心思,别人能看到泪,看到红颜,却不肯为那心,多猜几分。

  好吧,好吧,寻常客官要吃酒,为防他酒醉,这钱还得先收。正正经经的生意,不再说别的客套话,正德帝却耐着性子等机会:要钱有,银子拿去。他就这么把钱托在手里,递了过去。

  男女授受不亲,他这就是不怀好意。

又是一番周折,后来开客堂,仍是一番打打闹闹的调戏。这出戏轻松热闹,戏文通俗简单,不紧张不悲凉,全是喜悦活泼。

李:军爷做事理太差,
不该调戏我们好人家。
朱:好人家歹人家,
不该斜插着海棠花。
扭扭捏捏十分俊雅,
风流就在这朵海棠花。
李:海棠花来海棠花,
倒叫军爷取笑咱。
我这里将花丢地下,
从今后不戴这海棠花!
朱:李凤姐做事差,
不该将花失地下。
为军的将花就忙拾起,
李凤姐,来来来,我与你插——
插上这朵海棠花!

一朵花,订了终身,民间的爱情取法自然,表白之意俯仰可得。明珠十斛是她,题了诗句的旧帕子也是她,什么能表达心意呢?流云会散,沧海桑田,什么都不重要,不过一个牵挂而已。

第二场,更是摆明了凤姐的泼辣娇嗔,亦骂亦狂,全没了初时女孩的羞怯。

她知道这个男人中意她,索性放肆起来,他是她可以欺负的人。

直到正德帝取下头上的飞龙帽,里面的避尘珠照得满室生红,龙袍上身,天子降临。

凤姐不再气势咄咄,想来也是可以理解的:她一个貌美如花的少女,独自面对陌生而且来调戏的男人,不张狂不让他知道厉害,这人间风波,她如何能保得自身平安?

她端端正正地跪在正德帝面前,尊声万岁,开口讨封。

"孤三宫六院俱封过,封你闲游戏耍宫。"

这名号,也只有正德皇帝封得出来。

龙凤呈祥的结局,看得人皆大欢喜。生活里不可得的无奈太多,干脆由这戏里戏外得个解脱。然而我看来看去,这里面从头到尾不见一丝爱情,没有爱情,心归何处呢?

不过是一个天子私访到民间兴致突来的一场艳遇,一个情窦初开的女子酒肆调笑后的偶然。他求一个艳名,她讨一个名分,爱情也许在此刻不重要,重要的是各取所需,两下心安。

这更像是寻个新鲜。天子见惯了礼仪规矩调教出来的名门闺秀,只觉这乡下的花开得更招人喜欢,就像久居闺阁的小姐,来提亲的公子她不看,偏要翻墙跟穷书生奔了去。

这才是一个开始,未来的日子还长远,好吧,我宁愿相信,爱情或许就在下一页。

这个戏剧化的故事,取材于清代吴炽昌的笔记小说《客窗闲话》,既然是闲话,那当然就是演绎。

小说里的故事不及戏台上的好看,正德帝整个一强抢民女的形象,以天子身份要挟凤姐,然而就是这样的开始,爱情却真的就在后面。

正德帝封凤姐为嫔妃,欲携其一起回宫。凤姐推辞不去,正德帝便陪着住在民间,什么皇权,什么龙位,统统不要了。无奈,凤姐只得答应和他一起走,行至居庸关,风雷交作,愈显得关口所凿四大天王怒目威严,似有所警。

凤姐泣曰:"臣妾自知福薄,不能侍宫禁,请帝速回。"

帝曰:"若是,朕忍弃天下,不忍弃爱卿,决不归矣。"

爱情的样子描摹了出来,生死与共,不离不弃。纵君临天下,你只是我一个人的霸王,我只为你一人痴狂。

如此深情,而结局,凤姐只行至这里,便香消玉殒,与君永别。

人间的爱情敌不过生命的消逝,甚至轻易地就败给了时间,或者说败给了命数。说不清因缘有多长,说得清的是,你浩荡的人生路,我只不过陪了这一程。

终究要散场,悲悲切切看上去还不如一场天时地利人和的恰好。总觉得这样的爱情只是债,而真正的爱情,纵然少了一个人,三生石上的句子也一定不是终结。

还有来生可待,我们约定。

起承转合,又一段,在山花烂漫处,春风人面。

李凤姐倒也不是凭空出来的杜撰,她的原型是刘良女,正德帝在太原遇到的一个女子,后来随皇上回宫,被封为嫔妃,人称"刘娘娘"。

《明实录》中有这样的记载,刘良女是太原晋王府乐工杨腾的妻子。正德皇帝游幸山西时,派人到太原索要女乐师,得到了刘良女,喜她色艺俱佳,就从榆林带回了豹房。

豹房是正德帝在宫里吃喝玩乐的地方,顺便处理政事。

9

《稗说》则讲述了另一个版本的爱情故事。刘良女是大同代王府上有名的歌姬,正德帝曾假扮低级军官出入于王府的教坊,因而得以认识刘氏。刘氏慧眼识珠,认定他不是个平常人,就对他另眼相看,于是后来被正德帝记在心上,接回了宫里。

这个有点《游龙戏凤》的影子,只不过刘氏占了主动。隋末的红拂不过是慧眼识英豪,而刘氏眉眼一抬,天下独一无二的人便被她认了出来。

不管是怎样的初相识,历史上的刘良女的确进了宫,而且很得宠。正德帝下江南时,一直把她带在身边,还经常一同出现在臣民面前,并且在南京赏赐寺庙的幡幢上都要写上自己和刘氏的名字,刘氏无疑成了正德帝一生中最爱的女人。

这修来的福分,不是因为他是帝王,而是因为他是她生命里对的那个人。

难怪《游龙戏凤》只需要演得喜气洋洋,历史里的字迹记载得分明,这爱情,深得可感天可动地,不用语。

果然有爱情,否则,如何能幸福地度过这漫长一生。

而一个帝王励精图治也好,享乐昏庸也罢,影响的绝对是一个时期,包括那个时期的文化。

其实正德帝学识渊博,聪明果断,史书上记载他幼时"粹质比冰玉,神采焕发"。出阁读书时,老师授业的内容次日他便可以掩卷背诵,小小的年纪对烦琐的宫廷礼仪了然于胸,趋走迎送毫无稚气和怯意。他是明朝不多见的嫡长子即位,天生的帝王。

人一旦有了天生的标记,就注定有了不安,否则如何就从那天上,到了这劳心劳累的人间。

他不仅精通佛教和梵语,而且对各个宗教都有所研究。他大兴土木建造寺院,自称为"大庆法王西觉道圆明自在大定丰盛佛",并以皇帝和大庆法王的双重名义行天子令。

因而以吉祥八宝的图案和阿拉伯文字作装饰,在正德瓷上极为常见,尤其是阿拉伯文字出现在瓷器上,是正德瓷的一大特点。

相对于永乐、宣德、成化等时期的瓷器,正德瓷显得比较粗糙,一改前期纤细、雅静、素洁的风格,趋向于厚重和粗粝,如风尘仆仆地承载了另一个世界。

后人评价正德帝极具个人主义,我却感觉到了他的无奈,用了一生也没有释然。他想自由行走,有着如风的性格,却被宫墙禁锢,一棵大树可以长至参天,可以遮蔽方圆,就是无法移开脚步。他高高在上看这个世界,能给予的,只是片刻葱茏。

除却这些枷锁,做个俗人,晴耕雨读,也是俗人的幸福。

正德瓷造型十分丰富,大件产品相对多起来,除常见的碗、盘、花瓶、罐、炉、烛台、壶等,绣墩、笔架、多层套盒、花插插屏、石榴形小罐、八方罐等均为正德时期创新的造型。

像要敬天敬地一样,要问一问自己的前程或者来生。

瓷器上的花纹越繁复,他的孤寂越深厚,似是阅尽繁华后的苍茫。

如一封封写成的天书,写给命中注定的自己,写给命运,写给无奈。

谁又知道谁,这一生之中,要这样写过多少回。

它可以留白,但不要诉说得迫不及待。

这件正德青花法轮纹盖罐,器型柔和不娇媚,安放桌畔,可以安稳地守候时光。

盖子如斗笠,一丝不苟,踏实的圆口,沿下有回文装饰。自然的溜肩,短粗颈,自腹至底圆润地内收,浅圈足。颈下及足胫装饰蕉叶纹,腹壁以莲花祥云托起庄严法轮,从民间到佛界,有一份肃穆相伴相盼。

此罐底足施釉,双圈内书"正德年造",是正德民窑断代的标准器。

国外的一个画家说过:"艺术是使人不安的,它只有一个价值,就是,不能被解释。"

打开盖子,是隔世的味道缥缈不散,有一份晕染的温暖,和着淡淡的苍茫,已有了岁月的沁色。

有次吃饭,有人半开玩笑半认真地说:"人类的生命基因有望破解,那样寿命可以到一千岁。"

我脱口而出:"活一千岁,太恐怖了。"

朋友笑着说:"是怕自己已经老得不能再老了,还得再活上几百年吧。"

是吗？不是吗？其实容颜不怕老,怕老的是心。要以苍老的心再活上几百年,还真需要勇气。

若真如此,我倒情愿早一步离去。

于我来说,百年光阴足够,该遗忘的,该珍惜的,能看懂的,还糊涂的,都够了。

此时,我在这里,清冷地,无情地,做你不传世的一段香。

只等故事,马不停蹄地经过。

隔尘人远天涯近

把时空放大,日子周而复始地过,总有类似的情节如烟花,带来一时的璀璨。散去后,周围平静下来,只剩一个人的孤单,还依稀可闻火药燃烧时的味道,一瞬间的怒放,就这样被拉长,长到扯进记忆里,以后,前路的憧憬里有它,回望的不舍里,还是它。

一株野草闲花,也有对着蓝天的梦想,人的一生,到底能承载多少奢望,有了皇权地位,还要求一个现世安稳,岁月静好。

而当这些还要去求的时候,关上院落的门,自我欢娱,一时一梦,尚可抵得过去,日日沉溺,只能到最后连碎片也收拾不起。

史载,李煜"为人仁孝,善属文,工书画,而丰额骈齿,一目重瞳子"。

重瞳,即目有双瞳,历史上的重瞳子只有屈指可数的八个人:造字时天雨粟夜鬼哭的仓颉、隐恶扬善的杰出首领虞舜、缔结秦晋之好制霸中原的晋文公、踏雪乌骓旷古绝今的西楚霸王项羽、横扫西域入主大凉的吕光、威风凛凛能征善战的开隋猛将鱼俱罗、脾气残暴怪异却测字重天意的北齐开国皇帝高洋,还有一个就是李煜。

都是天生的传奇人物。

不想当皇帝的皇帝,他就真的当不了一个好皇帝。

李煜有五个哥哥,他对日后执政南唐没有过丝毫的幻想,也从来都打心底没存过这个欲望。

他向往与世无争的归隐生活,晨起伴着鸟鸣排音律,扫字成词,闲时舞文弄墨,醒时把盏醉里歌,与心爱的女子两不厌,这样过上一生,才是神仙般的逍遥。

可是造化弄人,有注定的富贵荣华,还有躲不开的尘世牵挂,志于山水之间,却洗不掉皇家血脉。他只想做天地间的一个文人雅士,只管自己的眼前就好,连明日当如何都不用太费周折地盘算。可南唐的江山,在他的五个哥哥都亡故后,连原本可即位的侄子也倒在了离皇位仅仅几步之遥的地方,天子之位,非他莫属。

李煜不是一个好皇帝,他"性骄侈,好声色,又喜浮图,为高谈,不恤政事"。

他优柔寡断,不辩政治,而且他接的原本就是个烂摊子——此时的南唐,早已称臣于宋朝,只是还守着这个不稳的国号。千秋的梦是做不得了,连安稳都不可多得,似乎就剩了得过且过。过不下去的时候,就该散了。

李煜是个不折不扣的文人,他才华横溢,精通书法绘画,懂音律,擅长诗词,非寻常人能及。

古人说:"若无花月美人,不愿生此世界。"

自古文人和美人有着不可解的缘分,连书生赶考,路上也要有狐仙为伴,这一路才算得上香艳,这书生的痴才有可落脚的空间。江南贡院毗邻夫子庙,正对着秦淮河的酥软,等放榜的日子可以在这里调风弄月。

文人的词章里总是深情无限,不管是壮志抒怀,还是感念寄托,内心深处总牢牢地守着一个女子清浅的笑容。明朗也好,隐约也罢,也许藏得深,却是艰难苦涩不肯丢。丢了她,就是丢了魂魄,丢了人生欢歌,她是寂寞孤独时,唯一为他亮起的星火。

这痴痴一念最是让人心酸,好似无情无系无牵挂,其实走得越远,沧桑日渐,那个人越深刻。这一生的情,都赋予了她。

他被囚在了帝王位上,却没有错过人生的知己红颜。

暮色如烟,散去几多尘寰,晚钟敲开一池寂寞,多情的芬芳正在上演。无计住花间,再不用高处独茫然,抛开伪装的疲倦,推开宁静的宫门,深深庭院里,有为他守候的缠绵。

就着明珠润泽的光芒,她轻施了薄粉,朱唇细点,一天的红妆,在这个时候,有了摄人心魄的浓艳。她柔情的目光看着他,这个她一心牢系的男子就在眼前,忍不住就这么笑了起来,毫无遮拦。

他看得痴,这个女子是老天补给他的遗憾,让他坐拥天下,依然可以有世间普通男女单纯的情怀。她的指尖扫过琵琶,清歌缓唱,消融了他所有的烦恼,国家大事在龙椅上安置,他在这里煮酒对红颜。

与她含情共饮,不小心滴上罗衣,她"烂嚼红茸,笑向檀郎唾"。

此时,他是陷入爱情的男子,只是她一个人的情郎,可欢可爱,可嬉戏,没有伴君如伴虎,没有机关算尽百般争宠。他是国家的王,她是他的后,他们是最平凡的夫妻,也一样许下誓言,共约了百年。

李煜生有奇表,天资聪颖,在文学艺术的世界里如鸟投林如鱼得水,身为皇子的他,衣食无忧,醉心文墨,再加上添香红袖,日子轻快得让人羡慕。后来为了避免卷入政治斗争,也为了身心皆有一个安定,他精究六经,旁综百氏,通晓音律,工书善画,吟诗填词,就是不谈国事。

这方天地是无期无限的,他醉在里面,把情感和爱恋都倾注于此,根本就没想过志向旁移。

只能说是造化弄人,他不得不成为南唐最后的皇帝,永远要为亡国担那么几分推不掉的责任,然而故国不堪回首的悲怆,让他成了词坛的千古一帝。这个登临的过程,与他深深爱着,痴痴恋着的大周后有着莫大的关系。

他在皇权帝位上被束缚禁锢,却在爱情和词章间得到了寄托和释放。

"娥皇,娥皇。"他喜欢这样唤着她的名字,这个不仅容貌出众,而且才华过人的女子,是在圈起来的深宫中,和他心心相印的妻。

娶她的时候,他还不是皇上,人生里尽是轻松畅快,他们一起看日影月移,谈诗词,论史书,话风月,审音度曲,轻歌曼舞。人间极致的幸福,春风花开,缀满枝头,他以为这样就是一生,哪怕一生原本匆匆。

江南的丝竹伴了那段不沾尘的时光,娥皇琴棋书画样样工,尤擅琵琶,和李煜一起,凭借残谱修订了声闻天下的《霓裳羽衣曲》。

这曲子已失传了二百多年,曾经见证了李隆基和杨玉环那场绵绵无绝期的爱,是盛唐时不可多得的大曲。

娥皇还经常弹起李煜的词调,把款款深情都缔结在曲中低吟浅唱,她不仅仅是李煜生活中的伴侣,也是他艺术上的知己。

唯一个伴字易得,知字难寻。

有这样的人在身边,共一食一饭,一晨一昏,他也不虚度此生,精进的仍是爱情里的语言,她是他填词的激情和动力,情之一脉,伏延千古。

李煜此时的作品,是花间浓艳,开在帝王之家,甚至有些荒诞,绮丽柔靡,愁亦悲欢。

当上皇帝以后,压力骤然放大,赋得新词,胸间的忧闷和哀愁填满了寂寞深院。

人生的过程,得失各半,这是个无法衡量和计算的心之症结,得时淡然,失也不自知;得时艰难,失时痛彻心扉。有人不断地求,却不看身后的失,有的放了手,转头又看见了守候。

人在世间的期限,永远都不能无边无际,然而所有的委屈和坚定,恰恰就来自这无由和无猜。

此时烈火烹油,鲜花着锦,也许一夜寒来,火已烬,花飘落,再一日已是白茫茫大地真干净。

只剩满腹追忆,几多离索。

作为后宫里的女子,她独得了三千宠爱,情深不寿,慧极必伤,这宴席还未尽兴,天意就注定要散场,大周后突患重病,终日在床,脸上再没了妍媚光泽。

红日已高三丈透,香兽里薄烟正缭绕,再没了佳人着锦绣,只有窗边的帷幕随风而皱,步摇在妆台等待,琴弦也孤寂了很久。

这朵摇摇欲坠的花,是李煜心里难以消融的痛,他只有加倍地呵护,衣不解带地朝夕陪侍,亲尝汤药。她因病而形容枯槁,他因劳累和惦记而日渐消瘦,然而这样的时日也并不长久,就是那个秋天,再多的留恋也留不住,大周后的生命在芳华的岁月就走到了尽头。

于李煜,是如同命断,他忘了自己身系家国安危,就要投井殉情,和娥皇再到黄泉做伴。他是有着最朴素情感的世间男子,他失去了挚爱,再不愿独活。

大周后年纪轻轻,国色天香,才华横溢,有享不尽的荣华富贵,还有天子的宠爱加身,却自有命数,到了该离开的时候,怎么也留不住,

17

这到了望乡台也放不下的眷恋,该带了多少怨恨呢。

可是,再给她一点时间,也注定不会是善终的结局,杨玉环魂丧马嵬坡,倒不如她,短短的一生,至少享尽恩宠。

这还不算完,李煜为她不惜笔墨深情,他制诔词千言,他倚杖立秋风,极尽酸楚。那个女子的身影,一颦一笑一回眸,就在他的诗词里,丝毫不逊色于生平。

情逝茫茫,却也不是爱情的末路,在大周后病重时,她的妹妹进宫来陪伴侍奉姐姐,这个和大周后有着同样血脉的女子,因为年轻而更显得活泼。李煜在面对爱人生命的无度消耗时,看见如此朝气青春的影子,说是调剂或者逃避,似乎有找借口的嫌疑,说他见异思迁,后面寻死觅活的专情又成了做出来的戏。

李煜对大周后的感情,应当是毋庸置疑的,只是在她人生最后的阶段,如此深厚的感情能快速地被另一个女子取代,说到底,娥皇还是有怨的。据说大周后就是因为知道了这件事,才在生命垂危尚挣扎时,愤而离世。

几年后,宋军攻破了南京城,李煜亲自烧毁了《霓裳羽衣曲》,那份爱在他仓皇流离,性命尚有可能不保时,仍然在他心里占有最重要的位置。宁可毁了这曲子,对不起这缘分,也不想有她气息的珍藏,落入他人手上。

时至那一日,娥皇该放下心里的那份怨了,她最该知道这里面的深意,用她的叹息,换他此后深深的惦记,他们在世时是夫妻,失了一个,仍是跨越生死的知己。

娥皇逝后,身边人等自然不能看着他殉情,这是人生的一个坎,一重痛,不管能不能承受,纵然成顽疾,也得一步一步走下去。

娥皇的妹妹被称为小周后,她也是蕙质兰心,知书达理,而且神采容颜较大周后更胜一筹,李煜的风流倜傥又有了落墨的地方,他的才情也有了更好的发挥。

娥皇的离去,对李煜不是没有影响的。我读他的文字,还是能够感觉得到他的情怀有了改变,不再是以前的众花盛放,闺阁香飘。有了一个鲜活生命的离去为祭奠,他看到了世事无常,太多的风云变幻前,帝王甚至不如一个普通的百姓,他有深深的无助和茫然。

看不透,便逃离,他不理江山,独对美人。其实在音律歌舞和书画诗词上,小周后远不及她的姐姐,她多少还是沾了姐姐的光,才能得这个英俊帝王的专宠。

李煜和小周后耳鬓厮磨,有一日的良辰就度一时的快活,六宫粉黛是摆设,他只要这个能和他贴着肺腑的人。

更确切地说,小周后,是李煜打发宫中时日,躲避桎梏枷锁,游戏人生的伴。

小周后偏爱绿色,素喜以青碧色着妆,盘高髻,点红唇,行走时裙裾飘扬,逸雅韵成,飘飘然有出尘的气质。

有一次,宫女把染成碧色的绢晒在苑内,夜间忘了收,被露水沾湿,未料第二天一看,颜色却分外鲜明,李煜与小周后见了,也觉得出奇的好,因此给此种颜色的绢取名"天水碧"。

小周后好焚香,而且喜欢自己动手设计制作焚香的器具。每天垂帘焚香,满殿芬芳,但在安寝时,为防失火,帐中不能用香,她就想了一个一般人还真想不到的办法。用鹅梨蒸沉香,置于帐中,沾着人的汗气,所生之香,便变成一股甜香,其味沁人肺腑,令人心醉,小周后给它取了一个名,叫"帐中香"。文献和香谱里都有对这种香的记载。

李煜和小周后极尽其能,玩得不亦乐乎。他们从文学艺术转到了日常饮食,李煜将外夷所出产的芳香食品,通通汇集起来,烹炸煎制做成美食,多至九十二种。李煜对于每种肴馔,亲自题名,刊入食谱,命御厨备下盛筵,召宗室大臣入宫赴筵,名叫"内香筵"。

李煜将茶油花制成花饼,大小形状各异,令宫嫔淡妆素服,缕金于面,用花饼施于额上,名为"北苑妆"。

妃嫔宫人,自李煜创了北苑妆以后,一个个去了浓妆艳饰,都穿了缟衣素裳。鬓列金饰,额施花饼,行走起来,衣袂飘扬,远远望去,好似广寒仙子一般,别具风韵。

从唐之缤纷琳琅,到宋时淡雅清妆,李煜此举算是开了气象。

然而李煜的生活却是奢侈至极,他用绫罗绸缎做成月宫天河,平时宫中以宝珠照明。

也是在李煜的时代,有了女子缠足的第一人,正是李煜的妃子窅娘,李煜专门为她定做了纯金的莲花,周围镶满珠宝翠玉,供窅娘在上面盘旋起舞。

此时的李煜纵然如此欢歌游戏,仍然越来越深地感觉到命运的重压,他在哀愁中挣扎。他此时的词句多是胸臆孤零,他借酒浇愁,恨无别途,这条路如此走下去,是他能预料的不堪回首。

别来春半,触目柔肠断。砌下落梅如雪乱,拂了一身还满。

雁来音信无凭,路遥归梦难成。离恨恰如春草,更行更远还生。

天下合久必分,分久必合,成者为王,败者为寇。他在宫廷享乐,宋朝的大军已兵临城下。

卧榻之旁,岂能任他人酣睡。

偏安一隅的日子也过到了尽头,国破山河在,却不是他的曾经。他被押往汴京,给了一个可笑的封号——违命侯。

那是一个冬天,江南的冬天也寒得彻骨,他这一去再也没有回来的可能。他当了俘虏,内心里愁肠百转,正是这百般无奈伴着他,异乡的日子一点点化解,登上了词坛的巅峰。

他也不是个合格的囚徒,不知道寄人篱下的日子,也仍然还是那个放纵的人。他不会曲意俯首,唯唯奉承,他还是那个自己,以为关上了门就不再被关注,一支笔,闲弄文墨,失去了自由,还有亡国的痛,这些加诸他身上的悲情,都融进了词中,伴随着栏杆拍遍,楼头兴叹。

国家不幸诗家幸,到这个时候,他与词有了双双成就。他此时的词作,凄凉悲壮,意蕴深远,绝非此前在金陵时可以比拟,一跃而成为词史上承前启后的宗师。

王国维在《人间词话》里说:"词至李后主而眼界始大,感慨遂深,遂变伶工之词而为士大夫之词。"

李煜传世的作品仅仅三十多首,却首首是奇葩,如今我们读起来,词人的情怀还可以触摸得到。

还是习惯了称他著名词人李煜,而不是南唐后主李重光,他做皇帝太辛苦,而诗词也无法把他拯救。早年不可能因为词而保住国家,现在却因为词而早早丧了命。

李煜在他生日那天,填了一首空前绝后的词——《虞美人》。

21

春花秋月何时了,往事知多少。小楼昨夜又东风,故国不堪回首月明中。

　　雕栏玉砌应犹在,只是朱颜改。问君能有几多愁,恰似一江春水向东流。

　　他的故国之思让人惊心动魄,也给了赵光义一个除去他的冠冕堂皇的理由。当晚宋太宗命人给他送去牵机药,这天是李煜的生日,也是一个浪漫的日子——七夕节。

　　李煜死后被葬在洛阳,只能远远地向南望。

　　他是宋时月色里,最孤凉的那抹箫声,音符飘散在旷野,恨不能收。他与这尘缘谁欠了谁,不用说,也不用问。每个人的生命都匆匆,来路长长可回首,前途漫漫不可期,繁华落后,只剩青苔满墙。

　　我去南京的时候,正在初秋,微雨淋淋,晚上的秦淮河有种迷离的感伤。我想着烟波画舫,鬓影丝弦,我把记忆停在这,再多的斑驳也不敢揣摩。

　　半步也是多,在那么近的地方,我不敢想他。

　　他登临的,是千古词帝。

　　他也像是一个瓷器,苍天专为皇家打造,却不是为称王而来。给了荣华富贵,也给了生离死别,给了皇权地位,也给了屈辱磨难。他波澜起伏的一生,连自己都是茫然凄迷,含恨而去,却留下万古词句。

　　那一夜,他的笔掷在龙纹的笔洗里,水墨洇开,丝丝缕缕地渗透,不是大片大片的侵略,而是温柔地侵蚀,让人痛不能持。

　　那是宋代的官窑,他还来不及把玩。釉色青翠如玉,釉面布满冰裂纹,如一颗零碎无法收拾起来的心,紫口铁足,是化不开的凭证,恰似他,不得不来的尘世。

总觉得自己与这红尘是隔了什么的,不管在什么场合,习惯了不动声色,好像自己是无法融入的旁观者,面上悲喜,或者准确地说是把情绪都放在了心里,不肯表现出来。再热闹的话题也是静静地听着,只微笑或者沉思,很少插言。

总有一种错觉,好像跟面前的人隔着时空,我在很远很远的地方,我只是在听,在看,我可以理解得很明白,可却没有办法传递,包括跟很好的朋友在一起,也时常会有这样的感觉。

有时候,害怕这种错觉。

错觉浮上来时,心里很悲凉。

已是春衫薄的日子,再转眼,该是夏日衣衫。

光阴旧了,记忆如风,那方笔洗里,应该能呵护出水莲。

人间有味是清欢

林语堂说,爱上一个人,就是爱上一个伤口。

换句话说,林黛玉不焚稿她叫什么林黛玉啊。

我的书架上摆着很多的瓷杯,大大小小,颜色不同,样子不同,来自不同的地方不同的时候,零散在一排排的书前,有的簇拥,有的隔离,也不觉得乱,反而看着它们时,总有一种宁静,这是一种内心深处的感受。

它们归结在一起,叫慈悲。

都是红尘里不期而遇的偶然,有些我都忘了来自于哪里,就是陌路相逢,看见了,心里生出温暖。于是买下带回来,在离我心最近的地方,埋下一个伏笔。晨钟暮鼓轮回而过,总要借一个方式,用淡雅的真实,度一段明净的年华。

想起时,也用不同的杯子喝不同的茶,没有定数。更多的时光,它们只守在那里,与我咫尺遥望。那个小小的白瓷杯里放着深秋我从楼下捡来的夜来香花籽;有红莲图案的杯子里插着两支银簪;湖水蓝的杯子里收着朋友为我做的项圈;缠枝莲的青花瓷杯里是枯黄的落叶,叶子的脉络还都清晰可见;还有黑釉的杯子里是我的白色菩提珠串。

岁月难得沉默,时光住处,缘起性空。彼岸经年,碎光阴,暗香独落,生长空灵,为欢喜世界温一盏酽茶相候。寂寞禅心在,溢出一些空茫,念起即觉,逢缘即转,茶烟里开出菩提,我们才懂得了孤寂。

与心同住,余味清欢,案头水流叶落,心里山水纵横,归去,明月清风。

杯子,一辈子。

电影《霸王别姬》里,程蝶衣发着狠说:"不行!说的是一辈子!差一年,一个月,一天,一个时辰,都不算一辈子!"

他不疯魔,不成活。他不知道自己是谁,霸王是假,虞姬是真,戏一落,霸王卸了妆,世上哪有霸王,虞姬怎么演,最后都得一死。虞姬在他面前死了一回又一回,每一次都是为了他,每一次就是一个轮回,一场一场演下来,三生石上都写不够。

张国荣演活了虞姬,演痴了蝶衣,满眼绝望。

凉风有信,秋月无边。

睇我思娇情绪好比度日如年,记得青楼邂逅个晚中秋夜,共你并肩携手拜月婵娟,我亦记不尽许多情与义,总系缠绵相爱,又复相怜。

十二少:3811,老地方等你。如花。

那时候的她,人在楼上,顾盼生辉,头牌高挂,如梦如幻,若即若离。

他送她西洋大床,也愿老死于温柔乡,为她离家出走,学戏寻生路。

他们约好了,黄泉路,奈何桥,今生相爱,所以再一起去来生。

如花幽幽地叹,我并没有做正室夫人的美梦,我只求埋街食井水,屈居为妾,有什么相干?名分而已。

名分是不相干,怨却不能散,如花坚持不喝孟婆汤,黄泉路上苦苦等候五十三年。一个女鬼,宁可牺牲来世七年的阳寿,换取七天的还阳时间,为的是找十二少,问一句,我在等你,你为什么失约。

她还是青春容貌,他已是残烛之年,她终于可以说,我不想再等了。

最后的曲子响起来,当爱已成往事,到这一刻,才算死了心。

亦存抱柱心,洪波耐今古。

莫从桥下过,恐忆少年侣。

这个少年,叫尾生。春秋时期鲁国人,与孔子同乡。

他们家后来迁到梁,尾生在那里认识了一个美丽的姑娘。姑娘也喜欢他,两人一见钟情,已私订终身,人生的路,非彼此不能同行。原是一份乡邻间的好姻缘,他们憧憬着男耕女织的简单生活,可是就这么简单,他们也望之艰难。

女子的家人不同意,嫌弃尾生家里贫寒,担心女儿嫁过去会吃苦受累一辈子。依他们所言,女子的容颜就是一笔世间无法估量的丰资,能不能进达官贵族的家庭不敢说,但是换得一生衣食无忧还是有望的。

没办法,他们爱得浓烈,于是相约私奔,大不了再回鲁国老家去,把老宅子收拾一下就可安家。虽然旧,但是可挡风雨,他们还年轻,以后的日子会越来越好。他种地,院子里养一群鸡,往来东西他也懂了点贸易,闲时经商做个小生意,再生几个孩子,一切都会好起来,这是他们看得见的远方和幸福。

他也想过,是不是该放了她,让她去过更好的日子。可是大户人家规矩多,感情少,钱财无数,人也不专心,与其她锦衣玉食不快乐,远不如和他一起放归田野。

他们原本就是朴素的人家,只存朴素的愿望,心里是不灭的爱,正升腾着。

他们约在村边的木桥下会合,然后乘船离开。按照约定的时间,尾生早早来到这里等候,这晚的天气并不好,无星无月,漆黑一片,但这对他们的私奔来说却是个再好不过的时机。尾生背着简单的包袱,里面装着换洗的衣服和他积攒下来的全部银两,还有一只手镯,被他放在胸口,贴着心跳。

这一走,对他来说是幸福的开始,对那个姑娘来说,首先面对的却是放下。

放下疼爱她的爹娘,放下一个温馨的家,放下相亲相爱的兄弟姐妹,放下女孩子所有美丽的幻想。

从此,她不但把心给了他,还有她的未来,她的一辈子,都给了他。

所以,这个镯子,是尾生送给她的承诺。

时间一点点过去,远远地还能听见村里的更声,尾生四顾茫茫,说好的时辰已经过了,却总也不见爱人到来的身影。忽然狂风大作,暴雨如倾,河水借雨势不断上涨,并引发了山洪,河水裹挟着泥沙滚滚而至。

尾生只得抱着桥柱,艰难地等在那里,此时,仍然不见她的到来。

城外桥下,不见不散。

想着这样的约定,他誓死不离。

天将明,暴雨下,姑娘跌跌撞撞地赶来,河水已退,尾生早已没有了呼吸,仍然是抱着柱子,紧紧地,像抱着坚定的誓言,像抱着生命里最后的忠贞。

姑娘抱着他的尸体号啕大哭,她不是故意来晚的,一想着就要离开家,也许是永远回不来,她默默地把家收拾好,把她的东西整理好,一一分了类,留给爹娘和弟妹。她的反常还是让父亲有了察觉,锁上家门不许她外出,她想尽了办法才在暴雨后逃了出来。

这一迟,就是阴阳两隔断,尾生等了一晚没有等到她,他一定还会等在黄泉,于是姑娘转身投入河中,再也没有上来。

"尾生与女子期于梁下。女子不来,水至不去。尾生抱柱而死。"

《史记·苏秦列传》中留下了这样的话,他是历史上有记载的,第一个为情而死的人。

《绯闻女孩》里有句台词:"有时命运把两个恋人拉到一起,只是为了把他们分开。"

信前世今生,信轮回里不灭的印迹,信缘分的深深浅浅。红尘万端缘由,总有些许无奈,信了缘分的聚,还要信缘分的散。

原本命运就没许诺给你的爱情一个天长地久,我看得默默无言。

然而仍欣慰,这世上就有这么一个人,他宁可死,也绝不对你食言。

殉情,似乎只是痛到极处的一个反应,不这样不足以说深情。

然而情到底有多深,生命不是唯一的衡量,比死更拼命的,是他在,爱在,天翻地覆断不了,沧海桑田,全是漫长的等待。

张爱玲高傲,世间少有人能被她称赞,但是她的笔下有一个最精致最智慧的女子,那就是她的姑姑张茂渊。在张爱玲的一生中,姑姑也是对她影响很大的一个人。张茂渊是学富五车的留学生,回来后做着高薪的工作,还有丰厚的遗产,原本就是贵族出身,气质不凡,然而二十五岁的她在去英国的轮船上认识了李开弟,并与这个已有婚约的男子一见钟情。

于是,她开始了五十二年的漫长等待,并与李开弟一起照顾他年华憔悴的妻子,十几天衣不解带,尽心尽力。直到李开弟的妻子去世后,七十八岁的她出嫁做了他的新娘。

这是她的初恋。

又过了十三年,张茂渊毫无遗憾地离开了尘世。

我看着张茂渊和李开弟晚年的照片,他们历尽风霜的面容上都是安详,反而是我泪眼婆娑。这半个多世纪的荒凉,其实她过得度日如年,却坚信这一生,没有错过相逢,就一定会有结果。经年累月的等待,不过只是考验。

她的柜子里有一块派不上用场的霞帔,怎么搭配都不合适,张茂渊曾无奈地叹气说,看着这块霞帔,使人觉得生命没有意义。

其实是心里的酸涩泛上来,会有一瞬间的迷茫困惑,等待耗的全是自己的感情,而等待本身太无情,谁都不知道能不能战胜得过。那是分秒如临西风,总觉得熬过去就是春暖花开,却不是单纯看着日历就能让冬天散场。

她曾经说和一个年老的朋友在一起,总觉得生命太长了。

其实是艰辛太长。

好在她等到了,等到了幸福,而不是下一世的约定,是这一生可以微笑的相守。岁月留在心上的,总有细细的纹,她用不舍时日的灌溉,将它润上了一层光泽的釉。

这样的爱情里,有细细的碎,浅浅的伤,组成清晰的纹路。像璇玑图一样,只有你懂,只通向一个地方,却修炼得风情曳地,千年的光阴悠悠而过,终成珍宝,是徘徊不散的君恩,终于许了。

冰裂纹，又叫断纹瓷，是青瓷哥窑中的开片纹之一，是古代的一个极致顶级开片品种，素有"哥窑品格，纹取冰裂为上"的美誉。可惜的是，烧制冰裂纹的工艺在宋代后失传了。

冰裂纹的美，美在心碎还不舍，美在伤心还盛开。

值得欣慰的是，十年前，这一技艺被工艺美术大师研制了出来，近年来市场上已可常见。

若有一天缘尽了，就让它如烟；若有一天爱碎了，就让它如冰裂。

再相逢，至少还是有迹可循的线。

雪在化，窗外滴滴答答，屋内温暖，有热气袅袅的茶，我坐在阳光里，安静地绣着莲花。

我的冰裂纹的瓷杯里，始终空着。

花气袭人欲破禅

康熙时,有五彩十二花神杯,曾让我几次流连。

这些瓷杯是以十二只为一套,每只杯代表一年十二个月中的一个月,其上分别绘一种应时花卉,并配以颜色平稳、呈色淡雅清秀的釉下青花诗文,而且每首诗后均有一方形篆书"赏"字印。

康熙五彩的主要色料有红、黄、绿、蓝、黑、紫、金等,施在白瓷的底子上,不惊不扰。彩虽薄,但鲜艳与淡雅两不误,釉面细腻,洁净无瑕。

这套杯子是实用器,闲暇时用来喝茶,湖光山色,秋月春花,你意在哪里,哪里就有一个它陪着;豪爽起来也可以用来喝酒,醉不醉则全看性情,至于是遇见意中人共饮,还是自己独酌,全凭天意。

它更像是艺术品,是摆在博古架上汇聚风雅的。我总觉得它该是月份牌子,看看每个月轮了谁当差,谁就气定神闲地踱步出来。日子过得风生水起,光阴岁月不理妆,妆却映着花容。

十二花神因为南北方节气的差异而稍有不同。江南的习惯说法是:正月梅花神寿阳公主,二月杏花神杨玉环,三月桃花神息夫人,四月牡丹花神丽娟,五月石榴花神卫氏,六月荷花神西施,七月葵花神李夫人,八月桂花神徐惠,九月菊花神左贵嫔,十月芙蓉花神花蕊夫人,十一月茶花神王昭君,十二月水仙花神洛神。都是历史上的明艳女子的化身。

人们总是愿意这样期待,美人是不会离红尘太远的,即便生命已终了,芳魂也一定会留下,寄身于一朵花的清凉或妩媚,再修炼成人间的绽放。

其实只是因为不舍,少了那些传奇,天地之间该多寂寞,仿佛鸟也没处鸣了,月也无处映了,还有那份怜香惜玉的心,竟然也要冷却了。要不就是怕天上太冷落,美人是要有人懂得欣赏才分外娇艳的,国色的容颜也得对着那个国,否则你看,嫦娥的广寒宫里全是幽怨,偏偏对吴刚还不能言明。

此套康熙五彩十二花神杯却是沿用了北方的习惯,分别以水仙、玉兰、桃花、牡丹、石榴、荷莲、兰草、桂花、菊花、芙蓉、月季和梅花为主题,画意工巧,书体纤秀,将诗、书、画、印结合起来装饰瓷器,风格新颖,极具文人雅士之风,素来被视为康熙朝官窑瓷器之名品。

让人耐人寻味的是杯子上的诗句,几乎都是出自唐朝诗人之手,然而又不是广为天下熟知的句子,也称不上绝艳,初读来总觉得有几分生疏,与花对应得不太鲜明,总得要想上些时候,才能触到那丝缥缈的妙处。

恍然大悟之后还得再思忖半晌,生怕遗漏了什么隐情。

不知道当时负责设计的人是动了什么心思,不肯道得分明,留下了几分含蓄在其中,让人解不开,也放不下。

一月:金英翠萼带春寒,黄色花中有几般。
二月:清香和宿雨,佳色出晴烟。
三月:风花新社燕,时节旧春农。
四月:晓艳远分金掌露,暮香深惹玉堂风。

五月:露色珠帘映,香风粉壁遮。

六月:根是泥中玉,心承露下珠。

七月:广殿清香发,高台远吹吟。

八月:枝生无限月,花满自然秋。

九月:千载白衣酒,一生青女香。

十月:不随千种尽,独放一年红。

十一月:素艳雪凝树,清香风满枝。

十二月:春风弄玉来清画,夜月凌波上大堤。

总觉得这些诗句是故意选的,绝非偶然,更不是抱着厚厚的《全唐诗》随手一翻,丢一个铜钱,落到哪个,哪个就算被天命做了钦点。

花神的杯子,尘外的诗,到底与这红尘无法相亲,不似这些扎根田野间的花,让人可以去寻找,也可以亲近。

从春到冬数过去,好听的花名,在那丫鬟的俏皮里。

这一年四季十二月,听我表表十月花名:
正月里无有花儿采,唯有这迎春花儿开。
我有心采上一朵头上戴,猛想起水仙花开似雪白。
二月里,龙抬头,三姐梳妆上彩楼。
王孙公子千千万,打中了平贵是红绣球。
三月里,是清明,人面桃花相映红。
人面不知何处去,桃花依旧笑春风。
四月里,麦梢黄,刺儿梅开花长存路旁。
木香开花在凉亭上,蔷薇开花朵朵香。

>五月五正端阳,石榴花开红满堂。
>
>小姐苦把郎君盼,相公你,相公你快快到兰房。

简直是放肆了,这丫鬟梅英的报花名,是说给小姐听的,小姐在旁边意正阑珊,她却句句打趣。

小姐择婿在心中,不能学那三姐没来由地抛绣球,当上娘娘也没享了福。可这就是缘分,绣球也不是随便扔的,冥冥之中姻缘早定,否则为什么不是旁人接,否则这十八年为何为他苦守。

三月清风分外明,吹得桃红柳绿正生动,偏偏人面更比桃花有情。那个人呢,一旦错过,再去哪里寻相逢。

四月就是花开满园,春色耐不住,刺梅在路边等,木香花攀上了凉亭,蔷薇花开香飘四处,一枝红杏早就出了墙头,哪有一个安分的。

五月端阳过,石榴裙上了妆容,小姐正薄怒,等相公快快到兰房。

小姐心里的不快也散了去,她不是低眉顺目的女子,心里有自己的刚强和坚定,虽然现在大局还未定,但是心里有了念,即便风雨来也不怕了。

梅英故意来逗,她也不恼,凤凰亭里坐得安然,抿着嘴笑。有那么多前人的笔墨作例子,虽说爱情各有各的样,但终不过拼一个姻缘定数,然后安然在时光流逝的生活里,过那一饭一蔬。

>六月里,是伏天,主仆池边赏白莲。
>
>身处泥中质洁净,亭亭玉立在水间。
>
>七月里,七月七,牛郎织女会佳期。
>
>喜鹊搭桥银河上,朝阳展翅比高低。

八月里,是中秋,桂花飘香阵悠悠。

嫦娥不愿在寒宫守,下凡人间把幸福求。

九月里,九重阳,小姐登高假山上。

枝黄叶落西风紧,五色傲菊抗严霜。

小姐要登高,也只能在自家院子里做做样子。能登上个假山看远点就不错了,高墙之外都是陌生,南北西东,还要从那风里辨。

自古深闺的凄凉就在其中了,有那个心,盛着那份情,却不一定能应着良时的景。

莲花高洁,最后瘦成莲蓬,心里都是苦。牛郎织女隔银河遥望,桂花却不归,嫦娥下凡离广寒,九月菊花开得傲,也还是让人怜。

要说这花,还是开在春天好,一日一时都是明媚,落也落个大地回暖,香上美人腮边。

秋天开过的,忒是有那份凄凉化不开。

小姐也面有隐忧,外面那个卖水的人呢?怎么还不来。

十月里,是寒天,孟姜女送衣到长城边。

千里寻夫泪满面,冬青花开叶儿鲜。

十一腊月没有花采,唯有这松柏实可摘。

陈杏元和番边关外,雪里冻出腊梅花儿开。

花是一天少过了一天,最后只剩了常青松柏,可这关那孟姜女什么事。陈杏元和番去了北国,路迢迢,情漫漫,小姐,急不得,还得再等等,反正回了房间,你也是坐立难安。

这是宋时的天下,小姐黄桂英是礼部侍郎黄璋的千金,自幼与兵部侍郎李授的儿子李彦贵有了婚约。谁知后来李家被人诬陷,李侍郎入了狱,家人全部寄居庙堂,眼看这李氏一门没了前途,性命也有可能受牵连,为了女儿着想,黄大人想退了这门婚事。

桂英小姐这名字起得好,和后来戏台上的女将穆桂英同名。穆桂英也艳绝,她座下桃花马,手中梨花枪,别说敌不敌得过,打个照面,哪个可比?

故事里的桂英挂帅征西夏,园子里的桂英几次与父亲对抗,她仰慕李家上下忠良,决不毁婚。

黄家的小姐每日闷坐绣楼,李家的公子穿街过巷去卖水,仗义的梅英拉小姐来后园赏花破孤闷。其实是梅英约了李彦贵,终身大事还得他们两个自己合计,怎么也得商量一下,下一步该是个怎么走法。

这花名都报完了,怎么外面还是没有动静。

哎呀,这花可多着呢,外面的不好,有开就有凋,开时让人喜,凋时惹人愁,四季的花数完了,咱还有闺房里的,这花可好,这花是天天对着美人的。

清早起来什么镜子照?梳一个油头什么花香?
脸上擦的是什么花粉?口点的胭脂是什么花红?
清早起来菱花镜子照,梳一个油头桂花香,
脸上擦的桃花粉,口点的胭脂杏花红。
什么花姐?什么花郎?什么花的帐子?什么花的床?
什么花的枕头床上放?什么花的褥子铺满床?
红花姐,绿花郎。干枝梅的帐子、象牙花的床,鸳鸯花的枕头床上放,木槿花的褥子铺满床!

　　真是俏呀,深园里度芳菲,也是这般有情有趣,不用看结局,也知道一定是圆满快乐,过程里有这些花开不败的信心,再曲折再坎坷,也一定过得去。

　　瓷器上的日月流转,花开得寂寞,屋檐下的琐碎,长久的,是生命的流淌。

　　"年年岁岁花相似,岁岁年年人不同",仿佛人怕岁月流逝,而花不会,一度春风来,花又欣欣然然地盛开。其实人生也如此,赶一个花期,收藏几丝牵挂,这样,已经很好了。

　　有些事注定成为故事,有些人注定成为故人。

　　行行走,走行行,来到人生这一程,是长亭更短亭。高墙外,还真的就有了卖水声。

水墨难描天青色

历史可以从任何一页读起,翻开往事里的那一章,依然是花开百媚,慷慨激昂,然而轻轻翻过,转瞬就随风而逝了。

这是一个比诗画更有韵味的朝代,面对着这些足以让人把心事放下的美好艺术,我在一首词的浅唱里感受着那份隔着烟火,却又真切得能洞悉一切的温良和沉醉。一曲度来,我在红尘之外,看世事苍茫,情深永在,拂过那一点清凉,连心里都空灵了。回忆远不可及,我触到的,不是脑海里的记忆,而是面对这沁骨的沉默,无以为泪。

方文山先生的《青花瓷》,缤纷着轻描细画的打磨,千年的窑火已灭,今生的相随才开始。

宋词惹得天下风流,或豪放如江边激流,或婉约似月下箫声,吟唱得今人都恨不得奔了那时去做西湖边的一棵柳。

宋时的画作进了宫廷,从意而取,要一个妙不可言的态度。宋时的夜色不寂寞,歌舞馆楼,风情曳地,衣香鬓影地待醉笑三万场的知己来酬。宋时的酒香得透了天,人人能饮,醉了,是我看你时,明媚的睛。

宋时的瓷器,素雅、干净、冰清玉洁,把那些繁华飘零都散去,把千古传奇刻在心里,一别就是数个春秋。它修炼成了秘密,我遇见了,波澜不惊。

说起来很是遥远,遥远到在时光的轮回里久久回望,还是穿着白衣抱着书本上初中的年纪,走路无声,言语不多,笑容里有着羞涩。那时的天总是蓝的,偶尔的雨也是欢喜,可以站在窗口一直看下去,忧伤似是天成,惆怅又是惊心的。

课余看武侠,忘了是从谁手里借来的书,可以让青春年少的日子变得辽阔丰盈。看金庸的《笑傲江湖》,祖千秋对令狐冲说:"饮这绍兴状元红须用古瓷杯,最好是北宋瓷杯,南宋瓷杯勉强可用,但已有衰败气象。"

那时候对酒不敏感,但里面提到的瓷杯却记在了心里,时不时就想了起来。

后来在书店里看到过一本关于瓷器的画册,封面上是一个青色的莲花碗,器型脱俗雅洁,颜色润泽多情,线条温柔婉转。它的美,像是隔着云纱的女子,有着绝世的性情和超然的风骨。

小城的书店一贯冷清,陈列的书也像是摆设,让人不好意思站在那里看太久,尤其是这种彩版的书,我身后会传来老板不容商量的声音:"这书是不让这么看的。"

现在好了,在书店,在书屋,在图书馆,我可以一待就是一天,哪怕是站着也不觉得累,谁知道,会不会下一页,就是一个故事的开端。

当时封面上没有任何说明,我却固执地认定它是宋代的瓷器,看到它的第一眼,就和我心里百转千回想象的感觉如此相同。很多时候,怦然心动不是因为眼前看到的景或者姿容,只因为这个未曾谋面的牵挂早已成了形,有了形状还不够,还成了魂成了精,温热了又温热,这一见,自己心里知道,是它,一定是了。

心心念念的惦记,总有一天会相逢,相逢在路边或是隔河相对,不得而知。也不必知,只要心里有,茫茫人海,大千世界,没有任何讯息,却也能知道它在的消息。

翻开里面才看到它的名字:宋代汝瓷莲花温碗。

汝瓷是北宋后期被官府选中为宫廷烧制的御用瓷器,是北方著名的青瓷窑。

名瓷之首,汝窑为魁。因为是宫廷用瓷,所以可以不计成本,以名贵的玛瑙入釉,烧成了具有"青如天,面如玉,蝉翼纹,晨星稀,芝麻支钉釉满足"典型特色的汝瓷,并截取定窑、越窑的装饰技法,形成了独特的艺术风格。

汝瓷充满文人气质,清丽雅淡,如才气纵横的君子,有温润如玉的风范,又有大家闺秀含蓄却内韵无穷的美,可以欣赏,可以珍藏,可以相伴。

这与宋时的审美和情趣是分不开的。宋代养生学家陈直在《寿亲养老新书》中总结出"十乐",即读义理书、学法帖字、澄心静坐、益友清谈、小酌半醺、浇花种竹、听琴玩鹤、焚香煎茶、登城观山、寓意弈棋。

瓷器可以于所有雅事中出现,故而对它的选择,文人愿意重视,以此来匹配一份可经营、可传承的心境。

南宋叶寘《坦斋笔衡》记载:"宋朝以定州白瓷器有芒,不堪用,遂命汝州造青窑器。"在制瓷工艺上开创了香灰色胎,在高温中烧成纯正的天青色,让汝窑釉面开裂纹片成为一种装饰,使在烧成过程中无意识的缺陷变成了有意识的装饰。

汝瓷开片堪称一绝,开片的形成,开始时是器物于高温焙烧下产生的一种釉表缺陷,行话叫"崩釉",可这缺陷却被汝窑的艺术匠师做成了一种自然美妙的装饰,如巧夺天工。

而且,开片的纹路不能被提前设计,只能在烧造过程中自然形成,来路何方,去向何处,或浅或深,只能期待。

我欣赏这种开片,如人生不为难自己,即便道路崎岖,荆棘满地,仍然采一把闲花编成花环戴在头上避一避阳光,拔几株韧草打成草鞋可以走向远方。绝境里开出的花最是刻骨铭心。

这样走着走着,就把自己也走成了风景。

汝窑釉面莹厚,有如堆脂,视如碧玉,叩声如磬。烧瓷时间只有短短的20年,所以传世品极少,南宋时就有文献在叹息"汝窑唯供御拣退方许出卖,近尤难及",说明在当时其身价已非同一般,民间更有"纵有家产万贯,不如汝瓷一片"的说法。

著名国画大师李苦禅先生曾说过:"天下博物馆无汝者,难称得尽善美也。"据统计汝窑瓷器现存于世仅有67件半,散落在世界各地,散发着千年前夺目的温柔。

与这温婉的瓷器相配的,应该还有一把执壶,如今,执壶已不知踪影,也许早已湮灭在了历史烽烟中,也许还在风尘里辗转。但它们能再会合到一起的机会,我们都知道,已经极其渺茫,不太可能了。

那一年的江南,梅花已落,柳丝才黄,荡漾的一湖春水含情脉脉。这边雨丝风片不知归,皆为那烟波画船上,静眉秀目的女子长袖舒缓,耳边听得歌吹。她微步如莲,腰肢细软,如刚离广寒,瘦弱的肩似不耐人间。然而舞得山无颜鸟无声,有一种卓然的气质,让他移不开眼。

再回过神来,她已在面前,手拿着执壶,给他斟了满满一杯酒。这酒是含香以待的蔷薇露,这不着俗粉的人,是舞女朝云,西湖名妓,时年十二岁。

她用清丽平和的神情打动了他灰暗沉重的心,她用眼里的深邃心里的凝望牵住了他的怜惜,她用一场舞换来了一首诗,这首诗直到现在仍被人经常念起,而作诗的人,在当时就已名冠天下。

  水光潋滟晴方好,山色空濛雨亦奇。
  欲把西湖比西子,淡妆浓抹总相宜。

  这样浪漫的相遇,似乎只能发生在才子与歌妓身上,深闺画堂里的女子着红妆,披华裳,也只能是寒夜自赏,心中暗想。于她们来讲,这样的开始,是戏文里的,是绣屏上的,总之,是遥远的,远得连那份想,都不分明。

  历数朝代,最浪漫的莫过于宋朝。此时的苏东坡因反对王安石变法而被贬为杭州通判,东坡居士是个有才华也有情趣的男人,给他一支笔,他能吟诗填词,写字作画;给他一片竹林,他能参禅论道,玄机含露;给他一个西湖,他修堤筑坝,种荷栽菱;给他一个红颜,他可引渡为知己。

  说人生如戏,有时命运的冲撞让人难以预期,深思熟虑的结果未必就是最好的选择,一见倾情下定决心,为了一时也许是冲动,托付了一生,那一定是命运的指引。

  朝云决意追随苏轼终身,孔凡礼先生《苏轼年谱》载:"《燕石斋补》谓朝云乃名妓,苏轼爱幸之,纳为常侍。"

  她只是他随身服侍的女子,换下舞衣罗裳,告别丝竹管弦,她素衣淡妆,从此为他守在屋檐。甘愿端茶递水,裁纸研墨,夜深了,给他剪一剪烛花添一把香;天凉了,为他缝被裁衣。这几乎成了她神圣的事业,失不得,懈怠不得。

命运复杂给他仕途流离,也给他温柔不弃。他的原配妻子王弗与他相伴度过了最好的十一个春秋,一个女子还未来得及老去,如一朵开到最饱满的花,舒展的花瓣还没疲倦,一阵风来,她已飘落成殇。

王弗去世后,苏轼留下了最好的悼亡词。

> 十年生死两茫茫,不思量,自难忘。千里孤坟,无处话凄凉。纵使相逢应不识,尘满面,鬓如霜。
> 夜来幽梦忽还乡,小轩窗,正梳妆。相顾无言,唯有泪千行。料得年年肠断处,明月夜,短松冈。

此时窗外天寒地冻,静夜孤凉,有雪花飘来,点缀梦想。我仍然想念,千年前,那个素雅的小院里,窗子打开,露出如水的容颜。

总有一个人,天长地久谁也替代不了,远看是她,近看不是也仍想着她。她是他生命里打底的那层纱,寻到天涯寻不见,他就这样收着,宁可年年断肠,不思量。

苏轼续娶了王弗的堂妹王闰之,她也是个温婉知礼的女子,嘘寒问暖,进退有度,照顾着姐姐留下的孩子,把妻子的名分做到最佳。

朝云慢慢地长大,她是一朵只为苏轼盛开的花。没有目眩神迷的姿态,没有欲罢不能的香气,也没有触碰不得的刺,不加丝毫清冷,她就长在那里,在苏轼身边,陪他吟诗作画写书法,不过是累时的一杯茶,出门时的一个牵挂,她没有妻子的红烛守候,也没有侍女的唯诺麻木。

她是适时的细语温言,适度的无声沉默,年深日久,要镌刻也已是数不清晨昏的厚度,她终于把自己,修炼成了他的红颜知己。

任何一个男子,都可以对未来妻子有一个想象中的样子,她要多高?是不是长发?文静还是活泼?排行第几?嫁过来是否会孝顺公婆?能否一起出游?闲时能不能赌书泼茶?事无巨细,由着你去想,总有一个自己喜欢的方向。

甚至,可以比照心里人的样子找一个,一样平和喜乐地过一生。

总有一个人牵着你的红线,成为你的妻。

然而知己,那是上天的恩赐,难寻难得,做不得半点假设。心灵相通,情谊相投,是世间知你懂你,可遇不可求,唯一的那一个。

何况这是红颜知己。

朝云和苏轼相知甚深,有时候连语言都显得多余,一举手一投足,一个眼神,足以让对方洞悉了全部。放到心里是疼惜,从此愁苦不怕,哀伤不怕,世间有一个人,能一同接过命运的杯盏,一起饮下。

毛晋所辑的《东坡笔记》记载:"东坡一日退朝,食罢,扪腹徐行,顾谓侍儿曰:'汝辈且道是中何物?'一婢遽曰:'都是文章。'东坡不以为然。又一人曰:'满腹都是识见。'坡亦未以为当。至朝云曰:'学士一肚皮不合入时宜。'坡捧腹大笑,赞道:'知我者,唯有朝云也。'"

她看得到他春风得意后的无奈,看得到他诗酒风流里的忧闷,也看得到他烛台深坐时的哀伤。

苏东坡在杭州三年,之后又官迁密州、徐州、湖州,颠沛不已,甚至因"乌台诗案"被贬为黄州团练副使。这期间,朝云始终紧紧相随,无怨无悔。

"今年刈草盖雪堂,日炙风吹面如墨。"

朝云甘愿与苏东坡相互扶持,患难与共,不怕布衣荆钗,吃苦劳作。他们用黄州廉价的肥猪肉,微火慢炖,烘出香糯滑软、肥而不腻的肉块作为佐餐妙品,这就是一直流传到现在的"东坡肉"。

这个时候的她,是他心里的知己,眼里的红颜,也是他枕边的佳人,晨起时看到的秀色。

花褪残红青杏小,燕子飞时,绿水人家绕。枝上柳绵吹又少,天涯何处无芳草?

墙里秋千墙外道,墙外行人,墙里佳人笑。笑渐不闻声渐悄,多情却被无情恼。

惠州的天色总是寂寥,朝云调弦温酒,常常给贬官到这里的苏轼唱这首《蝶恋花》,聊解困苦愁闷。

此时的苏轼已年近花甲,眼看运势转下,难再有起复之望,身边众多的侍儿姬妾都陆续散去。她们跟的是苏轼这个人,更是这个人究竟能给她们带来什么,只有王朝云始终如一,追随着苏东坡长途跋涉,翻山越岭到了惠州,坚贞不退。

朝云每当唱到"枝上柳绵吹又少"时,就掩面惆怅,不胜伤悲,哭声不止。

东坡问何因,朝云答:"妾所不能竟者,'天涯何处无芳草'句也。"

苏轼大笑,我正悲秋,而你又开始伤春了!

朝云是一片苦心只为心疼他。

此词暗喻了苏轼"身行万里半天下,僧卧一庵初白头"的辗转崎岖命运。宦海沉浮里,顺流逆流都不是他可以走的路,一路行到天涯,朝云替他委屈替他流泪,竟不能自已。

苏轼看着这个纤弱的女子,把明艳的一生交付给了自己,有这样情深义重的知己,足够抵消他遭遇的不公。

东坡亦知她的这份知心,不愿让清瘦的身体再为自己这样劳心伤神,所以故意笑而劝慰。

琴音渐歇,歌声又起,一边忆前尘旧事,一边调弦外之音。

朝云去世后,苏轼终生不复听此词。

二十二岁的朝云为苏轼生了一个儿子,朝云比苏轼小二十五岁,这足以让她有勇气陪他余生的日子,不缺席他的每一个伤痕。

苏轼为这第三个儿子取名"遁",来自《易经》中的第三十七卦,是远离政治旋涡,消遁归隐的意思,这一卦的爻辞中说:"嘉遁,贞吉,好遁,君子吉。"

这些祝愿还不够,他是真的希望儿子能平安长大,快乐就好,至于其他,皆是不可强求的身外物。所以遁儿满月时,他赋诗一首:"唯愿孩儿愚且鲁,无灾无难到公卿。"

然而老天对之尤其不公的那个人,却是善良隐忍的朝云,不满一岁的孩子在跟随父亲的调令赴任途中,不幸中暑夭折,逝在了金陵岸边。

"我泪犹可拭,日远当日忘。母哭不可闻,欲与汝俱亡。"

他知道朝云那颗豁达坚韧的心,从此有了不可疗的伤。

他和这个孩子的缘分不满一年,他不知道,他们的缘分还没有完,十七年后的同一天,一代大家,远离人间。

这个风骨让人惊艳的女子,毕竟是在江南的烟雨里温温柔柔长成的水般柔肠,经不得岭南潮湿闷热的毒瘴气,她在惠州患上了瘟疫,任是苏轼念经拜佛,寻医问药,甚至以自己的寿命为筹码换她的安康,仍然没有把她留下。

朝云一生向佛,颇有悟性和灵性,她诵着《金刚经》最后的四句偈,执着苏轼的手,千言万语,说得出的,说不尽的,都在其中了。

按照她的遗愿,苏轼把朝云葬在了惠州西湖南畔栖禅寺的松林里,并亲笔为她写下《墓志铭》。

"浮屠是瞻,伽蓝是依。如汝宿心,唯佛是归。"

他们穿越生死的对话,含着因果,却不盼轮回。

据说朝云葬后第三天,惠州风云突变,急降暴雨。次日早晨,苏轼前去探墓,发现墓的东南侧有五个巨人脚印,于是再设道场,为之祭奠,并因此写下了《惠州荐朝云疏》。

这段往事,我看得无语,心里有一份委屈说不出来,也化解不去。朝云从生到死,在他的笔下,只是一个侍妾,如那些早已散去的人同一个身份。

还不如只是红颜,只是知己。

然而读着读着,还是会落下泪来,这泪不是惋惜,而是欣慰。是妻的名分还是妾,朝云不理睬,她似乎在心里也没流露过半点渴盼,也许哪一个身份都不能把她完整地概括。她是为他长大,为他守候,独属于苏轼的独一无二的女子。

"侍妾"二字在她的生平里,就像瓷器上的开片,一点欠缺被精雕细琢用来欣赏,她值得了,也唯有她。

在朝云逝去的日子里,苏轼借着相思和怀念还写了《西江月·梅花》《雨中花慢》和《题栖禅院》等许多诗词来悼念她,把这份无可弥补的情感嵌在自己的笔下挥洒出来,纵然那个人已不在,不会再唱着他的词泪流满面,至少心里的疼痛可以释放一些,还或许,冥冥之中寄与她,她是知道的。

苏东坡还在墓上筑六如亭以纪念她。一生放浪,唯有朝云能识我;独弹古调,每逢暮雨倍思卿。

这楹联谁也插不进去,不给别人感怀自身的机会,只是他和她,心有灵犀地相对。

初妆·一意孤行

炽热的阳光透过竹帘照进来，瞬间就变成了婉约，无由地柔软，给这方幽深增添了灵动。把所有流浪的痕迹书成尺素，遥遥地话一句，今生夙愿，就是让百年之初的相遇，救赎于漂泊的足迹。静惹尘心，我唯有清雅如瓷般立于你身旁，和你，守到千古之外的千古，轮回之后的轮回，共守成，佛前那朵，菩提净莲。

十分清瘦更无诗

白露。光阴瘦。

我迷恋一些节气,像大自然原野上的一株植物,安静而敏感地感受着冷暖的到来,即便心情没有整理好,还有些凌乱,但在那一刻,好似一切情绪都能随着翻了篇章,应时节而开,应时节而落,简单到不带任何妄想。

也或者仅仅是喜欢这些名字,比如惊蛰,比如谷雨,比如小满,比如白露,比如霜降。这些名字本身就带着一种清爽的凉意,还有飒飒的孤寂,映衬着山高水阔,年岁悠长。

与世无争的感觉,是再喜欢也得保持着一定的距离,近身不得,却又吸引着你的目光落向那里,叹息,至无语。

太多的节日毫无知觉地就这么过去,而这些节气总是让我一步一惊心。有些感觉是说不清的,千言万语最后却沉默地转身而去,没有缘由,或许就是天意,不是所有的事情都需要剖析个彻底,有一种放不下的感觉让自己在意,就是牵挂,认不认都是它。

龙泉是有名的青瓷名窑,其釉色澄透如玉,光泽似镜,带着几许出尘的空灵,仿佛一个女子雾霭里凝神的影,有淡淡的哀愁。她的眼神透露着心事,却只是默默无言,只想让人握住了,用一生的暖去守候。她有魂,有灵,有决绝的刚烈,和欲语的留恋,她藏身于你的注视中,安然栖息,一住就是千古。

如瓷器一般的女子叫青姬,在龙泉的青山绿水边长大,生于普通的农户人家,勤劳美丽又善良,她学女红,做家务,没有太多期盼,只盼爹娘安康,亲人平安。

然而女孩的牵挂也无非就是未来的他,他离得也不远,每天透过窗子就可以看得见。爹娘有意,话还没有说透,他们两心相知,也不点破,小家小户的孩子,这些不是重点。

她不是养在深闺,朱楼锁幽的千金小姐,贵族女子的婚姻,有门当户对的定数,也有不可预测的变数。这些她都没有,她注定要找一个手艺人,像爹一样,一生辛苦劳作,可以养家,可以亲手做出漂亮的瓷器。

她喜欢看爹爹踏着暮色回来,大小孩子围上去,弟弟捶背,妹妹揉肩,她端上热茶,娘在厨房烧饭。爹爹饱经沧桑的脸上带着笑容,说今天的窑火这么旺,老天爷赏饭吃,过日子要知足。

那个浓眉英气的男子随爹学艺,经常被爹夸是亲传弟子,时常留他吃饭。他们算不上很熟悉,但是不陌生,每次青姬都不敢与他对视,心慌得连手脚都不知该怎么安放,甚至会找借口拖延着不露面,等他们吃完了饭再出来。

这是爱情吗?听见他的脚步声会慌乱,看见他离去会失落,而他把自己完全独立烧制的第一批青瓷里最完美的一个杯子送给了她。

他什么都没说,她却郑重地点头,她知道的,爹娘之间就是这样,没有多少话,可是知道彼此内心的,也唯有身边的他(她)。

爹跟娘商量说,等这批瓷器烧完了,交了官府的差,就好好歇一歇。正好还可以得一笔收入,给女儿把婚事办了,以后他就当个只动嘴不动手的闲人。也该过颐养天年的日子了,窑口交给女婿,都是自己看着长大的孩子,他放心。

青姬在窗外听了,头垂得低低的,脸上火烧似的。深夜,她在小小的灯下绣帕子,她要绣很多很多,窑工这活,沾着土,沾着灰,爹从来不用帕子,就一张粗布手巾,他说用帕子无端糟蹋了。

即便如此,她也要绣给他,一定要让他天天带着,脏了回来洗,洗坏了就换新的,她舍得,她不怕。

她要他在身边带上牵挂。

她会绣鸳鸯戏水、并蒂莲花,还有喜鹊登梅,她甚至绣上了她的名字——青姬。

她只会这两个字,他教的。

他若看到这一摞的帕子,也一定会懂了吧。

时间越来越近了,爹的脸色却越来越不好,他也很少来了,有时候送爹回来,也只是跟娘打个招呼就走。她端着茶还没来得及掀帘子,他就已经出门了,爹也不留他吃饭,还总是叹气,她小心翼翼地问起来,爹却什么都不说。

青姬一夜没睡,心里满满的都是不安,一定是有大事发生了,他们只是瞒着她。第二天早上,她悄悄跟在爹后面,赶到了窑口,窑火还在熊熊燃烧着,火光映照着那个年轻男子的脸,只见他的眼睛里布满血丝,疲惫又无力地对爹摇了摇头,爹的身子晃了晃。

他们绝望地看着旁边残破歪损的瓷器,无论如何也想不透到底是哪里出了问题。

连续多少窑了,他们小心了再小心,谨慎了又谨慎,满以为万无一失了,起窑的时候却还是惨不忍睹。

青姬偷偷地看着,嘴唇咬出了血丝,泪流满面。她知道这意味着什么,爹爹给宫廷烧瓷不是一次两次了,每次都是生死大限,好在他经验丰富,每一次都让官府满意,可是这一次,不知道哪里来的邪咒作祟,把爹爹逼上了绝路。

这批瓷器是要给宫廷祭祀用的,时间上拖延不得,督造官过来扫了一眼残败品,而后说了轻飘飘的一句话,却有如雷霆万钧之力:若最后一窑还不成功,窑主全家和所有窑工就一个活口不留。

青姬看着爹爹一夜苍老,还苦苦支撑着不敢放弃,继续指挥窑工们准备烧窑。最后的一批瓷坯胎已经准备好了,马上就要进炉,爹爹面色沉稳,转过身老泪纵横。爹爹是个汉子,但是这么多生命跟他系在一起,他就是死也不会放下这份怨。

孤注一掷的,还有他,他眼里映着火光,也像燃了一团火。他脱去了短衫,赤裸着上身,和父亲一起在窑前添柴,火舌不断地舔出来,他们的汗密密地沁了一头,又顺着面颊滑下。

青姬握着帕子想冲过去给他擦擦汗,脚步迈动的那一刻,瞬间又停住了。她知道该怎么做了,为了全家,为了这些无辜的窑工,还有他。

曾经听父亲讲过一个故事,也出自龙泉这个地方。欧冶子是著名的铸剑大师,他的女儿叫莫邪,为了丈夫干将能制出绝世宝剑,不惜以身殉炉。

虽然只是个传说,但她相信,她的一片孝心和悲悯之情,一定能感动上天,得菩萨保佑,让这一窑瓷器成功出世,让所有的人都可以继续带着期盼过完余生。

其实,她也有期盼,她的期盼是那么平凡,侍奉公婆,孝敬双亲,爱护弟妹,和他一起共百年。还要生三五个孩子,每日里忙着吃穿,这一生就算过了,多幸福。

可是现在,这一切在火光里明灭着燃烧着,显得那么遥远,她再多走一步都不可能了。

不能再想了,再想,就舍不得了。

他看到了那么美丽的身影,纤弱、单薄,连笑都无声无息,他想用一生去保护她,她是要做他的妻的。

只是在一瞬间,他来不及喊,甚至来不及确定——一定是这几天不间断的劳累让他花了眼,一定是太想她有了幻觉。若这一窑仍然不成,他就要和她一起赴黄泉,他正在想办法怎么帮她逃走,哪怕她成了别人的妻子,他也不愿意让她就这么死去。

可那火还是暗了一下,瞬间以更旺的姿态拼命燃烧,像要把这一辈子的力气都用尽似的。

不,这不是真的,师父喊着青姬的名字在哭,她怎么这么傻,傻得连命都不要,就这么祭了窑。

他的心原本已麻木,这一窑成或者不成全在天意,可是此刻,他心痛得跌在地上,还是在往窑口爬。

"青姬,青姬",他第一次叫她的名字,她却是听不见了。

她的父亲忍住了悲痛,这个关键的时候若是乱了,这一窑注定又是不成,不仅大家的性命不保,女儿如花似玉般宝贵美好的生命就白白牺牲了。

他叫人把小伙子按到一边,他在窑口守护,以父亲的胸怀和疼爱,看着他女儿的生命一点点覆上青瓷的颜色。这个让人心疼的孩子,一生懂事,刚烈得能感天动地,走得匆忙,什么都没有留下,只是化成了烟。

终于,青瓷一出,天空都暗淡了,这瓷器是大家都没有见过的,连想都想象不出。它釉面纯净,泛着玉的光泽,明滑透亮,像谁的眼神,带着微微的深情。他捧着它,双手轻颤,泪水滴在瓷器上,淌得缓慢。

徒剩了这样的相濡以沫,从此,回忆是千年的窑火,不熄不灭。

自商代中期出现原始瓷后,瓷器的演变和制作都随着国运兴衰,随着技艺的发展而千姿百态。然而每一个传承,都不是那么轻松,尤其是给皇家制瓷的官窑,他们有最好的原料和丰厚的物资,同时也要担最大的风险。成是天意,国之祥瑞;不成,这些渺小的生命就要担下全部的责任。

传说因为青姬以身祭窑救父,才有了那批瓷器的诞生,所以这些瓷器就以"青"为名。

世事纷乱,洞悉个七八分就好,实在无须看得太分明。这个故事是真是假都不太重要。真实的是,有多少窑工付出了鲜血和生命,这是永远都无法统计出的庞大数据;有多少家庭为此受牵连,也是计算不出的。

以身殉窑,太过于惨烈,但是足够凄美,让后来还在制作瓷器的人们愿意相信这份美好。这样的故事总好过这些单纯的女子,在家庭受到威胁时,被官府或抓或卖或抵债的故事。

人们更愿意相信,青瓷就是这样一个美好女子的化身,她的故事在流传,她的芳魂永在,随瓷器一起,修炼成了无限诗意,让人相信奇迹,愿意守护永恒。

她是百姓之女,没有倾城的容貌,只是山花一朵,然而却贫寒无依,是无数如她一般命运堪怜的女子的化身。她代替她们唱一首悲歌给尘世,这花落得能震风雨。

可是野草闲花在深谷,多是微渺轻芳,青姬的影子逐渐消散,更没有文人墨客为她停一下笔。这个故事到底单薄了些,没有多少臆想的空间,远不如那些在国之命运上激烈的情怀,生生死死,让后人唏嘘不已。

其实生有不同,或钟鼎之家,或茹毛之户,然而死却是一般模样,无论大气磅礴还是悄无声息,都是同样的结局。不同的,全在他人的铭记。

其实很累了。此时,没有雨也没有月,倒有难得的漆黑宁静,只恐夜深花睡去,大概真是如此。

我窗台下的陶罐里插着干花,数量不多,不热闹不拥挤,只三两枝,愣愣地倔强地待在那里。偶尔会有花瓣落下来,颜色早已褪去,更不用说香气了。它只剩一份醇厚的安宁,但我相信香魂仍在徘徊。

还记得以前我拍照片,穿着白色的裙子躺在白色的地板上,乌黑的长发散开,发边有随意撒落的红色花瓣。颜色简单,配在一起极静极美。现在的我更喜欢独立深秋,目送黄昏,看衰草连天。这样一念千古,更动心动情。

人生无解,只有一曲弹词记得清晰。

暮鼓晨钟,春花秋月何时了。七颠八倒,往事知多少。

昨日今朝,镜里容颜老。千年调,一场谈笑,几个人知道。

我知道,我的文字,终有一天也将化作青烟。

陪君醉笑三千场

翻几米的漫画,看到了这一句:"有一天,会有那么一个人走进你的生活,并且让你明白为什么你和其他人都没有结果。"

一时百感交集,在心头徘徊着不敢化开,于是急急地抛开书卷,开了封条,倒出一杯去年的桃花酿。绵甜的酒香里,光阴老了,红尘静下来,树影上了窗棂,不管顿悟还是孤独,此时的低眉,都是那般柔婉。

外面春色和煦,我忽然想起厚土深埋的牵挂。

曾经在湖南长沙出土了一个敞口的短流执壶,釉面呈黄色,壶身上有首五言诗:

春水春池满,春时春草生。
春人饮春酒,春鸟啼春声。

这四句诗出处不明,作者不明,读来却是春意上眉梢,尽是温润柔情。

诗句简单明快,诗意葱茏蓬勃,诗中有情有景,有色有声,吟之使人仿佛看见了清澈欢快的溪水,百花在茁壮而旺盛的芳草间缤纷绽放。这一幕好像契合了《诗经》的意境,视线拉开,林深见鹿,自得悠闲。一张席子铺在草地上,开坛就是香醇的美酒,可引得万古醉意与风流。鸟穿细柳鸣啾,一幅生机盎然的春日图画历历在目,令人神往,脚步难停。

人们称它为"春字诗执壶"。这类瓷器的器型和施釉方法,均为唐代长沙窑的代表风格,不但彩画罩在一层透明釉之下,连诗词题记亦在釉下。壶身上的题诗也多与酒有关,如"莫慢愁酤酒,怀中自有钱""自入新峰市,唯闻旧酒香",可见此类执壶为酒器。

"观之在目,触之不及。"

为这八个字,我的心情骤然暗淡。

阴天,很想念一场雨,带着冰冷的寒,飘成幕帘,一边是冬的眠,一边是春的不安,季节偷暗换,沧桑了多少容颜,朝伴茶神午醉仙,念一句天涯不远,心不伤,云卷云舒在人间。

很多人心里都有一个独处的角落,属于沉静时的自己,不是这里容不得别人,而是很难有那么一个人,用最自然的方式在红尘之外相遇,一起烹茶煮酒,闲话桑麻,一起看群山微茫,星落碧河。

写文写到落泪,心里是满满的沉重,在自己笔下迷失,安顿一份刻骨的深情,是与文字共缠绵的归宿。

这样闲隐田园的伴,在四季里辗转寻找,最终只是个不可及的念。人和人的感觉永远无法重叠,心里的庭院原本没有栅栏,却在等候的路边,有那么一座无门关,兜兜转转,已是咫尺的距离,也许,仍是不得相见。

前有春色后有花期,光阴深重。斜阳影里说英雄,英雄,从来不知出处。

那一年,春风十里缠绵,牵起少年心意,从院落屋檐,随层层初开的花色,放逐到了郊外青山。李白避开人潮,入深林寻到清幽古寺,沐手焚香,敬而求拜。男儿心有凌云壮志,愿为社稷民生肩负担当,报国安邦,决定漫游入仕。

长途无悔,只盼早行,请赐吉时,得偿心愿。

竹签上墨色饱满,写着上上大吉:"三月初三,癸酉日,宜远行,征程之人,有酒有禄。"禄是官爵加身的荣誉,天子堂下的显赫,能添家族门楣几世润泽。他更喜的却是与禄并存的酒,骨子里的浪漫不羁是天性,是他秘而不宣的快乐,此番被命运一语道破,写进前程,他信心十足,大叹苍天有情是知己,懂他如此洒脱。

待到良辰吉日,天微亮时,李白出城登船,告别了家园。这年他才十五岁,寻逸蜀地,直望云天,路途中的他,英姿神秀,身佩长剑,文盒里的狼毫笔总是浓墨淋漓。

是谁路过唐朝的驿站,借了一盏灯,把沧桑的誓言,又重温了几遍。他在道观前递上拜帖,小童默然引路,厅堂里已温好清茶一壶。桌案不虚设,如他一般的学子济济一室,欢声笑语,争相指点着江山。他们从四面八方赶来,都期望能被贵胄贤达看重,讨得一纸文书,好快马加鞭,直奔长安。

李白强打起精神,隔着屏风看窗外的萧萧暮雨,走了那么久,仍然不得停歇。从终南山走过,历经春花秋月,几番曲折打听,又到了敬亭山。总是这般,一身疲倦,却看不到终点,今番索性坐下来,不图贵人举荐,我先讲讲路上的景致吧,为公主解闷,也不辜负相逢一场。

长安的酒香,各地的月光,李白水路旱路地走下去,荆楚、吴越、齐鲁、嵩岳、京城……访古问道,江湖有寄。不是他贪恋一时风月不羁,是天下的路走得不计其数,却仍离朝堂的门槛忽近忽远。然而来来往往中，李白纵情饮酒，广交名士，吟过的山渡过的江不计其数，他的名字挂上了云帆。他在尘世里浪迹，内心煎熬，并未刻意，已是举国皆知的酒中豪客诗中仙。

他寻诗花下，逐梦山野，也曾秉烛寒窗读书卷，总在不经意间触到三分天机渺渺，铺展开来，就是足下大道。他看到了时光的洪荒里，太多的人影脚步匆匆，所以才有了那般不朽和历练。此后风烟暗换，过往的一幕幕聚散还能借故事流传。纵朝代更移，岁月变迁，永恒的是他眉目间的万水千山，记下曾经倾注的深情，刻石为盟，从此不必怕失散。

这个名叫李白的诗人，一心求仕，却总坎坷失意，郁郁不得欢畅。他落笔成句，手一挥，草木在秋风里忘了悲伤。枯荷结了菩提，冷月蹉跎了光阴，他不自知，山一程水一程地撷晚霞，落孤云，长歌飘零，酣醉红尘。

剑不是他的武器，诗才是，加官封侯没有成为他的归宿，酒才是。李白奔放豪侠的气概、非凡清醒的抱负只有在路上辗转，才能得以真实体现。

李白的生命就是一场游历，尽管不乏疼痛心酸，却成就了巅峰的诗篇。他心里装下了整个大唐，悲欢都在一壶酒中，起笔记下唐朝的月色、别样的风流。

也唯有那个开明包容的盛世，允他四处寻访、任意东西，让他得以饱览山河，让诗句里有了峭峻的骨骼、清奇的脉络，征服了此后的千年岁月。他把自己写成了传奇，他让自己走过的每一个地方都有了关于他的记忆。

唐代官场选拔重诗才，也重声誉，可由权贵名望之人举荐。于是，不管为了诗名还是交往,文人苦守书案苦读备考已然不妥,漫游寻访名山胜水和繁华都市才是生机。一为灵感勃发助诗兴,二来展示才能争取机会,再不济,那么长的路走下来,见多识广,喝酒聊天时,也是一笔颇丰厚的谈资。

官道驿站中,百年老店里,山寺道观内,甚至精怪鬼魅出没的荒山,都常见文人执着的孤独。他们害怕停留,害怕夜半无眠的寒凉,害怕想家时无从托付的漂泊寂寞。身无可依已是凄楚,只得攥紧信念,一旦松手,天地俱静,就什么都没有了。所以那杯酒多重要,支撑着傲骨不散,有路可行,兜兜转转。

海不枯石不烂,易老是人心。从学子到游子,看似一个字的变迁,却走得寒霜满天。琵琶月下落玉盘,是谁泪湿了青衫?灞桥新柳又葱茏,写一书鱼雁传讯息,望各自平安。看驿卒打马远去,回身独捻孤灯,似乎窗外就是那个柔弱的身影,在楼外楼,等瘦了朱颜。

听说春风执拗,不喜大漠孤烟,曾经怅惘的阳关,落日别样寒。刀剑戎马,边塞轮台,那一季的墨客,知道行路难,仍一袭布衣,携着离乡时的油纸伞,一咏三叹,黄沙莽莽几尽欢,相思难遣。

"店家,切二斤牛肉,筛一坛酒。"驿外断桥边,正好一棵老松招手,他们坐在树下,互报姓名。相逢不识,单为缘分,就足以尽一场欢醉。

走得越久,越知壮志难酬,山有木兮木有枝,可那又怎样?就算同过往的人牵过衣袖,同过路程,落过一瓣相思两行清露,也是无辜。山有万万岁,水有千千寿,却不发一言,绝不轻易动情,只呈出这无字天书。有人翻山越岭,读懂了高处不胜寒,于是抛减了行囊,再遇同行的人,热络招呼,快意聚散。一壶酒的缘分,天明即道珍重,各自漂泊,不用挂怀。

若还不知相逢离散皆长情,红尘这条路,当真算是白走。

即便知音又如何,伯牙子期也只一朝的山长水远,可是一朝就足够了,完美得让人膜拜。还奢求什么呢?写首送别诗,道一句"莫愁前路无知己",我越与你交情深厚,越希望我可以被替代,这样,每一程的途中,你都可以有人陪伴,有人送行。

酒旗招招的老店里,墙上新墨旧痕呼应着,斑驳的岁月沉淀往昔,总会有固执的点滴。

"古道西风瘦马,夕阳西下,断肠人在天涯。"这样的心境与荒凉,留给我就好。

走到天涯的人是苏轼,为官千里,随朝廷调令迁徙,杭州、密州、徐州、湖州、黄州、登州、颍州、扬州、定州、惠州……一直到最后的儋州。紧锣密鼓,南来北折,官身多少不自由,叹息奈何。仕途进退坎坷,苏轼这一生,怀才不得朝廷知遇,却被山水牵挂,方外世间,不过一把烟火的距离。

他的放逐之地够遥远,也够荒僻。"多情应笑我,早生华发。"东坡转向山水觅故知,与友人结伴畅游,大量填词。那些趣闻轶事都是匆匆流离中镌刻的,连同那些知交好友,都只想笑着把彼此的名字唤出来。苏轼潇洒飘逸,把宋朝的伤与痛,自身的悲凉和绝望,纷纷化在滔滔逝水中,只当是修行。

认了就好,认了就不再与命运苦争,把每一次流放都当成远游。他在古旧的渡口,临风把酒,心有所悟。千古一轮月,悲喜圆缺,大梦当醒。

"汴水流,泗水流,流到瓜洲古渡头,吴山点点愁。"由来渡口多泪眼,执手相送,温着别离的黄滕酒。河水轻拍两岸,还是当年的调子,曾经插下的细柳生了根,她在树下翘首,看她的良人归来否。

总忘不了那一天细雨如雾,客愁羁旅,难再把江南烟雨,视为闲情。李清照守着金石向南渡,放翁楼船夜雪,殷殷长盼。国破山河在,赏过的美景,在谁怀里,刻成斑驳的回忆,再回首,陡然艰险一重重。

锣鼓声声,清脆的惊堂木,把故事里的人们带回了市井的喧嚣中。李渔带着他的戏班集揽四地风情,回乡建了且停亭。

好辰光里,名胜之地道路拥堵,明朝旅游,已成了兴之所至,随时可行的雅好。小说话本里,最喜陌上遇奇缘,江河楼台都陪你一场盛大演出。

人生又一岁,厚厚的笔记里,山花缱绻,云袖温柔,夜雨十年灯,何止是匆匆。徐霞客慕山水,李时珍访草木,秦淮河边的女子琴棋书画兼修,伴君出游,世风料峭,得了一身傲骨。

两千年的前尘路,那些诗词歌赋、锦绣文章,包括古人的足迹,都成了这时寻访的缘由。吟念怀想,忆之惆怅,也当时空茫茫,彼此同行。只是我记得你,今来寻找,你却不在了,徒留我一人伤。

落纸浮云千般雨,往事历尽枯荣,停泊在烟火渡口,又道弹指几重逢,山河依旧。

沧海点灯,亮了一盏又一盏;江山描画,绘了一川又一川,不管心有宏图抱负,抑或只是轻简心愿,都切莫等闲。哪怕孤帆远影,露宿风餐,也要在路上,用足迹,去把红尘世味尝遍,把一生独自成全。

时光无涯,上下求索,纵是过客,也不妨从容,把一程邂逅,谱成千古。

常温故。

兽炉沉水烟,翠沼残花片,一行行写入相思传。

我执着这壶酒,心似旧时人,愿陪君醉笑三千场,向心行走,四海飘零。

杨花厚处春光薄

唐天宝年间的故事特别多。

"清元小殿,宁王吹玉笛,上羯鼓,妃琵琶,马仙期方响,李龟年筚篥,张野狐箜篌,贺怀智拍板。自旦至午,欢洽异常。"

深宫里天子的檀板一响,天下的大戏就纷纷上演。

朝廷开科取士,学子们从四面八方纷纷聚往长安,辞过私塾先生,拜过爹娘,宗祠牌位前郑重拈香,祖上有灵,还请护佑一路平安,考场上直取青云。

一家人的希望和目光都在他的肩上,也是忍不住泪洒衣襟。这一去,也许就是未知的路途,几时回转,只能无尽地盼,却无从得知归期。从此家里少了窗边的读书声,那香炉里为他而燃的祷念,再也停不下。

故事开始时的分离,似乎总有深意,是给另一段剧情一个起笔。告别的时候,这边叮咛,那边许诺,如徒弟技满下山,师父说:"江湖凶险,切忌意气用事。"如离家远行,父母说:"不要让爹娘等白了头发。"如他惜别她,她说:"莫恋外面繁华。"大都一去就如谶语般实现,外面的世界太大,他一路寻找自己,一路忘了牵挂。

在这些学子当中,有一个姓钟的男子,名景期,字琴仙,武陵人氏。

我在深夜读这个故事,外面月朗星稀,案边盛满瘦尽灯花的寂寥,只看得这一行"琴仙,武陵",心里的惆怅便如浓雾一般,隔了缤纷和浮生,就这样深深浅浅地溢了出来。

　　武陵不染世间尘烟,那里是笔墨浓郁的桃花源,那里良田桑竹,往来耕作,皆是寻常烟火。所以它纵然路口难寻,可依然让人很容易地就有了那份长久的盼。

　　他叫钟景期,已然落寞,偏又字琴仙,注定艰难。

　　他是家里独子,父亲曾官拜功曹,虽是一小吏,但是文雅。

　　他自幼聪明,智慧超常,读书过目不忘。七岁便能诗,从此无书不览,五经、诸子、百家,尽皆通透。能读能讲,能融会贯通,十六岁就补了贡士,学业的路从没停顿,连沟坎都没有。

　　他得了灵,上天也没吝啬给他秀气,钟景期生得极其俊雅,文里描述得让人心惊。

　　他丰神绰约,态度风流,粉面不须傅粉,朱唇何必涂朱。气欲凌云,疑是潘安复见,美如冠玉,宛同卫玠重生。双眸炯炯似寒晶,十指纤纤若春笋。

　　下笔成文,会晓胸藏锦绣。出言惊座,方知满腹经纶。

　　说书人的惊堂木一拍,震起细小尘埃,三弦轻轻一拨,从容貌就到了心田。

　　到了适婚的年纪,父亲自然要与他择亲,然而他是一再阻拦,理由大过天:"学业为重啊,读书未成啊,没那心思啊。"翻来覆去地不愿意。

　　他是心里自有盘算,不能堂而皇之地说出来,只是晚上独自对着灯烛发呆,手里的书籍折射着媚惑的光彩,似要说起话来。

　　他只是想,天下有才子,必然会有与之对应的佳人,我如今在房门里苦读诗书,却不知道牵了我姻缘的她在怎样的地方等待。

　　虽然不知道缘分该从何而起,但是一定不会是父母之命,媒妁之言。传统的婚姻一定是门当户对,至于攀上的姑娘是何等的相貌和性情,他们自是不在意。

这就有太大的风险了,若挑开盖头一看,只是寻常女子,一言不合,那就算再用八抬大轿,也不可能又吹吹打打地送回去。

姻缘二字,还要看天意,景期心思坚定,要去寻觅那个红尘里只为他而生,为他而等,如仙子一样不出世的佳人。

他年纪小,心有大志,父母便也由着他。可怜的是他父母双亲,在他十八岁上就忽染急病双双离世,没看到他成家立业,自是心里放不下。无奈寿有终时,命数注定,连家业都没有嘱咐好,就匆匆去了。

景期的父亲为官清廉,本就没有什么积蓄,景期又是孝子,悲痛之余,竭尽家财料理丧事,最后散了家仆,卖了房产,在父母坟边的大树旁起了简陋的几间屋,一边守孝,一边发奋读书。

很快三年孝期已满,正好赶上科考开场,盛唐就是浪漫,开考不试文章,不试策论。外面浩浩荡荡的诗填湖镇山,扫得士子心头也要吟念。

第一场考五言七言的排律,第二场古风,第三场乐府。

想那景期从小能诗,学贯古今,落目有情怀,心里有风月,这样的考试,于他是坦途。

等榜的时候,同科的考生们经常聚在一起闲游,景期也不得清静。有闻他才情慕名而来的,有老友旧识因他久居乡下前来再叙的。

每日里他们凑在一起,也逛古董铺子卖学问,也走马章台寻喜乐,或者是酒楼上消解随手拈来的愁,也生顿然而起的豪情。当然,天光日好时,也做伴去城外山寺古刹抖落些风雅。

总之,长安的景色因为这些学子的到来更加光辉悦目。

景期是这里面随波逐流的一个,他在乡村待得惯了,这样的热闹总有些不适。

静下心来想,这一次应试对他的人生来说应该是至关重要的。自己年岁已不小,也该有所成绩告慰爹娘。可是不知道为什么,心越静,对尘世的名利反而越来越淡泊。

能成多大的事,享多大的富贵,他尽力而为,不强求。但是有一个身影,在他心里藏了那么久,孤单的时候唯有她陪,天下的路也只想为她而走,然而朝思暮想,就是不知道该从哪里唤出他们的缘分。

她是他的红颜,等他,在他还未走到的屋檐,有淡淡的憔悴,有蹁跹岁月里的安然。他知道,缘分未到时,一心相思,不尽痴缠。

对着自己的痴,才是真的痴,化解不开,也转移不了。早已入骨入心,就是生命不在了,也要执念,见到对的人就说一说,证明这份痴曾经来过,是那样真,那样深。

他想得很周全,怕倘要中榜了,不知道朝廷要把他怎样分配,跨马游街是喜,但再也不是自由身。学子们都忐忑不安地等着这一天,王公大臣皇亲国戚,甚至宫里的公主们也都在惴惴不安等着皇榜张贴。

她们的命运很有可能就在这一天与上面的某个名字相连,从此不管有没有爱,就算互相折磨也要死守着,守到一个人的死去都不能算解脱。

光阴无情,不能回转,贴补得了金银细软,还不回青春年少。

景期只觉得时日短暂,刻不容缓,他躲开了众人,日日早出晚归,穿长街过小巷,城里城外漫无目的地转。

越走越痴,痴得有些呆滞,幻想过无数次的偶遇,梦里越来越清晰,现实的机会却是渺茫。走到无望,只有无情,现实是只有满身疲急,满心伤怀。

他来京城时,带了一个一直在他家照应日常的老仆,这仆人心性秉直淳厚,曾经跟着老爷,也见过一些世面,此番看少主人如此,料定他是被别人带着去了烟花地,结识了娼门之女,所以才这样失魂落魄。

在他眼里,这是最要不得的毒,实在不行就是挖骨也得除根去尽的毒。

景期的心事他自然是猜不着,景期也不可能跟他诉诉衷肠,这是他心里比天还大的秘密,不了结了,这一生都不知道该朝哪个方向奔。

景期仍然是早早吃了饭出门,无意中逛进了胡同里。深巷几户人家,门庭静立,早时的阳光有朝气,影子投在白石墙上斑斑驳驳。

一溜走下去,不知这是谁家门前,直让人要把脚步停下来。门是竹子做成的,浑圆疏朗,在这天子脚下实不多见,有几分乡村的悠然质朴。但到底还是文人居住的,里面花影扶疏,亭台小榭,人在长安,恍若江南。

这应该是大户人家的后花园,隔墙探出春情来,惹了这个心怀期待的翩翩少年。

守门的宿醉未醒,他居然就这么走了进去,反正青天白日,他又有学子身份,何况还长得朗目星眸,一表人才,最多就说迷了路,糊里糊涂撞了进去。

我猜他那些天也是在寻梦,一日一日梦不成,这一次衡量了周全,也才算入了梦境。

梦里画堂深院影重重,第二道是极高的粉墙,看不到里面的样子,但这样的颜色配了那绿枝浓郁,分外好看,教人不能停。他兜兜转转寻到了门,进去是花枝参差,苍苔密布,弯曲的小路通往水声清旷的池塘,鹅卵石都选了白色,像素色的纱缎,另外一头,不知可也系着足?

只见彼岸桃花正艳,芳菲漫无端,更有那柳色新黄还未成青,摇摆着就迎来了双双紫燕。

这个时候,若不说是梦,都不知道该到哪里醒。

池边的门口,是回向长廊,栏杆漆上了朱砂的红,闪着灼灼光彩。翠竹排列当阵,长短不齐,随意自在,足有几千株,风过时,波动如海。

长廊的尽头,却是一座亭子。

亭,停也。

亭中一匾,上有"锦香亭"三字,落着李白的款。

此亭四面开窗,周身花栽,正是杏花当头,烂漫直如少年游。更有青梅藏羞,莺哥卖声,天下的春原来也怕寂寞,得了机缘便往一处凑。

景期已摸不着路,只是随意往前走,又见假山怪石,不是玲珑小物,却似丘壑移此处,里面是灵芝瑞草,伴古柏长松。

下了山坡是一古洞,出了洞天,方现一高楼。绣幕珠帘,画栋飞红,隐隐有暗香浮动。这,分明是女子的住处。

一切景语,皆情语也。

用了这么多的文字来写景,写得自己都想寻这样一个地方。皇上的御花园没有这里活泼,桑榆的田里没有这份幽静,这是最好的地方,因为它是为他而出现,遇她而来。

层层笔墨写格局,只是想表达,能遇见一定是有缘分。而已经有了缘分注定,遇见却还是要这么难。差了一步一个转弯,也是隔了重重深院,看似咫尺,可比天涯还要远。天涯尚有一个方向,而这里,没有视线。

就在他还恍惚的时候,楼旁的一个角门开了,他急忙闪到太湖石边的芭蕉树后躲着,里面出来数十个丫鬟簇拥着一个绝色美女。

其实这些丫鬟也都是穿红着绿,眉目清朗,好似这园子里各色花朵,有着各自的美艳。可是远远地看过去,她们加起来也抵不过那个女子的容色,她站在那里,所有的景色都是点缀,所有的人都是陪衬。

眼横秋水,眉扫春山,杨柳腰,桃花面,她轻移莲步,就坐在了栏边一个青瓷墩上。

青瓷与美人,相衬两不厌,在这春光里,她却是无语无言。想来心情并不佳,倦倦地看了一会儿,便带着丫鬟们回了朱楼上绣台。

景期不敢相信自己的眼睛了,分不清这到底是梦还是幻,他也不再急着分辨,只觉是老天开了恩,他思思念念这么多天,可怜见,总算见到了佳人。这就是他心里的那个人,如此这般出现在了眼前。

他也挪到青瓷墩上坐下,感受着那女子的余温和未曾散去的香气。

正陶醉,眼光一扫,地上似乎有什么东西,捡起来一看,是一方白绫绣帕。

这帕子可也不简单,是上好的绸缎不稀奇,用兰麝熏过也不稀奇,难得的是上面有蝇头小楷,一看就是女孩家秀丽的字迹,读来是一首"感春"的绝句。

绿窗寂寞锁流光,闺阁女子藏了又藏,百转道不得的心事,就这样透了出来。

她从花园里赏春的女子,一下子就跃上了字里行间,此后的故事,由不得自己提笔来书。

景期把帕子收在袖兜里,依原路出了花园,在门外碰到了恰好住在邻间的旧仆冯元,从他的口中得知,刚才自己进的是当朝御史葛天

71

民的宅院,他只有一独生女儿待字闺中,名唤明霞。这明霞小姐女红针黹、琴棋书画、吟诗作赋般般都会,她的父亲定要找一个才、貌与女儿都般配的人才能议婚事,否则就是宰相的儿子来求亲也是不许的。

景期听得是魂不守舍,这千金小姐十八岁了未应聘,要等的如意郎君不看家庭地位,不看钱财几许,只要有才有貌就好。看小姐的诗情月貌,自己是处处登对。

真是心思坚定天不负,这红线牵住的人就是她了,一千个一万个错不了。

他当下拿银子给冯元,让他明日打酒请园子嗜好这一口的守门人来喝,他好得空去里面赏赏景致,得得风情。

晚上他闭了房门,拿出帕子来边看边思量,就这么还回去,也许只能惹得佳人一顾,甚至很可能连面都见不上,不如也和诗一首,寻着小姐的心意往里走,就不信她不动心。

第二日,依旧是天时地利人和的顺,他一路走向锦香亭。

走到亭子不远处,听见有人说话,仔细听了两句,正在寻什么东西,说话的人恰是明霞与贴身丫鬟红于。

不过是一方帕子,大户千金的描金箱里有成摞的各色花样,不少这一块,巴巴地满园子来寻,全因为女孩的身份。小姐用过的东西是不能往外传的,这关乎名节,尤其是这样与肌肤有染的物件,不能平白地丢了少了不见了。

何况她还题了诗,落了款,若被不识字的人拾去便也罢了,就怕有轻佻浪子,生出有影无形的话,再要耍无赖,她怕是一头撞在湖石上,也难证清白。

《红楼梦》中大观园里众女子不仅诗词不能外传,而且连她们的名字都不能被外人胡乱叫了去,否则就是败坏道德。这跟妙玉宁可把用过的杯子砸了也不能送给刘姥姥不同,她是清高得有些过,不是红尘容不得她,是她看不上红尘。

帕子是故事里的女子常用的道具,不是留个情,就是丢个意。《金瓶梅》里用得最好,嫣然百媚全在这上头。

明代有首民歌写道:"汗巾儿本是丝织就,上写着相思诗一首,临行时放在你衫儿袖。你若害相思,汗巾是念头,要解愁肠,紧紧拿在手。"

少了这帕子,小姐出场就寡淡了。

红于四处寻,冷不防撞见了钟景期,丫鬟的胆子往往比小姐大,小姐会吓得不敢出声,丫鬟定定神还会大喝一声:"大胆,退下!"

景期行了个礼,也不恼,随即就要转身,只是嘴里嘟囔:"我不过是来还样东西,没承想受这奚落。"

红于是伶俐丫鬟,景期只说是在墙外捡到,累于春风,想当面跟小姐献个殷勤。红于自然不许,这话也太轻薄了,小姐的面不是看了帕子就见得上的。

景期干脆坦言:"我痴心要觅个倾国倾城的貌,遂宜家宜室的愿,这就是天赐奇缘。"

这话可比刚才的轻薄多了,刚才不过是见一面,现在是论一生。小姐的终身自己都做不得主,丫鬟一听这话,却顿时愚了。她也相信是天意把这个相貌堂堂、情辞恳切的男子送到了这深院。

她扭头就去通报小姐。

原原本本的话一说,小姐脸红眉蹙,说道:"好歹先把帕子拿回来吧,看看那诗再说。"

红于又返回拿了帕子,小姐往袖子里一塞,转身回楼,让丫鬟先去把那相公打发了。

景期可不干,硬着气就要往里闯,红于拦下,不光拦,还许了诺:"成就了良缘,不可相忘。"

才子佳人的故事里,总少不得丫鬟的戏。绣楼千金小姐的姻缘第一关,不在父母或媒人,倒要看这丫鬟能不能帮衬,关键还在这欲得佳人的相公,先得讨得丫鬟喜欢。

小姐出嫁,丫鬟是要跟着过去的,最后没准会收房。帮小姐挑姑爷,传的是小姐的话,用的却是自己的情,尤其是心甘情愿这么一帮,倒是心有所属的念。

唐朝的诗不仅要托物、言志、抒情,还要进闺房忙一忙姻缘。

小姐看了诗,听红于讲了貌,芳心已是静不下来。她在另一方帕子上题了诗,假意说:"这帕子还得不对,出去还了他,再取对的来。"

红于看在眼里,装作不知,心里却明白。小姐情牵意惹,已是丢不开。

红于把墨迹还未干的帕子递给他,让他回去速和一首再送来。

小姐写:"若是渔郎来问渡,休教轻折一枝花。"

景期和:"觅得琼浆岂无意,蓝田欲溅合欢花。"

一夜挨过,正待出门,喜报递来,景期高中状元!

忙了一天拜师受贺,又一日入朝廷试,晌午过了才得空,急忙去会明霞。

在锦香亭上,两人终于见了,景期欲托丝萝,讨小姐良缘。明霞娇羞满面,心里暗暗许意,刚订了终身,景期一个长揖还未起身,只听廊外人声嘈杂。

作家六六说话虽俏皮,却另有深意在其中。她说:"家境好,是女孩投生之不幸,这样的女孩缺少世俗的判断力,比方说七仙女嫁了董永,大家闺秀被卖油郎勾搭走。"

缘分没有这么轻易,一见倾心,多半倾心的是容貌,要想知心,那是一段不可说不可测的距离。

瞧,这边刚定了姻缘,那边就与别人温存寻欢。

小姐奔回了绣楼,景期从假山后躲到月上柳梢头,最后攀着树翻过了墙头。

那边是一所更大的园子,夜色下只觉是仙境,还没回过神来就已被拿住,原来是虢国夫人府。

虢国夫人是贵妃杨玉环的姐姐,豪奢无度,艳冶风流,在唐朝浓丽的妆容里,她却嫌脂粉污颜色,只愿"淡扫蛾眉朝至尊",她的高贵永存于《虢国夫人游春图》中。

西天取经的路上,唐僧说:"徒弟啊,快去前面探探道。"悟空回:"师父啊,我又发现一个脂粉满面的妖。"

见了这举止不俗的俏书生,夫人心里爱怜,扶他上座,一起吃茶把盏,一递一应,鸳鸯锦,灯残冷画屏。

一住就是十余日,皇宫里差人四处找状元。

琼林宴,状元游,满堂灯烛,出了朝门就去拜葛御史府第。

十几天醉在温柔乡,不知天下瞬息,就在与明霞匆忙订终身又匆忙分开的那一天,葛大人因得罪安禄山被贬职范阳,全家都随他上任去了。

景期倒还是个多情的人,他被任命到四川为官,想到帕诗酬和、鸾约花前,又想到天南地北如此遥远,不知道何时还能相逢,忍不住落下

75

泪来。

从未长途跋涉的景期，一路万里走得坚定无比。不想刚至剑门关就劳忧成疾，偏又遇狂风暴雨，无奈之下，只好暂居于永定禅寺。

人走背字时，天大地大，连个栖身之地都没有，寺是凶寺，景期侥幸逃出命来又遇了山虎。

传说状元都是文曲星下凡，亡于政治斗争是寻常，但不会死于猛兽强盗。景期被壮士救回了家，不但养了病保了命，还得了个侠女为妾。

> 十二楼前生碧草，珠箔当门，团扇迎风小。赵瑟秦筝弹未了，洞房一夜乌啼晓。
>
> 忍把千金酬一笑？毕竟相思，不似相逢好。锦字无凭南雁杳，美人家在长干道。

却说那明霞小姐就是命苦，千里之外从邸报上看见景期中了状元，又上任四川，喜一场悲一场，衣带渐宽。偏又被安禄山的儿子纠缠，肝肠寸断。

幸而被人搭救，红于也是一侠肝义胆的女子。为了让安禄山死心，红于换上小姐的衣服，刚烈地撞于石上，面部受损，再辨不出，只为小姐拼了性命，免得再被歹人搜寻。

明霞逃出后，遇上了从虎爪下救回景期的壮士，这一来，总算见了点云开。

这一耽搁，年华也跟着换了，已是肃宗当朝。最后的结局是苦难历尽，皆大欢喜，明霞凤冠霞帔嫁给了景期，可她已是第三个与景期拜天地的女子。

景期与三位夫人白头偕老,潜心修养,高寿而终,后来子孙繁茂,官爵连绵。

有这些,所有的苦难都值得了,但是不能再说爱情,和这些生死比起来,爱情是如此不堪一击。情有独钟的路上,他不是非她不可,她却是只为他一个。女子的爱更柔韧,爱到最后,是命里的根须,有旺盛的力量,无暇想其他,想也不得,这样就好。

这是清初的故事《锦香亭》,作者已不可考,与元代王仲文的《孟月梅写恨锦香亭》情节极为相似。

想起元代的文人,总免不了有几分悲凉,从宋代的极受尊敬,一落到元代连娼妓都不如。科举制度被取消,有志也无从寄,干脆放任到艺术里,百万将领我为帅,演绎得天下为之一惊。

元青花的绘画笔意深邃有如国画,酣畅有力,挥洒自如。元代瓷画匠师的艺术修养、创作能力、绘画功底及精湛技艺一举将青花瓷推向了历史的巅峰。

元青花瓷器存世量原本就少,绘有人物故事题材的更是凤毛麟角。现知世界上只有八件,分别是东京出光美术馆藏的"昭君出塞罐"、裴格瑟斯基金会收藏的"三顾茅庐罐"、安宅美术馆旧藏的"周亚夫屯细柳营罐"、美国波士顿馆收藏的"尉迟恭救主罐"、亚洲一私人收藏家收藏的"西厢记焚香罐"、万野美术馆收藏的"百花亭罐"、英国著名古董商埃斯肯纳兹先生拍得的"鬼谷子下山罐",还有就是中国台湾的王定乾先生在佳士得拍到的"锦香亭罐"。

缘分,说来处处是缘,其实它是六道轮回的路,握在手里,也还是看不穿。

没有什么是靠誓言和约定来维系的,因为看不清握不住,才苦苦地要那个约定。真正长远的,什么都不用说,什么都不用想。

有些相逢没有铺垫,有些注定即使走过了,也还会回头再看上一眼。

哪怕这一眼,只是一个再见。

问几处烟火人家

几年前去曲阳,专程去了烧制定瓷的地方,虽已不是过去的窑址了,但也还在用心地探索着古老的传承。在厂房里,我看到了整整齐齐摆放在架子上的孩儿枕,这是定窑瓷器的一种传统样式。

走在其中,总是带着感动,目之所及处,似乎能穿越千年的风霜,看到曾经炉膛里的火红。

纵然时光回不去,也还能相遇。

匠师把瓷枕设计成一个伏在榻上的男孩,男孩的头斜枕于交叉的手臂上,右手在下,左手在上,脸向右侧,目光正视前方。

最可喜的是这个孩子他脑门宽阔,两耳肥硕,眉毛高高挑起,眉下是一双天真无邪的大眼睛,眼神中透出灵气来,又带着稚气,精神头十足。头顶理着民间传统的"鹁角儿"发式,两条小腿向后举起,交叉叠在一起,顽皮逗人,活灵活现。

细节之处更能传神,他肉嘟嘟的腮帮下是圆圆的下巴,在两颊与下巴之间两边还各有一道凹沟,愈发衬托出脸颊与下巴的丰腴,栩栩如生地构成了古代理想的"富贵"童男形象。

他身穿绣花绫罗长衫,外罩坎肩,下穿长裤,足蹬软底布鞋,这是宋代的服饰特点。男孩的右手中还执着一条丝绦状织物,其上缀有一个绣球,绣球上的花纹清晰可见,丝绦在绣球的两边各打了一个蝴蝶结,十分可爱。

整个人物的神情样貌和状态都表现得恰到好处,加上定窑白瓷胎体细腻,釉色白中发着暖,似有光从里往外晕散,又如象牙般均匀润泽,无形地传递出一种柔和温馨的感觉。

瓷枕是我国古代的夏令寝具。古人认为瓷枕"最能明目益精,至老可读细书"。

曾经在河北巨鹿出土了一件瓷枕,枕上题有"久夏天难暮,纱橱正午时。忘机堪画寝,一枕最幽宜"的诗句。

乾隆皇帝也曾经作诗赞道:"瓷枕通灵气,全胜玳与珊。眠云浑不觉,梦蝶更应安。"

孩儿枕极有家庭气息,但纤毫之间都不简单,尤其是人物与装饰更是与民俗文化深深相连,极得百姓喜爱。

关于定窑孩儿枕的出现,倒是真的扎根于民间。

相传北宋初年,有一对小夫妻,他们每天一起烧窑制瓷,平日里互敬互爱,生活得甜蜜幸福。然而却有一块"心病"让这个家庭笼罩着挥之不去的烦恼。那就是他们结婚已十年,却没有孩子,两人心里都压着沉甸甸的"无后"之罪。

按照当地习俗,他们满怀虔诚地去送子娘娘前用红线拴了一个泥娃娃,带回来恭敬地摆在香案上。虽然一再供奉,早晚祈祷,可是寒来暑往,一年的时间过去了,还是没有孩子的消息。

妻子越来越忧郁,家里也久不见快乐,一气之下,丈夫把这个香案上的泥娃娃摔了个粉碎。

这一下也让妻子绝望了,她觉得自己再也没有了当母亲的可能,而且看这举动,好像丈夫也没了耐心,已经开始对她厌烦。于是,她哭得昏天黑地,哭到疲惫而沉沉睡去。

在梦里,她恍然走到了另一个时空,青青草地上,一个漂亮的男孩欢快地跑着追蝴蝶,笑声如银铃一般动听。她也不由自主地跟着笑起来,看到她笑了,男孩跑过来让她抱,依偎着她,撒着娇喊"娘",还撒着欢儿地打滚,累了就枕着自己的胳膊趴在地上休息,眼睛还盯着前面蚂蚱的动静。

她醒来后,久久回不过神,仿佛怀里还有那个孩子的温度。尤其是他的样子,睁眼闭眼都是他,怎么都忘不了。

忽然,她灵机一动,趁印象还清楚,赶紧拿出纸笔先画出一个样子,然后挑了一块上好的坯土,凝神贯注,一气呵成,一个小孩样的瓷枕头被她做了出来,可爱又伶俐的样子,和她梦里见到的一模一样。

她的丈夫在一边看了,也是非常喜欢,知道先前发脾气不好,惹妻子伤心了,于是亲自拿去烧制。制成后的孩儿枕形容乖巧,精致秀气,妻子爱不释手,天天枕着它睡觉,好像这样守在娃娃的身边,梦里就还能再遇见。

就这样平静地过了半年,他们再也没提孩子的事,可是妻子居然怀孕了。

他们的儿子出生后,按照民间习俗,还要叫这孩儿枕为"娃娃大哥"。

一传十十传百,不管是不是为了求子,大家都喜欢这又喜庆,又可爱,又温馨的孩儿枕,就这样,孩儿枕很快流传开来。

时光从北宋到了南宋,泱泱大国只剩下了半壁江山,依然笙歌夜夜临安城。就在南方的一个庭院里,二十岁的陆游,点红烛挂喜帐,娶了他的表妹唐婉为妻。

唐婉才华横溢,为人端庄,与陆游青梅竹马,婚后两人如胶似漆,一起吟诗填词,一起赏春送秋,一起缝着清香的菊花枕,眉目传情。快乐的日子总是短暂,不经意间一回头,时间已过去了三个春秋。这边浓情蜜意还在朝朝暮暮,那边陆游的母亲已有了大大的不满。

陆游自幼好学不倦,十二岁即能诗能文,有过万死避胡兵的经历。母亲在他身上存了远大的期许,没想到陆游成亲后沉溺于儿女私情,心思都放在和妻子的赏花对月中,情深倦学,误了仕途功名。

陆母说一不二,以此为不可辩驳和修改的理由,逼着陆游写休书。

其实这只是个幌子。

在宋朝,文人得到了最高的尊重,给儿子娶一个情投意合的妻子,也是她当娘的责任。"女子无才便是德",这话绝对不能用在宋代,唐婉识文断字,和陆游有共同语言,这原本是最好的选择。

真实的情况是,唐婉婚后没有生育,断了陆家宗祠香火。

爱着的时候千般好,一旦有了瑕疵,承担更多的却是柔弱的女子。天子身边有被打入冷宫的,百姓家里有被逐出家门的,夫是天字出了头,夫不要她了,她的天在哪里?

陆游有浓浓的爱国之心,上马可击狂胡,下马可草军书,可是在这个时候,他连自己爱的女子都留不住。

当爱情遇上忠孝,当无子上了七出之条,再难也得弃。

陆游想周旋一段时间,给他们两人的爱情等一个转机。他在外面寻了房子,把唐婉安置下,得了空就过去陪她,若是有了孩子,再光明正大地把唐婉领回去,想必母亲也不能再说什么了。

然而日子一长,他们的关系还是被唐母发现了,为绝了他们的念想,陆母迅速给陆游另娶了一个妻子,是温顺本分的王氏,而且一年后,王氏生下了孩子。

后来,唐婉迫于家人的压力也另择了夫婿,嫁的也是当时很有名气的文人赵士程。

如果不是唐婉和陆游的爱情,赵士程的名字可能不会在历史里留下痕迹。仅有一次的出场,显现了他对唐婉所有的温柔,可以想象他的样子一定是含蓄、儒雅、宽厚重情的,对这个才女妻子,充满了疼爱。

同样是整整三年过去了,他没有因为唐婉没有孩子而对她有半分的冷淡。相反更加怜她、惜她,不让她有半点委屈,在她烦闷的时候,带她出去逛园林,这一逛,就逛到了沈园。

恰好遇见了来此游春的陆游,陆游和唐婉相顾无言,连泪眼也没有,千言万语只在凝视中。

已经不再是夫妻,还有什么好说的呢,就算问一句:"新人复何如?"

就算他也答一句"新人不如故"。

可那又有什么用呢?只不过是场面话而已。

赵士程是知道他们故事的,也知道他们之间始终没有了断,肯定有旧要叙。他愿意给他们一个空间,自己远远地避开,他心思洁净,只希望妻子能过得轻松些,她心里装了太多,不肯说不能说,都是要命的牵绊,他都清楚,所以才心疼。

所有的人都走远了,可是时光也远了,唐婉和陆游相对而立,他们要说的话,到了嘴边,也还要咽下。

如今剩下的,只能是当面的一点生疏客套,如此,还不如不相逢。

还好有手中的这杯酒,什么都不说了吧,千言万语,皆在酒中,各自喝下就是了。

现在欢场中的人们也是喜欢这么说,却只是一个劝酒的借口,往往只见酒,根本无关情。

一年后,唐婉再次来到沈园,看见了墙壁上陆游题的词,那词便是《钗头凤》:

红酥手,黄滕酒,满城春色宫墙柳。东风恶,欢情薄。一怀愁绪,几年离索。错、错、错!

春如旧,人空瘦,泪痕红浥鲛绡透。桃花落,闲池阁。山盟虽在,锦书难托。莫、莫、莫!

当年陆家就是以一支珍贵的家传凤钗为信物,聘下了她的青春与一生。现在凤钗依然是陆家的传家宝,她早成了下堂妇。说到底,人不如物,因为物可以冰冷无情,无牵无伤,只有人,才会情深不舍,相思成病。

曾经一度觉得时光淡去,可放下的情感却又这样重重地袭来了。她本可以在尘世里骗自己,各自的日子各自修炼,就算为了让对方心安,也要努力地做出幸福的样子。

赵士程是个好丈夫,她却有自己心里隐匿的残缺,没有孩子成了一道陡峭的悬崖,她攀在壁上小心翼翼地寻一个可以立足的地点,努力攀缘,却不知道哪里才是边。

那一次的经历已是深深的打击,给她柔弱的心留下了难以恢复的伤痕。赵士程越是好,她越是不安,对这份深情,她觉得是那么地无以为报,连妻子的角色都扮演不好。

她的心,的确还有一个角落,是只属于陆游的,曾经的一点一滴,足以填满一生的回忆,每忆起来,都是现世的不安稳。

钗,居然应了"拆"。

她感慨万千,也和了一阕:

> 世情薄,人情恶,雨送黄昏花易落。晓风干,泪痕残。欲笺心事,独语斜阑。难、难、难!
>
> 人成各,今非昨,病魂常似秋千索。角声寒,夜阑珊。怕人寻问,咽泪装欢。瞒、瞒、瞒!

也有说法唐婉当时只留下"世情薄,人情恶"两句,其余为后人补上,但无论情况如何,经此番哭诉,回去后不久,唐婉便一病不起,抑郁而终。

云起风浓,花落了满地,长裙扫过凌乱的心意,不近天涯,点点滴滴。谁陪我把酒东篱,谁陪我且行且停,且珍惜。

所有的幸福竟然都不能留住她的生命,她是从心里放弃了自己,对于这尘世竟是一点留恋都没有。可这也不是解脱,她的一生终究走得太凄苦。

他们的故事牵绊了陆游这一生,怕进沈园,又要进沈园。那里记载着他们的爱情,有着最悲凉的诉说,尽管往事已如风,但唐婉的哀愁,就是他身后的影子,覆盖上园子里的花草青石。往事追随而来,能与心里的思念离得近一些,哪怕心再痛,也仍是一程又一程的救赎。

为了回忆不散,为了曾经的誓言,他宁愿一边面对人生的斜阳,一边对着她的守望。

七十五岁的陆游回到了沈园附近居住,每入城,必登寺眺望,不能

胜情,写下了《沈园二首》:

城上斜阳画角哀,沈园非复旧池台。
伤心桥下春波绿,曾是惊鸿照影来。

梦断香消四十年,沈园柳老不吹绵。
此身行作稽山土,犹吊遗踪一泫然。

后来,陆游仍然放不下,梦里又至沈园,题诗长寄:

路近城南已怕行,沈家园里更伤情。
香穿客袖梅花在,绿蘸寺桥春水生。

城南小陌又逢春,只见梅花不见人。
玉骨久成泉下土,墨痕犹锁壁间尘。

八十四岁的陆游,还是与沈园里的唐婉有着无尽的缠绕牵绊:

沈家园里花如锦,半是当年识放翁。
也信美人终作土,不堪幽梦太匆匆。

《东邪西毒》里有句话说得深刻:"你唯一可以做的,就是令自己不要忘记。"

人已老成一炷香,为你再等那扇雕花的窗。

那年春色之后就是寒霜,若陆游知道是那样的结果,他一定不会在墙上留下如暗器一般的文字。只要爱还没糊涂,没有哪个男人舍得伤害爱人的生命,这对他来说,也是恨不能收。

　　原本唐婉就是他伤情的所有,她这红尘一别,更是他一生放不下的叹。

　　牢牢地忆了一生,记了一生,悲了一生。

　　天未凉,人已陌路,幸爱情不老。

　　还好。

狭路相逢本无题

佛说:"只有放下,才是重生。"

如一叶落,独等天下秋。

音乐还在舒缓地流淌着,有珠玉落盘的清脆,一根琴弦划过,天空微雨,喑哑的孤寂弥漫出来,我轻轻叹息,看着手里已然镌刻好字迹的叶子,有一个恍惚,它们是在彼此呼应,这样相伴相生走过春夏秋冬。

叶子是我刚刚在小区的楼下捡到的。它毫无防备地落在我面前,我没有伸手去接它,只是站在那里看着它旋转着落下来,似乎有生命一样,却不是挣扎,而是绽放,让我移不开视线。

叶子并不大,已经干枯得脉络清晰,水分已干尽,颜色焦黄,而那一身瘦骨,飘零中没有任何残缺。

我就这样被它吸引,俯身把它拾起来,未觉夏已暮,再抬起头,心里落满了大片大片的秋。

抬头看着树上苍郁的枝丫,还是夏天丰盈的样子,沉默得一如隐者的目光,望久了自己就会生出怯意来,忍不住低头在心里合十。它们是岁月的袈裟,是这婆娑世界情根深种的温良,读懂了是慈悲,读不懂便是天机未成,不可说。

只有秋天的树,才能写上世外超脱的章句,只有秋天能。

我把这枚叶子带回了家,心里的禅意就来到了红尘,我把清晨刚填好的词拈了几句,一笔一画写在叶子上。

墨汁浅浅地晕开,它的故事忽然有了着落。

原本繁茂的叶子,风过有声,雨过有情,更早些时,是迎春的新绿,添不得一点恩怨离愁。然而终不得永恒,跌落在厚厚的史册中,似如烟,似如尘,不过是几句文字,却要覆上幕帘重重。

没有人愿意飘零,雨打归舟,散不去西窗剪烛,濡墨挥毫,也是为那百转柔肠的守候,满池烟柳晕开,却对着残妆。

她连在古籍中做书签的机会都没有,她太沉重,一生耗尽,终无所剩。

"世祖徐妃,讳昭佩,东海郯人也。祖孝嗣,太尉、枝江文忠公。父绲,侍中、信武将军。天监十六年十二月,拜湘东王妃。生世子方等、益昌公主含贞。太清三年五月,被谴死,葬江陵瓦官寺。"

这样的文字轻飘飘地带过了她的一生,把酸甜苦辣都埋成了泥土,若能把所有的悲欢都遗忘也好,蜻蜓点水般让留下的涟漪都散去,最后一池平静,连心意也不知踪影。偏偏最后那一句落地生根,不需忘,想忘都忘不了。

"被谴死。"

徐昭佩,南朝梁元帝萧绎的正妻,一生只得妃子名号。

徐昭佩嫁给萧绎的时候,萧绎还只是湘东郡王。

她是名门之后,做一个王妃,这是顺理成章的事情,但是自古女子的悲哀,还在一个姿容。只相貌端正还不够被帝王宠爱,皇宫里汇集了天下绝色,稍微差一点,就是平庸。

徐妃不是明艳的女子,史书里有不少女子的痕迹,但凡容颜俏丽的,都会有笔墨为之停留,哪怕简单的"有姿色"三个字,也足以让人联想她们当年的风采卓绝。

她更适合配一个戎马天涯的将军,做他深宅里守候的温柔的妻,或者随他长途征战,一路风尘,她是与他一生相守的伴。

有人评价萧绎,说他是才子皇帝,表里不一。

萧绎四十岁之前都是养尊处优的皇子,高墙之内不问民事,只要吟诗作画,读书写字就好。在这安逸的生活中,他只顾挥洒才情,浩浩荡荡娶来的妻,却不是他想要的绝色倾城。

他外表彬彬有礼,在艺术氛围里熏陶了半生,却并没有养成文人气质,相反,他内心冷漠残酷。

在侯景之乱中,他拥具实力却坐观国祸不理,甚至暗藏私心,趁乱世而突起,将对他取得皇位构成威胁的兄弟子侄逐个消灭,手段极其残忍。更令人发指的是,他等到父亲梁武帝被外贼活活饿死之后才发兵勤王。

他需要一个方式来证明自己,坐拥书斋不足以填满他心里的自卑和空虚,不管内心是怎样疲惫,旁人的眼色有多少轻蔑,他都必须鼓起一种气势,撑着场面,撑着场面里的他自己。

他的自卑是无时无刻不提醒他要强大起来的,这是他无法弥补的缺憾,他自小一只眼睛失明,这成了他巨大的心理负担,也成了他一生抛弃不下的沉重包袱,间接促成了他人生的孤独和失败。

深受其害的不仅有一个国家的灭亡,还有一个女子的惆怅。

徐妃有望族女子的端庄,身处江南,在柳莺蝶戏里也有着普通女子对爱情的设想。她不是国色天香,但也不是平庸俗物,她有着浓郁的生活情趣,她要陪着那个人,与他朝夕相伴,和乐共处。

那时候的萧绎虽身有残疾,但文采足够惊艳,而且他性情温和,眼里没有政治风云,住在心里的,全是琴棋书画,每天布衣素食,谈玄说道。

他不喜欢徐妃,从一开始就不喜欢,这只是他皇子身份该配的妻。在他心里,她嫁的是王妃的地位,至于嫁的人是谁不重要,反正称号都不会变。

他对她有尊,有敬,唯独没有爱,放在宫中,她更像是一个不可缺少的摆设和象征。徐妃不甘心丈夫的冷落,无奈之余,她只有自己走出来,她原本聪明,也有几分才华,诗词也是落笔成章。

清晨,让身边伺候的人悄悄地打听了丈夫要去的地方,然后坐在妆台前仔细梳妆。他不喜欢浓艳,她就素净,胭脂水粉淡淡地扫过,连衣服也是如新月般清淡自然。照花前后镜,一一妥当了,走过江滨的长廊,偶遇似的,远远地看着丈夫和一群文人雅士吟诗作对,她的心里总是充满欢喜,感觉遥远而又亲近。

这是她生命里最重要的一个男人,她为他舍下矜持,为他抛头露面,甚至与这些陌生人一起笑对江花,她都愿意。没有强忍不甘,他有他喜欢的圈子,那么她就来,她不委屈,她只求他也能用欣赏的眼神看着她,看看他娶的这个女子,她不是他人生里一道必不可少的程序,而是与他生命交汇的相依相守。

一点烟雨,一乘轻舟,这些都是眼前的风景,终会过去。

只想有一天,在她住的宫殿里,她也可以放下粉色的纱幔,燃上合欢香,远远地,帘外宫女拨着轻缓的弦,她亲自温一壶茶,举案齐眉呈到他面前。只愿,他能拉着她的手,拥她入怀,一起下棋也好,填词也好,只要这片刻的温柔,纵使时光逝去,天下变换,他们只是最平凡的夫妻。

平凡的夫妻,日出而作,日落而息,点着微弱的油灯,男人修补农具,女人缝补衣裳,过着踏实的日子。好像平原里生长起来的大树,风来了挡风,雨来了遮雨,也要面对春夏秋冬,干旱或者霜冻,但是都会过去,每一年都比过去的一年更牢靠。一起衰老,一起白发,哪怕死了把这树劈开做成棺材,也还是睡在黄土下埋在一起。

徐妃没有经历过贫贱的日子,她的生活里哀的只有她的丈夫与她从不同心。

可是萧绎没有半点感动的意思,也不许她在这里久留,吩咐侍女送她回去。她不依,她娇嗔着使性子,甚至不等他说出拒绝的话,先行入了席,认真地端详起他们谈论的诗句。

可是不消片刻,她仍然被冷落在外,萧绎和别人聊得尽兴,连眼角都不会瞥她半分,好似她根本就不存在,连做做样子都不肯。

有多少幽怨在这一刻生出,转而化成了恨,一次又一次,心里落满了沙子。她从失望到绝望,这个男人,她再也不去讨他欢心。

若能看破,从此放弃倒也是放过了自己,可是满腔的爱终是凝固成了恨,如三尺冰封,再不融化。

村上春树曾经这样说道:"我一直以为人是慢慢变老的,其实不是,人是一瞬间变老的。"

她就是。

心突然就苍老了,却还在苦苦挣扎,剩下的,全是疲惫。

经常一过就是百天,他不入她的宫院,再来时,她对着他冷冷地笑,烛光映着脸上的泪光,赫然只是半面妆容。

一弯眉如入远山,一只眼波光粼粼,半边脸飞上桃花,半个唇媚行如烟。

历史传说,她的半面妆,是对应萧绎的一只眼,以示嘲讽之意。

我却不这样认为,她给这个男人生儿育女,她曲意承欢只为进入他的心里,此时这一惊天动地的举动,是她没有办法的办法,为引起他的注意,她只能无所不用其极。

换不来他的爱,就换来他的厌,厌累积到了足够的厚度也是恨,他们不能相爱,那就互相恨着。她的心里都是他,所以她恨。

如果有一天他也恨她了,是不是,她就得到了他的心。

这是一个悲哀的女子,被爱情冷落,转而拼命地去寻恨。

侍女们都极为担心,怕萧绎盛怒之下把她处死。

徐妃不怕,她了解这个她用了心的男人,她淡淡地说:"王爷讲仁义,有道德,断乎不会因这样的小事焚琴煮鹤,顶多是逐出宫去。"这样也好,与其维持有名无实的夫妻关系,倒不如另外择人而嫁。

断乎不会。她懂得这样深,偏就是因为这份懂得,让她绝望得再也没有任何峰回路转的机会,余下的生命还有多少天,她不在乎了。

匆匆流年,这场婚姻在年华里维系,他们门当户对,有共同的文采爱好,膝下育有一双儿女,看在别人眼里该是万般美满。可于他们自己,却是相互折磨,而且心越来越冷,偏又绝不退缩。

萧绎也懂她,一个照面就知道她是故意要惹他生气,看着她一面冷若冰霜的面孔,一面艳似桃李的容颜,明灭的灯光下,这样的装扮一出场,不是美和丑可以评判的,很有几分人不人鬼不鬼的恐怖和阴森。

萧绎却没有任何的表情,惊吓、厌恶、愤怒,这些该有的情绪都没有,他仍然平静,似乎她变成了什么样子也不能激起他的反应,他的心里没有她,眼里自然也没有。

果真如徐妃所料,萧绎没有生气,也没有任何对她的处罚,他若无其事的表情更是让徐妃恨不得咬碎银牙和血吞下。

她不怕他生气,原本就是受冷落,最多不过是被赶出宫,这对她来说还是解脱。可是无论如何她也没有想到,他一丝一毫也不在意她的存在。

夫妻是冤家路窄,牵在一起的缘分不过是冤冤相报,他们纠缠了很多年,一直到萧绎趁乱登上帝位,徐昭佩也由王妃变成了皇妃。可她仍然是深宫寂寞,忧怨缠身。

静下来,心里慌乱,没有依靠,没有方向,有时候连自己的心都找不到。原本是眼睛里闪着光彩,满面春光的窈窕少女,怎么一眨眼,就只剩这镜子里的深宫怨妇。

想静静地看看自己都不能,一看都是怨恨,此时盛景不再,时光不能回旋,人生没有重来的可能。她颤抖着手抚摸着自己仍细致光滑的脸,此时窗外又是一季花开,风雨不惊,花期不负,而她已近不惑之年。

人生里还剩了什么际遇,还有多久,她不知道。

萧绎拥有了江山,仍然与诗书为伴,他不爱红颜,六宫粉黛他都不恋。天下仍然乱,他的后宫也躁动不安。

徐妃和暨季江成了情人。暨季江是当时有名的美男子,眉目清秀,举止风雅,在朝为官,他们在深宫内苑明目张胆地往来,从不刻意避嫌。

后宫寂寞女子情感旁系的大有人在,多为寻欢。徐妃和萧绎的感情从年轻时一路走到现在,她经历了起起伏伏不尽的心酸,她故意如此,就是要给萧绎一个难堪。说到底,她还是要激怒他。

像极了《男人帮》里的台词:"爱情就是这样,你捅我一刀,我捅你一刀,你再捅我一刀,我又捅你一刀,然后互相数着对方的伤。"

暨季江跟旁人说:"徐娘老矣,犹尚多情。"

这个时候,徐妃仍有把握萧绎不会因此杀了她和暨季江,暨季江自然也从徐妃那里得到了这样的讯息,所以对外他也毫不掩盖,甚至有些得意。否则凭他一个低级官吏的身份,随便找个理由就能被赐死,他不可能有胆量这么放肆。

他为的是一时欢情,断舍不得搭上性命,萧绎和徐妃的事情在当时就众人皆知,他也了解一二,所以才没了顾忌。

他这话说得轻佻,让人为那徐妃感到心酸,她在情郎的眼里仍然是个笑话,笑得太轻薄,流传了上千年。

徐娘半老,风韵犹存。她把仅有的风韵给了他,付出了一腔热情,也曾许下海枯石烂,此情不移,也曾恍惚觉得和萧绎是个错误,良缘是身边这人的温暖。

换来这样的肯定,却不是说给她的甜言蜜语,而是暨季江为了显示自己而说给世人听的。

这话传到了萧绎的耳朵里,他仍是无动于衷。谁也不知道他在想什么,这样的羞辱他仍不挂碍,也许是心里正筹谋着千军万马,只是此时按兵不动。

外敌的兵力很快就到了城下,萧绎当年夺权夺得干脆利落是那般冷酷残忍,不过才两年多的时间,他却把自己隐在了深宫里。

西魏大军围困江陵,他还在坐忘逍遥谈老庄,敌兵呐喊攻城,他登城近视敌情,看着不保的江山、仓皇的臣民,还诗兴大发口占一绝。及至南城已陷,火光冲天,他到东阁竹殿,命左右尽烧古今图书十四万多卷,仰天长叹:"文武之道,今夜尽矣!"

徐妃正和暨季江在一起,听闻都城已被攻陷,她瑟缩在他的怀里。

他是她此时唯一能抓住的依靠,哪怕一起死都应该是这样的姿势,然而她的想象只是一场空,暨季江无情地推开她,跑得无影无踪。

徐昭佩悲愤交加,放声痛哭。宫里早已人如鸟散,宫人各自抢了金银细软纷纷出逃,她跌坐在地上,哭得悲切。

萧绎啊萧绎,说他心里没有徐妃还真是有点过不去,可他的心就像千年冰封的寒潭,又冷又深,让人还未等靠近就已耗尽了全部的热量,最后只能仓皇而逃。

他的国已败,最珍贵的书也化为了灰烬,他奔向了她,奔向了这个他一直不爱、一直冷漠、一直任其自欢自悲的女子,她是他结发的妻。

在这个命将终了的时候,他脚步的方向是她,萧绎心里是怎么想的别人无从知道。原因是什么也许追究起来并不重要,重要的是,在这无依无靠的时候,他奔着她来了。

徐妃发疯似的奔向他,紧紧地抱着他,她泪如雨下,但与之前的泪分明已不同。之前是绝望是恐惧,现在百感交集,究竟是什么,她也说不清。

这一刻离死亡更近,她的心却安定了下来,不再飘零。终于要有一个归宿了,等到这一天,无限辛苦。

萧绎没有推开她,任她哭了良久,之后,萧绎问:"那人呢?"徐妃沉默,没有回答。萧绎的声音缓缓而出,是少有的柔和,事已至此,还有什么重要的呢?

徐妃哭干了眼泪,心早已碎得无形,她重新梳妆,一描一画似出嫁时的郑重,换了崭新的衣服,是萧绎喜欢的淡绿色,上面绣着鹅黄的花。她静静地看着他,淡淡地微笑,这时候的笑是发自内心的,那么平和,那么真实。

如果可以,如果以后还能入他的梦,就以这样的容颜吧,为他盛装,为他赴死。

外面的喧哗声越来越大,敌军就要攻破皇城,她用了三尺白绫,远离了这个让她再也没有任何留恋的世间。

没有人愿意花力气去恨一个不相干的人,她爱萧绎,爱得深刻,爱得不能自已。萧绎爱她吗?盘点平生似乎找不到爱的迹象,可是到了最后,她宁愿相信萧绎也把她装在心里,可能离爱还有些距离,但也已是放不下的分量。她终于没有读懂这个男人,不知道是哪个环节的偏差,让他们始终无法倾心。

徐妃嗜酒,常常喝醉,时不时半醉半癫闹出点笑话来。萧绎来她的房间,她就故意吐到他的衣服上,她没有醉到不省人事,反而那份痴念愈加清楚。这是她的痛苦,恨不得装疯卖傻,哪怕得到一个责备也好。

但是,他也没有不管她不是吗?总是安顿妥当了再离开,明知面对酒后的她免不了有这一出纷乱,他也没有躲避,一次次陪着她,哪怕只是逢场作戏。

好像该加一句台词做旁白:"男人醉的时候会想很多女人,而女人醉的时候只会想一个男人,就是离开她的那一个。"

他们之间最真实的情感,就是谁也救不了谁。

他的心,这一生谁都没有给。

他最大的悲哀就是以为自己谁都不爱,却爱上了一个人,尚且不自知。

但是兵荒马乱的时候,他来到她身边,没有推开她的拥抱,就为这,徐妃死在他的面前,这一生的动荡不安都结束了。值了,真的值了,她再也不怨。

佛曰人生有八苦:"生、老、病、死、爱别离、怨长久、求不得、放不下。"

最有情有义的是史书,把过去的风云化作笔墨,沾染着当时的颜色,一一记录下来,让后人还有个遐想。可是最无情的仍是史书,把一切铭刻得分明,由不得你信,由不得你不信,它就在那里,隔得远,却真实。

《梁书·元帝本纪》记载萧绎说:"既长好学,博综群书,下笔成章,出言为论,才辩敏速,冠绝一时。"他辛苦聚书四十余载,收集起古代罕见的十四万卷之多的图书,在五千年中国历史出现的数百个帝王之中留下的著作为第一丰富。凡二十种,四百余卷,完成了大量学术著作,如《孝德传》《忠臣传》《注汉书》《周易讲疏》《老子讲疏》《全德志》《江州记》《职贡图》等。但今仅存《金楼子》。

这个不近女色不理江山的帝王对中医的研究放到今天可拿博士学位,围棋水平至少是九段,还是姓氏学家,甚至是玄学研究高手,还写了一本兵书《玉韬》,写了一部专门研究马的专著叫《相马经》,其对马研究已超过了伯乐。此外,他还善画佛画。这一生,他心里也苦。

南北朝时期佛教盛行。"南朝四百八十寺,多少楼台烟雨中。"杜牧在念这首诗的时候,正是江南最美的季节,有山村和城郭,有迷离和朦胧,掩映了历史的沧桑,添了些遐想和回味。

也因此,在南北朝瓷器上与佛教密切相关的莲纹图案丰富多彩,蔚为大观。从众多的出土资料可以看出,这些莲纹大多直接来源于云冈、龙门、响堂山等石窟图案,富有浓重的宗教色彩。

最具代表性的是河北景县出土的青釉莲花尊,尊侈口,束颈,腹部浑圆，腹下逐层渐收，圈足外撇。釉色青绿，周身遍布瑰丽纹饰，以莲为主，整个器型体态硕大，装饰华美，气势端庄。

最上一层贴印六个不同姿态的飞天，飘飘欲乘风，中间饰宝相花纹，下层贴印团龙，颈肩六个条形系。腹部上覆下仰的莲瓣，上部覆莲分为三层，层层叠压，依次延伸，至第三层莲花瓣尖向外翘起，叶脉清晰可辨，丰腴舒展，二、三层莲瓣之间贴印菩提叶一周。下部两层仰莲，足部堆塑两层覆莲瓣，器型一仰一覆中完美呈现。

在博物馆里凝视它，端详着岁月留下来的痕迹，想当年它在怎样的地方被掩埋，沉寂成世间一朵无声的莲。朝代更替，几轮征战，它被带进泥土里，封存上千年，然后在那一天，重返人间。

人却没有这个机缘，一旦远去轮回就再也不复当初的模样。就像萧绎写在《荡妇秋思赋》里结尾的那一句："春日迟迟犹可至，客子行行终不归。"

有必要插一句，这个"荡妇"是指游子之妇。只是这篇赋与徐妃无关，他从没有为她写过一个字。

"诺"和"誓"都是有口无心，而"怨"却要从心里生出来。

我们都是过客，我们只能是过客，人生不过是曲终人散的过程，只是散场的时候，有人欣慰，有人心酸。

出尘·心无挂碍

给我一个花谢花开的终点,为你红妆粉黛,勤傍妆台,如约地,等过岁月晨曦,青碧翠绿。纵然无物结同心,仍然梦回芳草恩依依,已是斑驳的光阴,苍郁的记忆,春色老,夏迟暮,请你铭记我怒放的容颜。一点,一滴,在清晰的脉络里,舒展着漫长的期许,所有的艰辛都会化为虚无,只要你来,纵然相对无语,清瘦如花。

繁华事散逐香尘

《花镜》上说:"梧桐能知岁,每枝长十二片叶子,象征一年十二个月,若是闰月,就会多长出一片来。"梧桐在清明节开花,若未开,这年的冬天就会非常冷。

此时,我正在它的浓荫下,梧桐树叶错落有致,阳光穿过缝隙投下细细碎碎的光柱,用手掌就可以接住,然而指缝间又洒下更多微茫的光。树木的年轮即将再添上一个圆,时光被带走了,很多东西在还没有意识到的时候,就匆匆被带走了。

一个女子华美的生命,就是人生给予你最大的成全。

上个世纪初,在甘肃出土了我国迄今为止发现最早的木版年画,它的名字叫《隋朝窈窕呈倾国之芳容》,起初我看见这个名字忍不住皱眉,如此长的名字,还全是相近的词,好像皇帝起谥号似的,恨不得把好词都用上,风雅韵味全没了。

这一宋金时代的版画,繁而不杂,颇有唐风汉韵,这幅画又被称为《四美图》,画的是王昭君、班婕妤、赵飞燕和绿珠四位美人。

这是宋人眼中的四大美女,和我们习惯的说法大有出入。前三个都是伴天子的后妃,只有绿珠例外,她最后纵身跳下而无怨无悔,只是因为一段逃不开的尘缘,关于她的传说,历久弥新。

绿珠生在双角山下,国色天香,生得太美的女子,偏僻的角落是留不住的。长在古墓里,从小克制不动情念的小龙女,尚且为一个男人出古墓,来到了花花世界里。

这绿珠,她善舞《明君》,且会自作新歌,她懂一个女子在爱情里的流离和失落,她在亭间吹笛,落了满身风烟,她终究是不甘寂寞的。

石崇就是循着笛声来的,他看见了这个姿容绝艳的她,顿时心动。这山清水秀之地适合一个女子成长,却不能永远困住她。石崇是西晋有名的富豪,就是放在现在,我们给古人制订一个富豪排行榜,把两千多年间的人混在一起排,石崇也是当仁不让的前十位。

石崇富可敌国的财富掩盖了他的文人光芒,他是西晋赫赫有名的文学团体"金谷二十四友"之一,当时文坛上的风云人物都在这一团体之中。而且他的父亲石苞是时人赞为"无双"的美男子,可见他也是倜傥风流,样貌堂堂。

出手阔绰,从不小气的他,看着绿珠,开出了价码:珍珠十斛。

十升为斗,十斗为斛,换算成常用的度量,即整整四十斤。

石苞有六个儿子,晋武帝时曾官至大司马,临终时分财产,独独不给最小的儿子石崇,石崇的母亲觉得太不公平,表示抗议,此时就要咽气的石苞像是开了天眼,知晓了石崇未来的路途。他说:"此儿虽小,后自能得。"

当年的石崇刚好二十四岁。

总觉得古人的观念和习俗偏向男子,男人二十岁弱冠是为成年,三十而立为壮年之期,娶妻生子后,家仍由父母掌管。不管多大,都能以求取功名为首,学业未得,人就不急着成熟,家的概念不大,说走就走,一别数年也不是没有可能。得了显贵,回来后家族荣耀,就算一事无成,仍有个家可以收留。

女子的命运却没有这般从容,十五岁及笄之后便可论婚嫁,要看相貌性情,操持得几分家,年岁稍微大些就有可能为婚事发愁。出嫁的前一晚,娘会告诉她什么叫"敬",什么叫"忍",什么叫"顺从"。从此长长的一生就是对三从四德的临摹,一遍又一遍,只要夫家不得变故就是菩萨有灵。

石崇也是毫无悬念地踏上了仕途,官俸虽能让他衣食无忧,但绝不可能得到堆积如山的财富。他曾任荆州刺史,史书记载他"在荆州,劫远使商客,致富不赀"。

他是个地方官,上演的却是山大王的戏,看样子还不只是留下买路财那么简单,应该是洗劫一空的架势。

那时候的君王是惠帝司马衷,他是史上有名的痴呆皇帝,真正掌权的是丑女皇后贾南风,这样的形势,天下不乱都难。

不知道当时石苞有没有算出他这个小儿子的今天。石崇底气十足,绝不藏着掖着,他和国舅王恺斗富攀比成了当时最有影响力的话题。

有一天,晋武帝赐给王恺一棵二尺有余的珊瑚树,此树枝条繁茂,红艳欲滴,很多人大开眼界,称之为稀世珍宝,世上再无其二。

王恺得意扬扬,特地用大箱子抬了去给石崇看,绸子掀开来,石崇果然很感兴趣。他从座位上站起来,凑近珊瑚树看了看,随后用手里的如意用力一敲,只听"哗啦"一声,珊瑚树已不复贵气,只剩满地狼藉。

王恺大怒,又极为心疼,认定石崇是出于嫉妒才将珊瑚树打碎。

石崇只说:"小事一件,我赔给你。"

说着就让手下把家里的珊瑚树都呈上来让王恺自己挑选,一字排开足有六七株,均高达三四尺,比王恺拿来的那棵粗壮得多,而且莹润夺目,光耀如日。

石崇为藏天下珍宝专门在洛阳城东建了个院子,叫"金谷园"。园子依山傍水,亭台楼阁散落其间,殿宇辉煌,极尽奢侈。《水经注》谓其"清泉茂树,众果竹柏,药草蔽翳"。

他的财富也不是全靠抢。他经营南海贸易,换回了很多中原见不到的珍玩,同时收罗天下奇花异石,都置于园子里。风物有了,雅情还不够,就招来当世文人举行金谷宴集,包括潘安、左思等人,他们号称"金谷二十四友"。

这还不够,还要有红妆和知己红颜。

红妆好得,红颜难寻。

金谷园里美女如云,都穿着刺绣华美、裁剪精致无双的锦缎,佩戴着璀璨夺目的珍宝玉石。她们用上好的麝香,奏传世的乐器,走起路来香风阵阵,环佩声声,远远看去,红墙绿树间,她们是花间穿行的蝶,点缀在哪里都是一道风景。

算起来,金谷园的女子有上千人,虽然身份不同,但都貌美,仪表穿着也都是上乘。大概石崇是为了悦目,进来的人可能没有名分,但绝不能是野草闲花,开也要开得有风情。

据说石崇洒沉香屑于象牙床,让姬妾们踏在上面,没有留下脚印的赐珍珠百粒,只要有了些许痕迹,就让她们控制饮食,以保持细骨轻躯。

汉时赵飞燕的遗韵在他这里算是发挥到了极致。

《耕桑偶记》记载,晋武帝将进贡的火浣布制成衣衫,穿着去了石崇那里。不过石崇故意穿着平日常见的朴素衣服,却让身边的奴仆五

105

十人都穿火浣衫迎接武帝。

他的胆子真是大,我都要替他捏着把汗,这实在是骄纵得无法无天,毕竟君臣之别放在那里。凡事就怕过了界,石崇炫富炫得过瘾,丝毫不觉隐患暗生。

金谷园里的红颜就是石崇千里迢迢带回来的绿珠,他用了难以计数的上乘珍珠换得她,却不单单只是为了炫富。她值得,在他心里她值得,珍珠只是说得出的珍贵,说不出的还在日后的宠溺中。

石崇专门为她修建了华美的绿珠楼,对她宠爱有加,绿珠也善解人意,心甘情愿跟随石崇。石崇炫耀之心从来不减,绿珠也是他金谷园里拿得出手的宝物,每次宴请宾客,兴致高处,石崇都会把绿珠唤出来唱歌献舞。

金谷园里的女子不同大家闺秀,也不同于青楼女子,主人阔气,她们也端得比别家娇贵。绿珠是这里面难得的温柔,她温婉淡雅,歌舞深情,风姿袅娜,言语不多。见者多失魂落魄,如遇天人,绿珠被圈养在这里,美名却渐响天下。

石崇也不是傲得谁人都不服,他敢如此目中无人,皆是因为他投靠了当时大权在握的贾后。八王之乱后,司马伦专权,依附于他的孙秀久慕绿珠,便趁机派使者前去金谷园索取。

那时石崇正在金谷园的凉台上临风慕水,听歌吹,赏宴舞,极尽人间之乐。见孙秀差人来要索取美人,他手一挥,叫出十几位美女让使者随便挑选。使者说受命只要绿珠,石崇勃然大怒:"绿珠是我所爱,绝不能给。"

孙秀更怒,劝赵王伦诛石崇。

兵马团团包围了金谷园,声势喧天,让这里的美人香气瞬间凝固了。石崇知道在劫难逃，即便这样，他仍然不愿意把绿珠送出去换得平安。

他要对得住自己说出口的那个爱字。平日游戏风流，心里的轻浮只对着尘世，此时园子将毁，财富要散，性命也将不保，一生的心血、骄傲、荣耀和脸面都将散去，可是那个楚楚望着自己的女子，他丢不得。

石崇长叹一声，对绿珠说："我现在因为你而获罪。"

绿珠垂下泪来，深情地与他拜别："愿效死于君前。"她微笑着，毅然跳下了绿珠楼。

石崇伸手去拉，却是一缕飘带从手边滑过，那是绿珠最后的柔情和回首。

要说绿珠已去，他原该没了顾忌，当拼死一搏，然而却只见悲痛，不欲求生。可见绿珠真是石崇挚爱，竟然带走了他的全部力气和未来。

索要绿珠，只是个借口，石崇的财富和曾经的气焰不知让多少人怀恨和嫉妒。不是这样的理由，也会有其他手段，绿珠无辜，她是败在盛名之下，为名所累。

后来有人说绿珠是被逼，被石崇的气势所逼，不死不足以谢恩。

原本就是一笔交易，哪里来的恩，后面的宠全是因为爱，石崇明白，他爱绿珠，绿珠到最后一刻也明白，她爱石崇。

是这个男人，与她在山水间相逢，从此朝夕相对，再也没有分开。他给了她缤纷华丽的生活，也给了她只此一人的爱，让她的生命在此刻辉煌成永恒，她也算是欠了他。

楼上胭脂辞朱颜，她情愿，她甘心，就算是个摆设的花瓶，她也选择粉身碎骨，何况为的是爱，她不孤单。

坠楼的绿珠成了桂花花神，飘在八月清秋的江湖之上。也飘成了钧窑的万紫千红。

钧窑的胎质细腻，釉色华丽夺目，颜色极美，有玫瑰紫、海棠红、茄子紫、天蓝、朱砂、火红诸色。红若胭脂者为最上品，器型以花瓶最为出色。

钧窑有着无穷的神秘吸引力，还因为它的窑变。

窑变是钧瓷的最大特色，清代蓝浦《景德镇陶录》赞美说："窑变之器有二，一为天工，一为人巧。"

"钧瓷无对，窑变无双。入窑一色，出窑万彩。"

如咒语，有一种媚惑的气息渐渐弥漫。

每一个窑变，都是一场生死之恋。

今日金谷园已无迹可寻，只能在画家的卷轴里看它盛时的景致，还有传奇落幕的绿珠，也只能在诗词里寻找。

为君生，为君死，狭路相逢，为一段挣脱不得的缘分。红尘一碾多少遍，等在路边，等待你的出现。

她不悔这一生，但到来世，宁愿不要十斛珍珠，只两匹锦缎一点饰物就好，安得下身心安得下家，然后相爱着把一生长长地过。

否则，爱不够，不够呀。

暗香静燃独映雪

它在博物馆的陈列柜里,每天面对人来人往,只静静地独立,看到它的那一刻,我毫不意外地想起了上阳宫的梅妃。

《唐宋传奇集》的故事里有她,戏台上的《惊鸿记》里有她,《一斛珠》的词牌里有她,《全唐诗》的酬唱间有她,宋代的仕女画里也有她。然而正史的笔墨间,无论是《旧唐书》《新唐书》还是《资治通鉴》,却只字不提她的其人其事。似乎她并没有在历史中真实地存在过,只是一段依附在唐明皇和杨贵妃爱情里可怜的戏说。

梅妃,红尘里的名字是江采萍,清秀纤柔,淡妆雅服,生长于福建,家里世代行医,她更是多才多艺,气质不俗。

她的名字来自于《诗经》,她九岁时就能背诵《诗经》里的《周南》和《召南》,这两部分是记载周文王后妃事迹的,她说:"我虽女子,期以此为志。"

我对她的担心,也由此落地生根。

人这一生说过的话,林林总总,谁也记不清,也不知道哪一句不经意间的话,就暗合了命运的传奇,成了过往的叹息和未来的谶语。

唐玄宗宠爱的武惠妃死后,玄宗整日郁郁寡欢,对谁都提不起兴趣。高力士想了种种办法替圣上解忧,其中就包括去江南寻访美女,这一去还真是有心人天不负,他带回了清新雅致、蕙心婉约的江采萍。

初入宫,江采萍果真得玄宗宠幸,一见欢喜,爱如至宝,被封为东宫正一品皇妃,号梅妃。后来的杨玉环顶多是让三千粉黛无颜色,可那时的江采萍却让皇上视四万宫人皆尘土。

也许是因为江采萍喜欢梅花而被封为梅妃,也许是因为成了梅妃而更加爱梅,总之她痴爱梅花,所居之处遍植梅树。每到梅花盛开时,她便流连梅园,不知倦,不知返。眉间映雪,衣袂生香,玄宗远远地看了忘情,只觉天上人间如入仙境,美得无可描画,只脱口而出,唤她"梅精",并在她的住处题了一块匾额,上书"梅亭"。

她也像极了梅,清高孤洁,目下无尘,从不打听外面的蜚短流长,远离无谓纷争。闲煮茶,慢读书,最常去的地方就是梅园,偶尔也调弄草药和香料。她心里只有玄宗,这个深情的男人,强大而柔软。

她写有《萧兰》《梨园》《梅花》《风笛》《玻杯》《剪刀》《绮窗》七篇赋,自比东晋才女谢道韫,以咏絮诗才为人间留红颜清明。

她初入宫就受宠,其实也正是因为这个新人的身份。

宫里的旧人都已习惯了争风吃醋,整日里春风拂面地相见,转过身却是恨不得对方一夜白头。看多了也会厌,玄宗就是对旧人没有了新鲜感,新来的江采萍身上还有淡淡的草香,她就是一枚世外讨来的灵丹,能慰心灵的伤。

无须什么胭脂或红妆,这一刻,在欣赏她的人眼里,她好比《登徒子好色赋》里提到的女子:"东家之子,增之一分则太长,减之一分则太短;著粉则太白,施朱则太赤;眉如翠羽,肌如白雪;腰如束素,齿如含贝;嫣然一笑,惑阳城,迷下蔡。"

她淡淡地嫣然一笑,惊艳整个皇宫,内敛素净的她还没弄清楚方向,就天真无邪地绽放成了皇宫中一株风情万种的海棠。

她可以长久如涓涓细流,却无法燃烧摧毁整个宇宙。

那个有着强大力量的女子很快也进了宫,就是与玄宗爱得连大唐都倾覆的杨玉环,她和梅妃是风格迥异的女子,她喜着绫罗绸缎,尽日欢娱。杨玉环虽和唐玄宗差了太多的年龄,可是他们之间不但有爱情,还有知己的缘分,他们都是难得的音乐奇才,在梨园里共做音律研究。

玄宗念着旧情,总希望两相遂愿,可是杨贵妃得了宠,就要个一枝独艳,绝不许她人占了春,一枝两艳也不行。

杨玉环喜欢出席人多的场合,比如在兴庆宫的沉香亭上,玄宗和杨贵妃一边纳凉一边喝着美酒,周围是盛开的牡丹,兴致上来,宣李白进殿,撰新诗以助兴。李白也趁了酒兴,得到了空前绝后的待遇,龙巾拭吐,御手调羹,贵妃捧砚,力士脱靴。很快,酒尽诗出,他写下了风情凝聚的《清平调》。

这样的情节,在梅妃身上永远也不可能出现。《梅妃传》里写有一个片段:玄宗设宴请自己的兄弟,梅妃在旁侍候,玄宗叫她剖开橙子去送给各位王爷,有一个不安分的汉王偷偷踩了她的鞋子,她二话不说就回了房间。旁人不解,玄宗差人去请,她说鞋上的珠串散了,穿好就出去,却良久不见出来。玄宗亲自去请,她却说身体不舒服,终究没有再出去。

受宠的时候,一两次这样的小事算不得什么,撒个娇使个性子,多讨一份怜爱也是可以的。然而次数多了,皇上也会恼,也会不耐烦,众人面前总得要个面子,况且他还是万人之上的天子,本是金口玉言不容悖逆,此刻甚至要走下台阶来迁就她,偏还换不来一团和气。于是最初的新鲜和浓情,几次就消磨殆尽了。

新来的这个杨贵妃却不同,有再多的人也不顾忌,反而更加风情万种,反正自己一心一意对着龙椅上的那个男人。唐玄宗是皇上没错,但也是个多情的男人,让别人看在眼里羡慕着,他心里也得意。

新人得了专宠,旧人落入冰冷。她听到外面驿马到来,在楼上开了窗子看,千里奔来的不再是梅花,而成了杨贵妃喜欢的荔枝。

她泪流满面,想起了司马相如为陈阿娇写的《长门怨》。

陈皇后为了唤回刘彻的心,不惜千金买赋,她也傻傻地凑了千金给高力士送去,求他帮忙寻有好文采的人写赋呈于皇上。高力士虽是她的引荐人,但此一时彼一时,现在的高公公,正忙着侍奉贵妃醉酒。

无奈之下,梅妃自己写了一篇《楼东赋》,玄宗看后,沉吟良久,也觉得委屈了她。可再委屈,如今他给她的安慰已不再是情感,而只是一斛珍珠。

梅妃懂了,她知道人世间的青春岁月唤不回,春色满园唤不回,已经走远了的爱情,也同样唤不回。

她写了一篇《谢赐珍珠》,我读了心里惆怅得很:

柳叶双眉久不描,残妆和泪污红绡。
长门尽日无梳洗,何必珍珠慰寂寥。

这首诗,写便写了,把自己的苦闷哀伤排遣一下就好,而后撕了、烧了、葬了,万不该拿给皇上看。唐玄宗看了丝毫不心疼,没了爱情的心不会再为你疼,最多是可怜一下,隐隐地伤一下怀,应时应景地叹息一声。玄宗是艺术家,这诗若是不相干的人所写,他读来恐怕也会牵动一下心。

他动心的是诗,已不再是写诗的人了。他读便读了,万不该还要让乐府为这首诗新谱一首曲子,名字就定为《一斛珠》。

孤傲的梅妃到最后还是低下身段,只为让皇上知道他不在时的凄凉。

这个失宠的女子,只剩下了可怜的样子。梨园的乐师谈唱得不知疲倦,他们忙着排练新篇,梅妃在自己的宫苑里,看梅开了万枝,雪落了一地,但一个脚印都没有。

词牌名《一斛珠》,又名《醉落魄》《怨春风》《章台月》等,总之是一首凄清的词。

从此,梅妃再也不出上阳宫。

令人心疼。

秦汉与林青霞分手时说,不问佳人长与短,从此山水不相逢。

已然知道结局是注定的悲剧,何不留最后一点坚强。梅妃也该微笑着说再也不见,转身之后远远地离开,远远地成为一个人的怀想。不是惩罚谁,也不是惩罚自己,只是要给自己一个交代,给缘分一个告别,而后修炼成那朵能经千世万世的彼岸花。

彼岸花,又名曼珠沙华,花语是"恶魔的温柔",人称"草莫见花莫见"。自愿投入地狱,徘徊在黄泉路边,接引灵魂渡忘川。开一千年,落一千年,花叶永不相见。

"情不为因果,缘注定生死。"不是所有读过的句子,懂得的道理,都能做到顿悟和遵从。

风吹檐铃,雨打芭蕉,终是破败了。

安史之乱后,出逃的唐玄宗没有带上江采萍,待一番辗转再回宫,梅妃已下落不明,他只得到了梅妃的画像,并作诗以记:

忆昔娇妃在紫宸,铅华不御得天真。

霜绡虽似当时态,争奈娇波不顾人。

什么叫多余？用一下李碧华的话,那就是"夏天的棉袄,冬天的蒲扇,还有我心冷后你的殷勤"。

逃亡的路上,国破人凋零,命悬一线,迫于局势和压力,唐玄宗赐死了自己深爱的杨玉环。保全了性命再回长安皇城时,李隆基已不再是帝王,人也到了暮年,亲身经历了从盛世欢歌到流离失散,寂寞宫墙里,老了梅树,他才又想起那个清雅如诗的女子。

忆昔,忆昔,如初见,只是回忆里的温馨,是再也回不到的从前。

梅妃没有死,她从皇宫内苑逃到了朴素民间。

她的身影只在杨玉环的故事里出现,安史之乱是杨玉环过不了的一关,却是江采萍的人生转机。

她隐姓埋名,把自己流落成了一个传说,她不会进道观或者寺院,她懂医药,她会在山脚下安个宅院,只与有缘人相见。

什么都可以抛弃,唯独爱梅的心不会改变,仍然在院中植遍梅树,等一场雪,仍然流连在里面,深情无限。

有隐隐的诗句传来:"疏影横斜水清浅,暗香浮动月黄昏。"

梅妃隐居的山可能就是杭州孤山,宋时林和靖在此停下了脚步,终身白衣,归隐林泉,以梅为妻鹤为子。

他在世时一生未娶,离世后在坟墓里陪伴他的只有一方端砚和一支玉簪。

那个女子是谁,他活着的时候从来没有提起过,就像他从不外传的画作,只是他一个人的珍藏。红尘万千,只在心的最深处安放,生只有她,死亦只有她。

  吴山青,越山青。两岸青山相送迎,谁知离别情?
  君泪盈,妾泪盈。罗带同心结未成,江边潮已平。

  很多时候,错过就是刹那间,一转眼,心已孤零在天涯,再回首,沧海桑田。过去的时光永远不会再回来,那个曾经重如山的诺言,也如这飘落的花般逝去。

  若珍惜,就记得它的美丽;若怨,就让它随风而逝化为尘。

  但是,总也有那么一些情怀,即使山无陵,天地合,面对的人已不在,也仍然,死了都要爱。

  一曲《相思令》,吹皱多少嗟叹,凝结起来仍是霜,冷冷地映着月色。

  听说再过不久,梅花就要开了。

  开成这个莹润似玉的梅瓶,要仔细看,才能品出它的脉络分明。她占着梅的名,开的却是莲花意,那是一个女子隐忍的生动。

  此瓶造型挺拔,是宋代定窑梅瓶的标准式样。定窑也是宋代五大名窑之一,曾为宫廷烧制贡瓷,窑址位于河北曲阳涧磁村,以生产白瓷著称。

  晚来初雪,顿觉惊喜,心有薄欢清凉,仿佛一瞬间,回归了所有的静谧。我在窗前出神,几乎看不到雪飘落的踪迹,幸好有墨瓦红墙,丹枫翠竹,留住了这抹最生动的绝色。隔着恰好的距离,就这么彼此相看,我满目惊艳,内心再难平息,莫名的感动突如其来,似潮水拍岸,惹得水波回纹,莲舟荡漾。

"昔我往矣,杨柳依依。今我来思,雨雪霏霏。"此刻便是天意良辰,恰需一杯佳酿,做我与风与雪结为知己的见证,做我同岁时浪漫与共的伏笔,记下我对红尘烟火的眷恋和浅醉。于是,我用透明的水晶杯,斟上嫣红的羊羔美酒,素手初心,温良端庄,用赤子的情怀,婉约的心思,独自秉敬天地。为这份光阴里的冷冽肃然,贞静禅意,为我偏爱的荒寒和落寞,也在这孤绝里敛尽芳华,倾杯为自己,在山长水远,物非人闲的当下,得以遇见萧瑟深处的铺陈回顾。

暗香盈袖,故人重逢,我凝眸饮下千年窖藏,忽然与这岁月古今,有了交杯换盏的情义。

读罢故事,哀愁绕心,为古人落罢泪,不想再与繁华有过多纠葛,宁愿在一个地方静下来,清粥小菜,炊烟人间,与梦想共处。

一壶老酒喜相逢,我亦假装一醉,以文字下酒,收拢千年诗意,酿尽孤独。此后交付给光阴晨暮,一藏十载或更久,守候的深情,永远温柔明净。

时光荏苒,终不似,少年游。

醉里吴音相媚好

中国源远流长的传统艺术讲究"意会",包括在文学作品和流传的民间故事中,往往有很多不经意的地方,惹人驻足,并且还频频回首。

清代画家戴熙曾题:"密从有画处求画,疏从无画处求画。无画处须有画。"

读瓷也一样,看的是形是貌,赏的是底色,品的是意。

意会是能穿越历史和风烟的。这个意,是千年阻隔不断,闻之已觉心芳,恨不同行日月,唯愿心领神会的意;这个意,是若隐若现,分明在眼前,又道不真切,几案罗列,欲会不能言的意;这个意,是无限流连,不求甚解,会心于清旷之时,欣然忘饥寒的意。

有时候它来得纯粹也简单,一个名字就能让人若有所思,而这个思,就是意的起源。

比如龙泉。读起来就有青翠欲滴的凝重和清凉,与欧冶子的七星剑有关,与温润如玉,有君子之风的青瓷有关。

早在三国两晋时期,龙泉人就广泛吸取越窑、婺窑、瓯窑的制瓷经验,开始烧制青瓷。这个地方山峦重叠,森林茂盛,有三江水系流经,矿藏资源丰富,极适宜制瓷业的发展。但是早期的龙泉青瓷作品多为灰胎青黄釉,制作相对简单粗犷,窑业的产量也不大。

只薄薄的一页翻过,时间落到五代十国,这一时期的龙泉瓷业已有初步的规模。这时的青瓷以烧制民间瓷为主，多为淡青色釉，胎壁薄而坚硬，质地细腻，呈淡淡的灰白色。

此时更是出现了让人目眩神迷的"秘色瓷"，在瓷器史上，这一时期被称为"迷惑期"。

一切来得太突然，让人措手不及，好像附在历史里的一页，与前面的内容衔接不上，与后面的概述也不完全吻合，但是它一定有出现的道理，也一定由天时地利人和的条件促成。

只是瞬间的转变太完美，像一场舞蹈，加了舞美的效果，看得太震撼，便会有不确定的疑惑。

此时出现的淡青釉瓷器器型规整，釉面光洁，透着淡淡的青色，显示出它典雅沉静又脱俗的气质。

这些的出现，和一个叫吴越的国家有关。

又是一个让人看到思绪就无端飘飞的词——吴越。

江南的远山如眉黛，柳打塘萍，春风斜面里，佳人的笑容如三月含羞的枝梢，那隔花的轻语，好像是对着画中人的一场梦。

作为一个地名，它比江南更秀气，作为一个国家，它是举国皆田园的归处。

吴越的开国国君叫钱镠，字具美，小字婆留。

我很少安排一个人物以这样的方式出场，太枯燥，太规整，太冰冷，也太苍白。大名小名地排在这里，其实没有多少人会在意，我也从来不做这样具体的陈述。这也是个意外，只因为他的名字有吴越的山风水气，有吴越的家常烟火，沉浸在时光中，浮现出来的是轻轻浅浅的爱意。

钱镠出身于贫寒的农民家庭，出生时相貌奇丑，传闻其父欲弃他于屋后井中,因祖母怜惜才保全性命。

关于这个说法我是不太信的,无非是历史想给这个后来当了国君的人添一抹传奇色彩,农村人家添丁,只凭刚落地时的相貌就要丢弃,这实在说不过去。

他自幼不爱学文,偏好习武,十六岁离开学堂,铤而走险去贩盐,不但有了富足的经济来源,还在州里奔波间,练就了书本上永远不可能学到的体魄和胆识。

一个有大气概的人,可以不问出处,但侠骨柔情一定不可缺。

史书记载钱镠"善射与槊,稍通图纬诸书"。槊就是长矛,矛长丈八谓之槊。

兵器里有丈八蛇矛,不仅有神通,还似有逼人的巫气。

燕人张飞手执丈八蛇矛驰骋沙场,虎牢关三英战吕布,葭萌关挑灯夜战马超,当阳桥头桥断水回,这支矛舞得霸气十足,与翼德勇猛鲁莽、疾恶如仇的性格相得益彰。

这丈八蛇矛与他的外形相配得更是无可挑剔,《三国演义》里描述张飞"豹头环眼、燕颔虎须,声若巨雷,势如奔马",再拿上这么一把有气势的矛,只往那里一站,如天兵下凡,再天不怕的人物心里也得怵三分。

八十万禁军教头林冲也是使用丈八蛇矛的,虽然《水浒传》里林冲用过的兵器很多,但作者特地点出了他的矛,也许是为了和他的"豹子头"形象做一个统一。

这些好似是题外话,但却是我对钱镠最初的想象,他生下来丑得连亲生父亲都恨不得扔掉了事,又用着如此厉害的兵器,驰骋于走私路上,可见功夫了得。那么此人的外貌和猛将好汉也必有几分神似,这个人一定是勇猛魁梧的,在形象上就能给人以一种震慑。

我为他的名字有那么一点点心酸,钱婆留是他从小到大一直被叫着的名字,这个名字真实的渊源无处可寻。可能是因为祖母对他极其喜爱,渐渐地就叫开了,毕竟穷苦人家的孩子没那么多讲究,命不值钱名也贱,何况这名字里面还含着慈爱,已经是无限温暖了。

至于他的字具美,还有一种说法是"巨美",这与他的容貌有什么冥冥之中的关系吗?

幸好钱镠的形象没有出现在文学名著中,否则不知该得以怎样的眉目流传。

我看画像里的钱镠,勇猛只体现在眼神中,外表只见儒雅之气,欲拂还徘徊。

相信有些选择也是巧合,或者是别无选择后的妥协。我还是愿意用小女子的心思对着这个刚强性情的男子,皆因为,这个男人的柔情只会在日后浓春,对着一个小女子流露。

刚二十岁出头的钱镠去镇上入伍当了义兵,有勇有谋,得到了指挥使的重用,在接连几场大的平定叛乱中表现出色,从而被接连提拔。

黄巢军进犯临安,钱镠以少敌多,巧妙运用战术,成功地阻吓了黄巢军。

看到这个"吓"字,我还是忍不住笑了,想着他是不是也如天将一般,带领为数不多的兵丁,威风凛凛地立于城门上。风吹着猎猎旌旗,天空晴朗碧空无云,大军压城,他镇定自若胸有成竹,他不用弹《卧龙吟》或是《十面埋伏》,他只需要气定神闲地立在那里就足够对方忌惮了。

诸葛亮的焚香弹琴,旁顾无人的架势里也捏了一把汗,所以历史上诸葛亮没有唱过空城计,这只是罗贯中在小说创作中用的艺术杜撰。

钱镠的排兵布阵都是以一当十的,感觉得到气势,也看得到气势,"吓"跑用得也真是不夸张。

后来钱镠被授予都知兵马使职位,随后建立了地方割据政权,又经过几场大的征战,钱镠连连制胜,升任镇海军节度使,驻杭州。

一直与钱镠亲密合作,而且对钱镠有提携之恩的董昌叛唐称帝,钱镠接到朝廷旨意讨伐董昌。念及旧时情谊,钱镠一直下不了决心,就在他犹豫不决时,董昌先来进犯,钱镠迅速攻克董昌的地盘,从此,两浙地区都归到了钱镠的管辖范围。

因讨伐有功,钱镠得到了唐昭宗特赐的丹书铁券:"卿恕九死,子孙三死,或犯常刑,有司不得加责。"

不管地位多高的人,也有他的天真处,大笔一挥,上来就是饶九次不死,这得是多大的恩赐。

《辍耕录》中有对此铁券的详细描写,这件铁券后经宋代陆游、明代刘基等人为其写跋,还呈宋太宗、宋仁宗、宋神宗、明太祖和清高宗等五位帝王御览,现藏浙江省博物馆。

唐朝灭亡了,铁券还在,天下换了姓氏,铁券上的承诺仍不过期。此券在明太祖时期使用过一次,钱镠后人因税粮上出了差错,被责令抄家。于是呈丹书铁券进京,朱元璋亲自接见了他,不但无罪释放,还下令返还抄没的全部田产家财。

这也是铁券唯一一次被使用,老话都说一朝天子一朝臣,换了年号就要重整江山,然而飘零的山河可以再收拾,民间的信义却是根植于天地。虽然是隔了几百年风云,风水轮流转,江山也已换了数人坐,但人非物还是,它的效力仍在。

如此纯粹的承诺,丹书铁券上的誓言沧海桑田不换,代代君主只敬不欺,比"山无陵,天地合"的相约更要多几分纯朴和坦荡。

正所谓君无戏言。

爱情无关生死,却讨不得一块丹书铁券,若可以,也请许我你的丹书铁券,生生世世,我拿着它,可以讨一个长相伴,永不离别。

唐昭宗光化三年,为了表彰钱镠的功绩,朝廷把他的画像悬于凌烟阁,成了大唐盛衰的见证。

但是再怎样,也已是唐朝的暮年,气数已尽,再多的努力也只是拖延,纵有猛将挽得一时狂澜,大局已定,谁也没有能力再回天。

日影一寸一寸移动,光晕照开了中国五十多年的纷乱割据。

那是一个出将领,临新君,热血沸腾,豪气冲天,手里握着长杆,心里有那么一点盘算,就可以上路打江山的年代。

五代十国,各自为主,一段战火纷飞的岁月,有实力的将领发动兵变夺权的事情时常上演。大大小小的王国林立,开国之君多为一路起兵占城池的猛将,统治者重武功轻文治,战争愈发频繁,政权屡有更迭,但多似昙花一现。

吴越国就是在这个时候建立的。

钱镠出身贫苦的农民家庭,征战讨伐全靠自己的努力,和天下大多数的将帅没有多少区别。胜者为王,他登上了帝位,可登上帝位的他,观的却又不是天下。准确地说,他没有更大的野心和志向,只愿在这乱世中,安扎一片安静的桃源。

吴越国不大,却是中国最美的地方,西都杭州,东都越州,他不要天下,天下的灵气却都在他眼下。

军事上,他一直以"善事中国"和"保境安民"为主要策略,对实力雄厚的大国上表称臣,"吴越王"的称号都是他受册封得来的,有效地防御了周边割据势力对吴越国的侵扰。

有了一个和平的环境,对内他妥善经营自己的小朝廷,贯彻以民为本的国策,勤于政事,深入了解民间疾苦。重农桑、兴水利,治理了钱塘江和太湖,疏浚西湖,整理鉴湖,吴越富庶甲于东南,开拓了"上有天堂、下有苏杭"的美景。

吴越王读书不多,以武赢得君主位,但他对文化的发展从未疏忽,他礼贤下士,广罗人才,同时大兴佛学。杭州的灵隐寺、六和塔、雷峰塔都是吴越时修建的。

他还积极发展与日本等国的海外交往,给他们行制册、加封爵,使两浙之地有一个较长的稳定发展时期。

欧阳修在《有美堂记》里有这样的描述:"独钱塘,自五代始时,知尊中国,效臣顺及其亡也。顿首请命,不烦干戈。今其民幸富完安乐。又其俗习工巧。邑屋华丽,盖十馀万家。环以湖山,左右映带。而闽商海贾,风帆浪舶,出入于烟涛杳霭之间,可谓盛矣。"

同样在西湖边做过官的苏东坡赞叹道:"其民至于老死,不识兵革,四时嬉游,歌鼓之声相闻,至于今不废。其德于斯民甚厚。"

桃源的路不好寻,在山的那边,到底是真实还是虚幻,也许不需要证实,只是一个美好的愿望,然而到底渺茫,离心近,离尘世远,走得心也累,还安不下身来。

可世上就有吴越在,淡阴晓日的江南,悠悠静好,就在那里,连时光都不忍别。

一个男子的志向和胸怀,到底怎样才算得上广大?钱镠安顿下了自己的心,也安顿下了作为国君的担当和责任。

我是一个没有英雄情结的人,相反时有悲观,看到英雄末路会一声长叹,看到那时时不得安寐的辛劳和一个人静下来时的孤单与茫然,常常有如鲠在喉的一点酸涩。不知要守得多少寂寞才能到达生命的终点,要经历多少挫败,耗尽多少血汗,才能有一个可以靠得住的圆满。

有人一生的热情燃烧到最后寂寂熄灭,那一点点凉下去的灰烬,总让人看得心疼。一生啊,何其不易,恭敬地朝着自己的梦想奔波,残酷的现实里,宁可剖心也不停歇,可最后的结果呢?

最后不忍看,月色下的落寞有几人能怜?最后亲人朋友都不见,天下之大无以为家,那样的悲凉,大概喝了孟婆汤都忘不了。

所以钱镠他是我钦佩的男子,有无数战场胜利的喜悦,有物产丰富的地盘,乱世是横空出世的好时机,他却把脚步停了下来,躬护一方百姓平安。他不去尝试有没有平定中原一统河山的能力,举全国之力颠沛流离,他不愿,如此秀美之境是上天的眷顾和赐予,又怎忍它满目疮痍。

在扩建杭州城的时候,有术士向他献策:"如在旧基扩建,国祚只有百年,如填西湖更建,可以延长十倍。"钱镠回答说:"百姓靠湖水为生,无水即无民,哪有千年不变的道理?有国百年就心满意足了。"

这是他的性子,本性如此。

千秋万代只是一个美好的期盼,长生不老只是人间痴妄,有一时的安稳便是足够的好。

钱镠本人不仅能征善战,还留下了一些诗文,气概如虹,隐映着三里墟烟。不仅如此,他的书法也颇有造诣,擅长草隶,蜚声中原。

曾在《钱镠钱俶批牍合卷》中看过他的笔墨,楷书写得圆润饱满,刚柔并济,很是从容厚朴。

此外,治国的同时,钱镠还严于治家,留有"武肃王遗训",深藏人生大智慧。钱氏后人秉承祖训,绍续家风,绵延文脉,造就了吴越钱氏一门世代兴盛的传奇。这个家族始终一脉书香绵延,代有人才涌现,宋朝皇帝称"忠孝盛大唯钱氏一族",乾隆帝御赐"清芬世守"匾额,近代钱氏子弟出了文坛硕儒、科技巨擘、海内外院士数以百人,因而吴越钱氏家族被公认为"千年名门望族,两浙第一世家"。

再想明太祖朱元璋看着丹书铁券也不是一时心血来潮,铁券认不认都有理由,关键是赢得拥有铁券的这个人,钱镠的风采气度实在令人敬佩,传承铁券的这个家族也是家风严谨,书香蔓延,好学有道。所以虽然隔着朝代,仍有底气把这铁券请出来。

文章写到这里,忍不住烧水温杯,泡上一盏汤色澄亮、茗烟轻袅的普洱茶,然后站在窗口看外面的竹林,金戈铁马有,柔情几许呢?

我喝了这青瓷杯里的茶,写下一行字,入了心,仍是一个懂得的微笑。

"陌上花开,可缓缓归矣。"

这句话,比钱镠这个名字,要知名得多。

单纯地提到钱镠,可能很多人尚不知是谁,可说起这一句,不少人会觉得熟悉。至少,那一份毫不掩饰的怜爱和知心,就这样融进了儿女情长。

钱镠为将领,坚持忠信和勇猛;为君王,深知百姓疾苦和所求。可是爱情总要落到一个寻常院落里,落到简单的两个人身上才好。为人夫婿,他深爱自己的妻子。

王妃每年寒食节必归临安,虽然手里握着风筝的线,知她必返,却也在这春日里,莺飞草长,他只想念她。

这个春天,王妃迟了几日,也许是春来早,而相思泛滥,又无处排遣,只觉那个朝夕相伴的人,一日又一日不在身边。花开已有几个重瓣,春色转瞬将老,钱镠放下丈八蛇矛,用浓浓的墨色轻描淡写:"陌上花开,可缓缓归矣。"

花开了,正是春色浓丽,尽可游玩,不必急着赶路。

清代王士祯在他的《渔洋诗话》中记载了这个故事,用了"艳称千古"来赞叹。

我想了又想,还真是艳,原本如水一样自然的句子,旁人读来都觉得深情难载,展开信笺的那个人,裙裾扫过花香,再美的景色也只得暗淡。她要马不停蹄,日夜兼程,春色留不住,无计可留,抵不过这不着一字的思念。

这个叱咤沙场的男人,一直用阳刚的一面占据着生平的大半,这封在信笺里踏上驿站的柔情,原只是他对她的叮咛和牵念,不知怎的,就传遍了天下。

人们被他的深情打动,用信中语编成歌曲传唱,其韵孤清凄恻,情思宛转如缕,令听者恻然心动。

后来苏东坡改写了歌词,题为《陌上花》:

陌上花开蝴蝶飞,江山犹是昔人非。

遗民几度垂垂老,游女长歌缓缓归。

胡适留学美国时,曾给妻子江东秀写信:"我花园里有玉兰花几种,今天开的是红色玉兰,寄一个花瓣给你。"

寄了满园春色,寄了一片爱恋,以那时的邮寄速度,花瓣到了那个女子的手心,颜色和香味估计都已不在。可是相思难改,还用写上这两个字吗?看到什么想起的都是她,言不尽,足够了。

如今的通讯越来越发达,还有多少手写的温柔可以传递?

静静的时光里,挑选一张贴着心意的纸张,也许是粉色,也许是浅蓝,一行一行记下饱含相思的句子,投给远方。在他知道和不知道的时日里,整个一寄一收的过程,都是留给自己的丰资,什么都侵扰不了,只因为那个他不会笑你傻,却会捧着这样的心,倾情相对。

钱镠八十一岁善终,为江浙地区的经济和文化繁荣打下了坚实的基础,这其中就包括著名的"秘色釉"。

宋人庄绰在《鸡肋编》里记载:"处州龙泉县又出青瓷器,谓之'秘色',钱氏所贡,盖取于此。"

自吴越国建立,钱镠就坚持奉行"事奉中原,岁岁朝贡"的政策,命令烧造专门的瓷器入贡中原朝廷,同时也供钱氏宫廷所用。

《清波杂志》云:"越上秘色器,钱氏有国日,供奉之物,不得臣下用,故曰秘色。"

之所以这样命名,是因为烧制这种瓷器的技术极难,所以才秘而不宣。秘色瓷通体满釉,釉面晶亮莹澈,色泽青绿温润,茶圣陆羽说它"类玉类冰",足可见其莹润冰清。

因为要进贡给皇家使用,所以不管在质量上还是数量上,都要有相当的保证。再加上吴越国有财力物力,而且龙泉有独特的地理优势,这使得龙泉青瓷得到了迅速的发展,在技艺上有大幅度的提高,在规模上也逐渐扩大。

宋代的官窑、哥窑、汝窑、定窑和钧窑被称为五大名窑,这其中的哥窑指的就是龙泉的青瓷,又名"琉田窑",与之对应的还有弟窑,也就是我们常说的龙泉窑,为南宋章生一、章生二所分造。

天色即将暗淡,这一天最后的光芒里,我心里闪过的是沈从文写给妻子张兆和的信:"我行过许多地方的桥,看过许多次的云,喝过许多种类的酒,却只爱过一个正当最好年龄的人。"

外面的夜色越来越暗,不开灯,直到看不到字为止,而后我拉上窗帘,隔开尘嚣。

我有自己固执的柔软,心里有着那根线,千山万水也都是坦途,笑着涉过荆棘,不肯后退一步。心里落了那把锁,即使是对面走过,也是山山水水,隔在无穷无尽处。

那时分,我隐居于富春山,等你在启程的路边,十日一石,五日一水,日暮乡关,你若记得,我就在。

那时分,必不是今世的风日了。

则为你凡尘共度

茶倾七分,留得三分人情在。

能静下来泡一杯茶,单这动作,就足证心思澄明。

清明时节,新茶初成。她换了春装,裹着一身素素淡淡的忧,袅袅走在盎然时光里。不与百花争艳,只于落落红尘中,安神于花木扶疏的庭院,画堂深幽,已不知存了多少年,伴随她掌心握住的深情,思念如烟,她笑意清浅,回眸嫣然。

池边的茶席安置在曲水边,她坐在一旁,煎水、调羹、点茶,看着汤花暖暖地浮上来,拈起衣袖,欲饮又放下,眼里天下辽阔,湖光山色共画轴,谁与同坐?

我与清风是故人,云烟起,能有多少相逢。

有一个相逢,就足以倾城。

唐人古典,重在一个"煮"字,诗意得风情无限。喝茶要选越州窑的青瓷碗,有茶在侧,就是出了俗尘入桃源,有那份冰清玉洁。诗僧皎然有言:"一饮涤昏寐,情思朗爽满天地。再饮清我神,忽如飞雨洒轻尘。三饮便得道,何须苦心破烦恼。"

宋人重闲适情趣,碾茶为末,注之以汤,喜欢用沉稳厚实的建窑黑瓷,动静相衬,黑白分明。这个朝代极其讲究茶道,上起皇帝,下至士大夫,无不好此。风雅皇帝宋徽宗赵佶撰《大观茶论》,蔡襄撰《茶录》、黄儒撰《品茶要录》，如此多的茶类典籍足以说明这一切。

也由此，宋代建窑烧制了专供宫廷用的黑盏。它的胎体厚实坚致，部分茶盏底部刻印有"供御"或"进盏"字样，这种瓷器后来在日本被称为"天目釉"。

宋代的天目茶碗由于烧制时黑釉产生各种斑纹，因而深受文人墨客的青睐，历代留下了很多赞美它的诗句。

天目碗中，尤以曜变最美，就目前所知，世间仅存的三只宋代曜变天目碗都藏于日本，是由古时到天目山佛寺留学的日本僧侣们带回去的。

曜变天目碗在中国早已失传，它的烧制带有极大的偶然性。釉下经一次高温烧成的曜斑，在黑釉里自然浮现出大大小小的斑点，围绕着这些斑点四周还有红、绿、天蓝等彩色光晕，在不同方位的光照下闪耀夺目。从器皿的整体形态来看，也会随着观察角度的不同出现大面积的色彩变幻，就仿佛是一条敏感的变色龙一般。

这只曜变天目茶碗是南宋国宝级传世孤品，日本人称它为"神异的文物"，是"碗中宇宙"，说里面仿佛是深夜海边看到的星空，高深莫测。

可是　究竟在哪里有了差错
为什么　在千世的轮回里
我总是与盼望的时刻擦肩而过
风沙来前　我为你
曾经那样深深埋下的线索
风沙过后　为什么

总会有些重要的细节被你遗漏

这是席慕蓉所写的诗《历史博物馆》,"此中有真意,欲辩已忘言"。

我相信它有这样的神奇,因为,它有这样的情深。

用千年的寂寞,化成那一抔土,经历烈火,终成世间的牵挂,从此等着那个心有灵犀的人安静地走过。

一别是多少个春秋冬夏,攒了多少相思的话,万种柔情,是要开在谁家,晨钟暮鼓,伴着岁月风沙。

明月千古,江山不移,只有红尘里熙熙攘攘的人群,散了又聚,来了又去。人生的辰光不过百年,很多时候,还未看懂命运,惊觉已是争不过的朝夕,没有可以定格的永恒,也没有可供留驻的往昔,所以任凭年号更迭,花谢花飞,平凡烟火里的人们,多是沿着自己的生命轨迹,为注定的遇见,写上不可或缺的一笔。

何为倾城?他倾心只为你,你便是他的绝色倾城,倾城尚且还不够,他眼里的你,分明是倾国倾众生,是尘间千娇百媚遮不住的佳人。无惧岁月风霜,哪怕只是一株草,纵然枯萎,也是他续命良方上,唯一的药。

即便有悲欢离合的故事,有欲诉不得的心事,有曾经以为跨不过去的万水千山,其实回望历史烟云,其实少有鲜事,十之八九都是雷同。有太多相似的情节,重重叠叠在不同的时空,仿似重演,又像加深一遍印记。让人知道,寻常生活里的每一步,也原本不易。

像个老人讲故事,一说就是一天,一讲就是一生。

春风一度,百花繁盛,有一朵花开是你,开得充满希冀,清新高洁,拼尽了力气。可环顾四周,万紫千红蔓延无边,自己也实在微渺,淹没在繁花世景里,从来都没有什么不同。

许是桌上净瓶里的桃花落了一朵,引着她的思绪从书卷上收回来,却又为这花期短暂而惆怅了。她轻轻合上才子佳人的爱情卷册,取过妆台上的菱花镜,用帕子拭了拭眼角。

虽然也掬了一把同情泪,陪着亦痛亦痴,然而园子里鸟语鸣啾,她也知那书中事都是杜撰,就算是真的,那也是天生的传奇,与她隔了太远。遥遥触些真情,一时入戏,略发些感慨,荡漾起心里的婉约柔肠,再百感交集,也还要落到现实的凡俗中来。

她也算是有福气的,生长于官宦人家,又是掌上独女,衣食无忧,父母也不迂腐,从未想过把她锁上闺楼。她自幼有姑母家的表兄王仙客陪伴,一起戏耍,少时共学诗书,过得踏实而平静。

她很知足,也愿意这样平和简单地过下去,虽然父亲给她起名叫无双,可与深院内外的女子一样,她焚香拜月的心思,就是求一个同心人,托付终身,宁可无波无澜,也不要艰难周折。

青梅煮酒,无双心里情根已种,母亲和姑母多次拿她与表兄打趣,眉目里都是喜气。她转过身去躲着娇羞,扯过墙角的叶子揉碎,心潮起伏如江河澎湃。

多久了?自成年以来,每每提及他俩的未来,她还是忍不住地慌乱,好像千辛万苦珍藏着的秘密被人偷窥了去,又好像怀抱着夜明珠,走在无月无星的夜里,怎么围拢也遮不住温润的光泽倾泻。

她是太看重这段感情了,视如珍宝,惜之若命,才有这样难以自持的姿态。天下风云变幻她丝毫不挂心,满心满眼都是表兄仙客一人,她笃定这就是她的生命与爱情,牢牢握在手里,用心紧紧呵护着。

好在她知晓表兄的情意,那年湖心亭里读《诗经》,他们共坐一石凳,同持一卷,"关关雎鸠,在河之洲。窈窕淑女,君子好逑",早已熟悉的句子,那天周而往复,字字千金。

四目相对的那一刻,时光停止,身后洪荒,没有誓言留在心间,却什么都约定了。只等着年华渐长,与他红绳系发,白首不离。

王仙客居住在舅舅家,说到底也是寄人篱下,他性情敦厚,极重感情。后来母亲病逝,他回乡守丧三年,期满后想的第一件事,就是提亲下聘,与无双成亲,再不要有分开的日子。

这时无双的父亲已官至尚书租庸使,门庭显赫,往来宾客都是达官贵人。所有的父亲对待女儿的婚事都格外慎重,无双位高权重的父亲刘震自然更要为女儿将来筹谋,这也关系到日后家族的兴盛繁荫,自然不是一个白衣王仙客仅凭亲眷旧情便能让他准允的。

何况自始至终,无双和仙客的事,都是后院妇人们的玩笑话,刘震从来不曾应诺。他把仙客安置在学馆里,只要不提婚聘的事,大家的关系还算融洽,只是小儿女俱已长大,论理要避嫌,想再见面也是难了。

偶然一次机会,仙客隔着漏窗看见了无双,远处花树下的女子正在挑选花枝,不知看到了什么,竟似有些出神,花瓣落在她的长发上,更显楚楚动人。自小无双就是仙客心中最好看的女子,眼下几年未见,无双姿质明艳,举目清波,宛如云端的仙子,出尘缥缈,又不失端庄。

仙客更下定决心,此生非无双不娶,他散尽家财,换得几百万钱,购置礼品送与舅舅的心腹,包括管家,甚至粗使仆妇。与亲人在一起,他处处恭敬,搜罗珍宝送给舅母,侍奉如亲生。

他一鼓作气,不敢有半分疏漏,想方设法把握机会,让婚事得成。

王仙客请了媒人提亲,刘震仍然没应,仙客心凉,却不肯就此冷去,无双尚未许配,他怎能放手。

还未想好下一步如何走,官场上的翻云覆雨往往已迅疾无声。刘震朝堂归来,因政局变化,只能携全家出逃。为避人耳目,刘震收拾了家里的财帛细软,全都交与仙客,让他简装先行,找好旅店,他们从另一个城门出去会合,并郑重许诺,待事态平静,便让无双和他成亲。

自古女子在家从父,刘震的话让仙客喜出望外,感叹自己身世孤零,命运却也不十分刻薄,总算给了他朝夕以盼的幸福。

仙客等在客栈,想着未来,以后海阔天空,他再也不和无双分开了。他想得遥远,等得焦灼,忍不住跑到城门口,却见城门紧闭,守卫森严,悄悄打听了才知道,舅父刘震一家已被朝廷扣押,下落不明,生死未卜。

他哭着回到客栈中,心神不安,一夜苦等,天还没亮,缉捕相关案犯的人马出了城,仙客丢下辎重钱财,慌忙逃往乡下。一个人辛苦劳作,隐姓埋名,想着无双的境遇,夜夜梦里苦寻,心里一滴滴落下凄凉。又是三年过去了,一无所有的他尝遍了人情冷暖,可再苦的生活也没有淹没他心里的爱。

等了一年又一年,他最终决定长途跋涉,去寻找生命里与他走失的无双。

刘宅已经荒芜,门前的台阶上覆着厚厚的积尘,仙客遇见了老仆人塞鸿,方才知道舅舅舅母早已被处死,无双则被送入皇宫为侍婢。

重重宫墙,关着数不清的女子,有人富贵,有人命苦,还有无数命薄的,时日一久,连自己原本的名字都要忘记了。而他的无双,又在经历些什么呢?

仙客仍然不放弃,他一定要有无双的确切消息才能给自己一个彻底的交代。为长远计,他谋求了一个职位,当上了富平县尹,监管长乐驿站。

几个月后的一天,宫里派出三十名宫女去清扫皇陵,仙客心有惦念,让塞鸿想办法看看是否有无双。仙客相信一切都未到终结,他也没有绝望,天知他与她的痴情心意,也许就有转折等在那里。

不管多难,他都不能放弃,若他就此认命,可怜那遭难的无双又该怎么办?

凡事有因有果,而那个因未必彰显,却把善果温和地结在你要走的路边。无双来了,匆匆一面,连话都不能说一句,只留下几张花笺。

看着车轿远去,仙客心疼如刀绞,无双纤弱清瘦,面容凄苦,字里行间都是悲伤。仙客恨而落泪,怜惜无双,也恨自己无力,只怕是再也没有相见的机会了,至于相守,只能期于来世了。

有人说,有位姓古的先生最是豪侠仗义,结识的高人也多,若他能伸以援手,或许救无双还能有一线生机。

如豆般微茫的希望,对仙客来说,就是天大的分量。他毫不犹豫地辞去了公职,几乎又是倾其所有,加上一腔真情,终于打动了古先生。

古先生找茅山道士讨了一枚丹药,无双服下后如同死亡,只是心脉不断,三日后便可醒来。做这事之前,古先生没有同仙客商量,看着无双决绝而心甘情愿地服药,他这才为仙客放下心来,才相信这对相爱的男女心意是如何坚定不移。

仙客爱无双,前途可抛,家财可散,自己的后路也都不留了,只要一寸一寸地靠近无双。

无双也爱仙客,丸药无情,没有万全,她愿赌不怕输,若没有仙客,生与死也没有什么区分。

古先生给他们准备好了马匹,让他们连夜远走,自己与塞鸿双双舍命,以示此事再无知情人。《无双传》写到这里,有些血腥和残酷了。唐人善诗也喜剑,侠隐山林,有士为知己者死的阔达,所以有这抹寒光,也能让人更加敬重起来。

无双与仙客再也没有一天的分离,曾经的颠沛流离,朝不保夕,也都可一笔勾去。涉过千山万水,还有二人携手归隐的结局,已是天赐的福气,绝不道一句委屈。从此绕过崎岖,眼前风景万重,江湖绝色,有生之年可待的每一天,都是相濡以沫。

他们一起生活了五十多年,子孙繁茂,长子名鸿,次子姓古,他们珍惜所有的不易。

有深爱者,必有和气,茫茫人海,芸芸众生,我们都是过客,与这尘世萍水相逢,从未想过能有多出众或者深刻。只愿有一相爱之人同在,彼此放在心上,青丝白发,相念相随。

若能有这样一个人,肯为你生死不渝,盟证天地,肯为你倾尽孤心,萍踪不弃,肯为你安居筑篱,共赏四季。那么黄泉碧落,江湖漂泊,你都可倾心相从,不虚此行。

寻常窗前影,只为一人不同,有他在,你才是唯一,不管这一世,是否名叫无双。

转瞬已是灯火阑珊,我整理着桌上支离破碎的片段,想一一安放似妥帖的流年,然而总是不能如愿,或者说,与心里的想象少了一个伴。

几时堆望成丘,庭前木深深,旧事越忆越远,如顺流而下的帆,却也温温地,开启了叶片脉络里伏藏的秘密,溢出了一些余热未尽的陈年。

索性撂下笔,放一支古琴曲《梧叶舞秋风》,捧着一盏茶,静静地听,这一个舞,斗转星移,今夕何夕。

曲子有些萧索了,甚至能闻得寒凉,但是古琴的空灵和深沉分明就是秋天的节拍,每一笔都不潦草,千古的人,心事也能对你细细地诉。

谁说秋心难收,秋天的肃杀与薄凉,秋天的深沉和厚重,这个季节其情幽深,以韵取胜,最后落成一滴泪,化成的不是愁,而是对知己的酬。

入口的茶已是汤色明亮的普洱,有袅袅的芳兰香,温暖一点一点浮上心间,这个秋天,已落了满城。

九分的情怀就好,一旦圆满,对于凡俗尘世,下一页,就是离别。

我是个清冷的女子,爱这秋天,有拣尽寒枝不肯栖的独自凉,有一意孤行的分外明朗,难为知己难为敌,只因为,人说情到浓时情转薄,我宁是山间一株草,不依赖。

却往往有委屈,从不高傲,也要承担一纸荒凉。但不肯罢休,做真实的自己,写下的文字,也是高山流水的旋律,懂的人,会用能懂的心听。

窗外,秋心正浓,灯光昏沉,有雨将近。

秋天到了角落,再无路能退,红尘画卷上,落了朱砂一笔。

我在秋天的足迹里安然,用光阴做成书签,收在人生厚厚的书简里,明月孤寂,无心可猜,以慰浮生,不寂寥。一湖秋水涟漪,一窗流年浅去,把自己留在秋天,哪怕叶已落尽,哪怕千年极寒。

听说,油纸伞下遮着一个千年流浪的魂灵,在雨天来人间走一回,怀旧,或者寻人。

或者,再来为我泡那杯茶。

浮生若梦,是以变幻莫测;红尘似水,谓之起起伏伏。

又是梦一场,哪有那么多的传说,天是天,人是人,茶道宗师千利休早已看透,茶之本,不过是烧水点茶。茶师是孤独的,只能同自己对话,讲来,便是痴。不如沉默。

其他的,一切都是你自己,一切都是空。

我只是,在梦的边缘,不肯老去。霜染青茶,红泥小炉,甘凉山泉,伴着有意无意的沉香,丝弦独对晨钟暮鼓,积聚了满院风华。静待门开,共一壶秋色,浅酌人生,一杯酽茶,漫野风花。多好,多好。

人生如茶,空杯以对。

它是个物证。

重门花影笑相顾

窗外小雨,易惹相思。

阴雨的天气,暮色总是来得快一些,暮色里读乐府诗,读到《陌上桑》,我忍不住掩卷笑起来。看着外面高楼和树木的轮廓越来越不清晰,碎雨飘窗,一派烟水笼罩,渐渐地眼前出现了另一幅画面,连那个女子快速而清脆的声音都听得见。

她是秦家的美丽女子,名叫罗敷,不但长得漂亮,而且勤劳,每日里采桑喂蚕。

晨起的太阳明媚地照过来,罗敷姑娘轻轻下了楼。

> 罗敷善蚕桑,采桑城南隅。青丝为笼系,桂枝为笼钩。
> 头上倭堕髻,耳中明月珠。缃绮为下裙,紫绮为上襦。
> 行者见罗敷,下担捋髭须。少年见罗敷,脱帽著帩头。
> 耕者忘其犁,锄者忘其锄。来归相怨怒,但坐观罗敷。

罗敷的美岂止是动人,她是美得让人忘了形,所有的人看见她都要为她停顿下来。田地里一派桑榆盛景,四邻八舍的人都为看到罗敷而感到高兴,这样的注视已经不是一天两天了,大概从罗敷悄悄长大就开始了。她是一朵轻逸的花,有少女的清新,也有少女的骄傲。

她不是羞涩的不出户的阁楼深藏，这么多的目光注视下，她仍是莲步轻移，衣裙缓缓，脸上稍微有些红晕，一是走得热了，二是心里欢喜。她是方圆百里最美的女子，这美，是映在众人眼里的。

太守乘车从南边过来，五匹马拉的座驾齐刷刷停了脚步原地徘徊，尘埃轻散，一阵喧哗。

罗敷皱了皱眉，掩了掩面，在这乡间小路上不知有什么威风可以摆，原本轻快的心情也被扰走了七分。

罗敷也只能停下来，避在一边，太守让身边的小吏过去问话。罗敷还算客气，问个姓名年龄，也没什么可隐瞒的，周围的人大都是认识她的，她只想着能够快点走开。跟这位太守大人耗时间她真是没心情，还不如跟田里劳作的年轻人搭两句腔更愉悦。

乐府里唱着的女子都热烈而泼辣，她们爱憎分明，性子半分也牵强不得，不管你是什么身份地位，该怒斥的怒斥，该诅咒的诅咒，爱起来义无反顾，恨起来也绝不留情，干脆利落，莫不能求。

太守是被她的美貌吸引了，眼前的女子和城里的不同，她不拿团扇，眉间也不点朱砂，十七八岁的妙龄洋溢着自然的气息，充满活力和朝气。她的一举一动都如诗似画，让人看之不够，见之难忘。于是太守又让小吏过去，不是问话，而是邀请她同乘一车。

最精彩的片段开始上演，前面的种种说了她的美貌，却无法道尽她的性情。她听太守居然提出这样无理的要求，再也忍不住了，气势汹汹地就到了太守的车前，扬起她那皎洁如月的面庞，太守还没反应过来是怎么回事，她已发了难。

　　罗敷前致辞："使君一何愚！使君自有妇，罗敷自有夫！"

"东方千余骑,夫婿居上头。何用识夫婿?

白马从骊驹,青丝系马尾,黄金络马头。

腰中鹿卢剑,可值千万余。十五府小吏,二十朝大夫,

三十侍中郎,四十专城居。为人洁白晳,鬑鬑颇有须,

盈盈公府步,冉冉府中趋。座中数千人,皆言夫婿殊。"

太守您应该是有妻子的,而我也有我的丈夫,我的丈夫他在东面的地方做官,出入往来随从人马足有一千多,他在队伍的最前头。怎么跟你说呢,骑着高头白马后面跟着个小黑马的那个大官就是,先说说他那马吧,他那马可好了,青丝系着马尾,还有金黄色的笼头,要形有形,要派有派。

我丈夫是佩剑的,那剑是价值成千上万的鹿卢宝剑,他十五岁在太守府做小吏,二十岁进朝廷里做大夫,三十岁做皇上的侍中郎,四十岁成为一城之主。他人长得白,留了些胡子,他从来都不莽撞,在府中轻缓地迈着方步,从容地出入官府。几千人的聚会,人家都说我丈夫出色。

罗敷伶牙俐齿,反应机敏,她看不惯这样随便的人,是太守就更不应该了,总是仗着有点权势,好像要什么就能得到什么似的,还以为这样的邀请是赐给她的荣幸。

罗敷劈头盖脸地一顿说,绝对用不着委婉客套,直白地告诉你:"大人你怎么这么愚蠢呢,忘了你是有妻子的吗?你觉得自己高高在上了不起,姑娘我就是看不上。"

这种让人意料不到的套路是最厉害的招式,让人如坠迷魂阵中,一上来就是大招封死,不知道对面的人要干什么。其实太守大人有妻

子,这也不是什么障碍,以他见了美貌女子就不走的样子看,他家里可能不止有妻,还有不止一个的妾。

罗敷的思维转得极快,她紧接着说:"我罗敷也是有丈夫的。"

她在田边的路上走着,准备去采桑叶,应该也就住在这附近不远。她说有丈夫,正常来说应该也就在这周围,或许就是田间最近的那个小伙子。强抢民女这种事,应该还不至于当街发生,四下里的乡亲也不少,都看着呢,这姑娘是众人要护着的人,她不愿意上车跟太守走,这么多人面前,太守本也无可奈何。

所以她不怕,自一开始就没怕过,她没有一点胆怯和退缩。所以说了这些还不算,好好的一天刚出门口,被他搅得没了心情,一定得好好出出心里的怨气。

我丈夫有多优秀,他的排场比你大多了,而且他有剑,他的剑不但价值连城,关键是不留情,他十五岁出仕,四十岁居要职。

这个时候,罗敷应该是也想笑的,她越说越带劲,发挥得有些过度。她不到二十岁,怎么可能有四十多岁的丈夫,一听就是随口编的。

于是又赶紧换了角度说丈夫长相儒雅,有气度和风范,为了增加真实性,连他怎么在府里走路,怎么在席间安坐都凭着想象说了出来。

一口气读完这首诗,一个鲜活的女子形象跃然而出,她盈盈笑着,眼睛里闪着狡黠的灵气,我只想为她喝彩,她却不说话了,回眸时,有一点点失落,一闪而过。

单从诗里看,这位大人还算是有礼貌的,他并没有冒犯罗敷,被一个姿色艳丽、身形窈窕的女子吸引也算是人之常情。前面有那么多人喜欢着她,她不觉得是错,偏偏太守就惹了麻烦,也不过是有个同车而乘的请求。也只是清白的请求而已,应或者不应,并没有强迫,而且太守是遣小吏去的,给自己留了被拒绝的后路。

她若不理会,冷冷地从一边走过,我猜太守也只是望着她的背影兴叹几下,也不会对她怎样。

以罗敷的聪明,自小不知与多少爱慕自己的男子过过招,打发一个当官的也不是什么难事。

偏偏罗敷就宁可不要端庄文静的形象,不在乎在乡邻面前丢了仙女的高贵,说了这么多的话,估计太守是招架不过来的。整个过程中他没有插得半句话,他根本就不明白,这个女孩子为什么要发这么大的脾气。

我读到最后笑容淡去,恍然感受到了罗敷暗藏在其中的深意。

其实,太守无辜,只是罗敷借题发挥的那个题,她这番话不是说给他听的,是说给她的意中人,那个人就在不远的地方,能清楚地看到这一切,听到这番话。

至于他能不能明了她的心意,她也没有把握。

世间男女的爱情,穿越千年也没有多少分别,过了豆蔻年华,她的心里就清晰地住进了一个人。她和他青梅竹马一起长大,他们住在一条街上,中间只隔了一户人家。小时候他们在一起玩耍,他把她当妹妹疼,长大后渐渐有了疏离,他把她视为女子敬着,保持着必需的距离。

他从来没有说过喜欢她,可是她在心里认定了他是唯一。

他还没有说亲,她也仍然待嫁,已经不小的年岁了,父母唠叨,总有媒人欲上门。她等他,等到现在,有些不安了。

爱上一个人,总是患得患失,想让他知道自己的心,又害怕一旦被拒绝,往后的日子连来往都无法自然。

143

罗敷原本直率,心情好了,她可以跟天下所有的人开玩笑,挖苦讽刺都无碍。唯独对心仪的人,从他面前过已是心跳得厉害,明明走得好好的,却总觉得步伐有些乱。那个他一说话,再嘈杂的声音都消失了,只是他一个人的轻语,只是他。

罗敷率真,遇上别人不讲理,她也敢照样大声回击,只有和他说话时,再委屈也是放低了声音无限温柔,还要在心思里百转徘徊,然后再忐忑地道出来。琢磨着这个意思该怎样说,这句话说出来对不对,如何才能说到他的心里。面对面地相对,却不敢猜测近在咫尺的心,往日的利落全不见了,对着爱的人,无端地就让自己先卑微。

亦舒最清楚,如此情深,却难以启齿,原来你若真爱一个人,内心酸涩,反而会说不出话来,甜言蜜语,多数说给不相干的人听。

说她解语,也只是对着倾心的那个人,其他过往的面孔仍是漫不经心。若真的有那个会读心术的女子,懂得世间所有人的心思,那她一定最寂寞。不如糊涂。

让她如何去问,她一个女孩家,就剩下最后这一点点等待了,他从旁边过,明明也是看着她,为什么就没有再进一步的表示呢?

早上她梳洗完就守在门口,听他家的院子里响起他的脚步声,就赶紧出门来,故意走到他面前。他们要去的地方不远,他看见她笑了笑,什么也没说。她赌气在前面走,路边有那么多的人在看她的美貌,她只等后面这个人,叫她一声,她马上便会转回身来。

他是那么聪明的男子,怎么能不懂她的爱。

恼人的太守来相邀,她的脑子也是转了几转,甚至想应了他,高高地坐上马车离开,看那个男子拦不拦。但是她没敢,她害怕,怕赌输,怕他把她误会成轻浮攀富贵的女子。她永远不会是那样的人,她只是他的罗敷,只要他愿意,她会一直是,一直守在他身边。

恼太守是假,这说明自己的容貌的确不同寻常,恼他是真,有这样的美貌还停步不前。

豁了性子刚烈一回,她走过去说得一气呵成,连提前酝酿都不用,心里想了多少回的情节,抖出来说给他听。

我已经有爱的人了,谁都别想替代,我知道他从小到大的所有细节,从耕织人生,到圆满行程,我迷恋他的一举一动。他月下舞剑,亭前读书,他相貌堂堂,眼神温和,进退有度,他已经有了小小的职务,他的未来会很好,我的心就是给他留的城,等待他入住。

我的美貌,就是为他而生,天下皆爱我,只有他最配。

诗里的章节就行到这一步,太守是怎样离去的,在这个故事中实在不重要。

主角是她,她的样子,她的性情,还有她暗暗的爱情。

书的下面有注解,说罗敷抗恶拒诱,敢与权势做斗争,我看得心里发闷。

这么美丽的一首诗,一个年轻女子的心,在这些服饰动作和语言中表露无遗,被世间人读来读去,只落了刚烈的形象,心里柔软的爱情,结结实实地被冷落在了陌上。

《节妇吟》也是写拒绝,女主角也真的是已婚,却拒绝得缠绵,流连得恨不得让那个男人一生都别把她忘记。

> 君知妾有夫,赠妾双明珠。
> 感君缠绵意,系在红罗襦。
> 妾家高楼连苑起,良人执戟明光里。

知君用心如日月,事夫誓拟同生死。

还君明珠双泪垂,恨不相逢未嫁时。

在他赠她明珠的时候就该拒绝了,偏还把珠子系在了襦裳中。她是动了情,奈何人生已经有了同生死的约定,还他明珠时忍不住泪水如倾,怪只怪缘分,来得太晚。

晚来的爱情不是缘,是怨。

心可以收回来,情却不能,看似只晚了一步,却似流水,不能回头。付出的情收不回,也许会在心里开成绝壁上的花朵,不曲不折,倔强而孤独。修炼成红尘外的一枝莲,刻成心里暗淡的痕迹,旁人不知,自己回忆时,却还是丝丝惆怅,握不住忘不掉,说不出。

《节妇吟》的作者是张籍,标题下面还有一行小字:寄东平李司空师道。

李师道是当时藩镇之一的平卢淄青节度使,又冠以检校司空、同中书门下平章事的头衔,正是如日中天。张籍是韩门大弟子,他主张统一,反对藩镇分裂,这首诗便是为拒绝李师道的聘请而写,委婉地表明自己的态度。

单看是一首抒发男女情事的诗,实际上却是一首政治诗,用以明志,前人已做了详细说明。

白累了世人的情。

有时看到眼里的,未必就是真实的意思,《节妇吟》如果单纯读来,是唯情为问的情诗,无论如何也和政治扯不上干系。道破了这一层,诗的深意浮了上来,爱情却只得消失,什么嫁还是不嫁,根本就没有相逢。

古代诗词浩渺如烟海,这样需要深深浅浅来读的作品着实不少。

五代后周世宗柴荣看着制瓷人捧着的瓷器,正请示等待外观样式,他大笔一挥:"雨过天青云破处,这般颜色做将来。"

这瓷窑也有了名字,就叫柴窑,为皇家御用,它是中国历代唯一一个以君主姓氏命名的瓷窑,被后人奉为"诸窑之冠"。

后来,宋徽宗对窑官请示御用瓷釉色时,也发出了一样的赞叹,用的也是这两句诗,于是,天青色成了汝窑钦定的颜色。

汝窑虽然稀贵,但世上仍然可见,只可惜柴窑被丢失在了朝代的更迭里。

不仅没有发现实物,连窑址也不知所终,这一埋,就成了陶瓷史上的千古之谜,不知关于它还有多少秘密。

明代洪武时曹昭的《格古要论·古窑器论》中记载:"柴窑器,出北地河南郑州,天青色,滋润细腻,有细纹,多是粗黄土足,近世少见。"

明代文震亨在《长物志》中写道:"柴窑最贵,世不一见……青如天,明如镜,薄如纸,声如磬。"

清代《景德镇陶录》一书中也提到了柴窑瓷,说柴窑瓷片光芒夺目,如飞箭一般。

明清小说繁荣,最后这一句,明显是夸张的笔法,但柴窑的美,我们也只能凭着书里残章间的一点淡淡墨色去想象或者猜测。

演绎了一番,仍然不真实,甚至有专家考证出,柴窑根本不曾存在,只是文艺作品里的杜撰,传来传去才传成了真假难辨。

重享受,也会享受的乾隆皇帝,有和珅大人帮他搜集天下奇珍,他能诗能文,也懂鉴赏,曾经就做过四首关于柴窑瓷器的诗。其中一首题为《咏柴窑如意瓷枕》:

过雨天青色，《八笺》早注明。

睡醒总如意，流石漫相评。

晏起吾原戒，华祛此最清。

陶人具深喻，厝火积薪成。

他用着柴窑的碗，睡着柴窑的如意枕，这是不是就可以充分说明，柴窑定当有，而且消失的年代也并不太久远，世上一定还有流传。

朋友之间也交流讨论过，或许乾隆爷那碗和枕都不是柴窑的，没准就是景德镇青白瓷，它和记载里的描述最相像。只是皇帝金口玉言，说出来的话不可违逆，他说是柴窑就是柴窑，不是也得是。

我却觉得这种情况不太可能，乾隆时期，景德镇瓷器正值巅峰，督陶官唐英擅长制瓷，他潜心钻研陶务，积累了丰富的经验，那个时候的官窑也被称为"唐窑"。

是柴窑还是景德镇窑，唐英分得清，乾隆也分得清。

2009年11月24日，在与中国一衣带水的日本九州佐贺县武雄市的阳光美术馆举行了"至宝——千年之旅"展览的开幕仪式，一件有着天空般青色的青百合花瓶随众多瓷器一起展现在众人面前，它的出场，不仅引起了轰动，也不可避免地引来了诸多争议。

争论的内容，就是辨真假。

有专家说年份不到，也有的说明清之前的技术达不到如此精美的水平。

这个理由实在不能成立，宋时的五大名窑让后世争相仿制，不断探寻前人失传的技艺，足可见宋时瓷器的精美程度已让各个朝代的人神往，只是有些配方成了天机，或者需要天成，如今复制不出。

据日方介绍说,大约600年前,中国明朝的皇帝将这件青百合花瓶赠给了日本室町幕府将军足利义满,也就是动画片《聪明的一休》中的那位将军。之后,青百合花瓶由日本古笔家族世代保存并传了下来。

牛津大学的专家用"热发光法"测定出青百合花瓶的烧制年代在公元700年至1100年之间,传说中的柴窑刚好就在这个时间范围内。

据说这件青百合花瓶和目前已知的任何一个瓷窑的作品特征都不符,相反,它与关于柴窑的历史记载倒是非常吻合,甚至得到了严格的验证。

人们众说纷纭,引来如此焦点,无非是想弄明白。目前虽然各有各的证据,但仍然没有办法把所有的人都说服,也没有最终的结论产生。

柴窑一个隐身,从此挣脱了尘世的羁绊,断得如此干脆,连伏延的线索都悄悄收了回去,不肯给牵挂它的人一星半点可以寻觅的消息。

饶是那伤透心的人,看朱成碧,不是十足的安稳,宁可绝了红尘。

只是一颗朱砂的痣,等待那个命中注定的人,看透前世今生。

等着雨过天晴,你看外面,花都开好了。

苍凉·相忘江湖

不是所有的情怀都可以等待，我把黄昏舞成寂寞的影，抚平所有孤单的往昔，喧嚣过后，是更深更深的怅然。我用千年的触摸，收集你缥缈而来的讯息，纠结成心里的年轮，一寸，一寸，在相思里成灰。你看不见我苍茫暮色里温和的美，我无数次地在这里张望，望成一纸风景，一个偶然的伫立，也许这就是今生唯一的执着，湮灭在你梦中的传奇，不离，不弃。

花媚玉堂水沉烟

写这篇文章的时候,正是春节,打开电视,随处可见各地过年的民俗风情。西北地区的一个乡村,正在准备社火表演,浩大的不是场面,而是相顾时的那份庄严,大家脸上都涂了很浓的妆,把原本的相貌都遮盖了。

他们介绍说,在整个社火的表演程序中,化妆是最神圣的一步,而脸谱更是社火灵在的标志,其内容也全在这不可说的展示中。

不可说,不可说,一说都是错。

听闻此言,原本不在意的我忽然怔住了,再看他们的样子,造型粗犷,色彩浓烈,仔细辨到一描一画,也看不出年深日久的深藏,纹样走笔很稚拙,有自然朴素的单纯。

然而离开些距离,想转过头去,却又似忽略了什么,有一种复杂而细腻的情感呼之欲出。再看那张严肃的脸,颜色运用既对比强烈,又和谐统一,给人一种原始的感觉。

分明是神灵已在,他们的一举一动已不再代表凡俗的自己,而是有了天地的旨意。

社火的脸谱都是传承下来的,有不可更改的规程,于是脸谱成了这一古老行为在千百年传承中秘而不宣的玄妙所在。调好颜色,对着镜子稳稳地执起画笔的那一刻,心也跟着肃穆起来,比演员入戏还要多几分恭敬。

　　社火表演是一种"哑巴"戏,上了妆的人就不能再说话,而这个过程,不是上了台的那几分钟,往往需要持续整整一天。

　　这个时候,他们不是洞悉一切的神,也不是渺小的人,而是傩。从字形上看就让人堪怜,从人从难,被束缚得不能动弹,连心里的俗念也要尽量断灭。此时他是神的灵官,别人冒犯不得,自己更不能。

　　从没有语言和文字时的图腾崇拜和原始舞蹈起,社火形成的过程艰苦,而流传的过程却让人敬重。到今天,它更多地成了单纯的表演,那份本真的神秘被远远地藏了起来,隐藏得已不必再期待遇见。

　　扮了灵的人,可以在夜深人静,曲终人散时卸下妆来,把面具放在樟木的柜子里锁好。它再珍贵,也不能误了一年的春种秋收,男耕女织的日子里它是一份安然于心的护佑,即便一年扮一次。

　　角色定下来,任谁都推托不得,到那一天,人神一期一会,谁都不能失约。但更多的时日里仍可以面朝天地自在地做自己,辛劳也罢,微渺也罢,都是在真实地过着岁岁年年。

　　然而世间有些人,明明凡夫俗子,却注定有不由衷的追逐,某一日,飞龙上身,玉玺在手,这就得日日夜夜地扮下去,愿或不愿,厌或不厌,都没有退场的可能,唯一的谢幕就是命尽而终,还落得个千秋万代任人评说不休。他们有至高无上的名号,这可能代表不了独揽天下的权力,但定是一生难解的枷锁。

　　这代价,衡量不得。

　　当初这皇权高位,据说也是天定神授。

　　说人生如戏,这戏早晚得上场,挨得过一时,逃不过一世。

　　时人说起他时,是满面沉重,端王轻佻,不可君天下。

这端王就是宋朝最有故事的皇帝——宋徽宗赵佶。

身为皇子,他本无意于帝王位,所以心思与皇位无关,每日里走笔翰墨丹青,赏玩奇花异石,或驰骋于马上手持弯弓,或招呼着身边人一起蹴鞠。黄金屋是生来就有,颜如玉还得靠寻,这一寻就寻进了歌馆青楼。

他不是附庸风雅,赵佶的书画造诣绝非等闲,瘦金体至今仍光芒万丈,他在位时,更是把书画家的地位提到了史无前例的最高。

早在他出生以前,这一切似乎就有了端倪。

据野史记载,在他出生的前一天,他的父亲宋神宗曾到秘书省观看收藏的南唐后主李煜的画像,"见其人物俨雅,再三叹讶",当晚还梦见南唐后主来拜谒,说要认他做干父,第二天正午,赵佶就来到了世间。

这一些皆是后来人的联想,因为他们实在有诸多相似的地方,但李煜托生之说还是太乏味,他总不能世世才情横溢,专为亡国而来。

传奇落地,为他的才华添几笔神秘,现实却往往带着残酷。赵佶的生日是五月初五,按时辰算,是端午节的正午,当时有个说法说这个时候出生的人命硬,克全家,民间有无奈的父母会因此而把孩子抛弃。

人世间的无情和冰冷,总比温暖来得更快,一颗心明明还热着,周围已是秋风落叶,寒霜将至,从来不给人准备的机会,而且拒绝不得。

赵佶是龙种,他的命再硬总不能克了天子,因此保住了性命。但是他的父亲仍然忌厌他,给他取名"佶",就是以吉人天相的寓意来克制不祥,而且很快就把他送往封邑,从此父子俩再也没有见过面。

大宋的州桥夜市让人迷醉,大宋的词曲相陪酒有别肠,经济的繁荣带来了文化的兴盛,处处绣户珠帘,红牙檀板,文人蓄妓成风,按管调弦。

这个朝代有太多的诱惑,赵佶存的也是文人的风流,说他养尊处优,轻佻浪荡,他只是与当时的现状和着拍子。

那原本就是一个奢侈的社会,《避暑录话》里有这样的记载:欧阳修在扬州建了平山堂,专门用来填词赋曲,文人雅聚。每当暑天,他就在闲暇之时呼朋唤友来此饮酒作诗,让歌姬摘荷花千朵,传客侍花,花尽者饮酒,往往戴月而归。叶梦得称赞其"壮丽为淮南第一"。

午夜的清凉伴着清辉的月色,一地零落的花瓣记录着曾经的喧哗,庐陵欧阳修自命风流,一代儒宗,如此潇洒自在,后人说起他,还要赞一句豪放达观。

宋代文人以"走马章台"闻名古今,诸多韵事在坊间传唱,声伎之乐成了生活中最丰富也最不可或缺的一部分,不好此道者,反而被视为不正常。

中国知识分子的生活,没有哪个朝代能和宋代相提并论。

赵佶,也无非是这样的向往和念头。但他是皇子,天生的尊贵身份,也是天生的束缚。勾栏瓦舍别人去得,他不行,别人去是风流不羁,他去就是声色犬马,作为龙脉的继承者,他是不务正业大逆不道。

我看史书一向平静,这样不讨父亲喜欢的赵佶,他这样的顽劣恰恰正是高墙深处的保护,如果他勤奋刻苦孜孜不倦,面对天下形势见解高明,或者文韬武略,一举定了北方的忧患。那么,他把命活得如此硬朗霸气,他的父亲兄弟一定不会是赞叹而是担忧,他没给自己这样的隐患,从一开始,他的心里就没挑这样的担子。

关于生辰这一事,他到底是受了不少的委屈,心里留下了不安的阴影,有旁人不知道的卑微无助,从小到大深深地影响着他。

即位后,道士说这一天出生不吉利,他就把生日改为十月初十,而且不许史官在《实录》中提及,免得遭人议论。

他这一举动是可笑地自欺欺人,只图个心理上的安慰,然而更悲哀的是,这样的安慰,只能自己给自己。

万万人之上又能如何,山呼万岁只是一个做足了样子的排场,他的影子始终寂寞。

赵佶没想到能当上皇帝,他接的是兄长的皇位,他的皇帝哥哥去世后,因为没有子嗣,只得从兄弟里定继承大统的人选。赵佶本也没有这个渴望和盘算,他是庶出,上面还有两个兄长,不管是从嫡还是从长都轮不到他,他做个自在潇洒的端王刚刚好。

可是造化弄人,有时摆明就是戏弄,还没明白过道理来,这天下江山就稳稳地被送到了他的手里。

这是当时大权在握的向太后定的,她掌管朝政时日已久,当时肯定有自己心里的想法,至于是什么此时已经无从得知。赵佶为人子不但聪明,而且孝顺,每天必到向太后处请安,也许向太后看中的,正是这寻常百姓家儿子对母亲的孝顺。

有些权力的到来,会让人措手不及,总会有一段艰难的适应期,然而当权力要失去时,才知道天地立命,不管是实是虚,这竟然是最终唯一一点可以支撑着站住的依靠。

权力之争,在历朝历代的皇宫里,从未停歇。

当上皇帝的赵佶,已是禀性难移,他无心政务,或者准确地说,他是用文人的心,饱含文艺地、艺术性地去扮演皇帝这个角色。

他成立了翰林书画院,以画作为科举考试选取官员的一种方式,有这个激励,不出画坛高手都难。

这还不算一腔热情,更难得的是他亲自出题,亲自阅卷,还亲自授课。

宋徽宗极有情趣,而且非常不俗,所出题目来自诗词,看似简单,实则寓意深刻。朱批圈阅的时候更是以意取胜,把中国画的诗画合一全面铺陈,也奠定了当时的审美意境。含不尽之意于言外,能表现出来的只七分,剩下的三分含蓄在内,与心对应,要会品会赏会读,这境界才能出。会心处只有一个"妙"字,而这些,要能懂,还得要诗画对应的一点火候。

比如"竹锁桥边卖酒家",让徽宗龙颜大悦的画作是一泓溪水潺潺而过,路尽处有桥横卧,桥边竹林翠色似有人家。果然,苍郁竹叶间,有一"酒"旗迎风招展,迎客而来。这幅画的作者叫李唐,精于山水和人物,是宋朝承上启下的著名画家,晚年去繁就简,开启了南宋山水新画风。

还有骏马缓步春色,蜜蜂追逐马蹄,"踏花归去马蹄香",不见一花一瓣,却香透汴京城。

"深山藏古寺",没有一檐一钟,只是水绕青山,羊肠小道路蜿蜒,一个出家人提担挑水,自然得没有任何刻意安排,如晨钟暮鼓一样天天如是。

亭子倚着绿树浓荫,女子倚栏,樱桃小口煞是娇艳,盈盈地,就成了那"嫩绿枝头红一点"。

还有苏武静夜思乡闻子规的"蝴蝶梦中家万里",船家握笛欲眠的"野渡无人舟自横"。

如果这是画家雅会依题同乐,它一定能雅过千古,若宫廷画院考试,这皇帝的品位注定上乘。若皇帝投入太多的热情,过犹不及,这边百花争艳,那边墙院,就有了危声。

宋徽宗一面广泛搜集历代文物,令人编辑《宣和书谱》《宣和画谱》《宣和博古录》等著名美术史书籍,一边用独一无二的瘦金体在他喜欢的书画上题诗作跋,著名的《清明上河图》的标题就是他的笔墨。此外,他在吹弹、声歌、词赋方面也无不精研,同时还写美术理论文章,更是大力发展道教文化。

他眼里的天下是画卷里的山水秀色,他心里的臣民在清明上河图里一派祥和,为求安稳,他自封教主道君皇帝。

陈寅恪先生说过,宋朝的皇帝太荒唐,除太祖太宗算是开国皇帝比较有圣名外,其他的似乎一开始都想振作朝纲,但干着干着就走了样。

走样最离谱的,还得数这个能书擅画的赵佶。他在宫里待得久了,不仅乏味,而且的确越来越无趣,于是,他突发奇想,像个孩子一样,无趣了还可以扮家家。他在宫中设置了市场,让宫女们当垆卖酒,他扮成乞丐挨家挨户乞讨,以此为乐。

然而假的终究假,他羡慕的是那些词人墨客诗意浪漫的生活,他们填了大量的词牌,低吟浅唱丰盈了这个朝代的情怀,可以在秦楼楚馆间迎一身风流,可以吹弹丝竹暗香满袖,尤其是可以对着巷陌的那个女子,说一说相思意是如何不休。

普天之下,莫非王土,率土之滨,莫非王臣。他可以玩这场游戏,玩到兴尽,却永远也抛不开高高在上的君王身份。纵然披上乞丐的衣服,甘愿平常一回,然而接触到的人,也都明知他的地位,必定是存了敬,存了惧,存了听从。

以平常人度之,雅士对的,总要有一个红颜的影。那是宋代的李师师,素服淡妆,有侠名,有艳名,连天子都惊得动。

关于他们的故事,在当时就有流传,本着传奇的路子,越传越野。总有些事情是真实存在的,宋徽宗对李师师千般好,不仅赏赐她金银珠宝,平日里得了什么好玩的好吃的,也差人不分日夜地送来。李师师不愿意进宫为妃也由着她,甚至为了往来方便,干脆在皇宫和镇安坊之间专门挖了一条地道。

事情做到极致了,然而谁能清楚呢,让徽宗如此恣意疯狂的不是李师师的才和貌,或者也不是爱情本身,而是这般疯狂能让他对心里向往的生活有几分靠近。

花前月下,琴棋书画,佳人在侧,流年似水。

李师师在烟花地,身处风尘,懂诗词,善唱曲,婵眉鸾鬓,目聚秋水,往来之人绝非俗辈,足够宋徽宗以深情的态度去真戏假做,或者假戏真做。

他的这种心态,李师师是知道的,否则她胆子再大,也不敢继续与周邦彦往来。她对着徽宗唱"纤手破新橙",虽说是无意,也足见她没有这个戒备心,后来更是屈身为周邦彦求情。

这爱情,宋徽宗和李师师之间其实并没有,只是棋逢对手。他有眠花宿柳的渴望,她就亮了身价,摆了派头,由着他和五陵少年争缠头,也陪着他一曲红绡不知数。

明朝才子汤卿谋说:"文人不可无'三副眼泪',一哭国家大局之不可为,二哭文章不遇知己,三哭才子不遇佳人。"

宋徽宗在做皇帝之前,就已经是个相当成功的文人,而且文人心态一直保留着。他的眼泪虽然谁都看不到,然而这三种泪,他却没有一个无。或者他用自己的方式把苦涩咽下,以为这样就可以化解心里那点无根的动荡。天下太大,大得他掌控不下,地位太高,所谓知己,所谓佳人,都得先拜在这个名号下。

  无言哽噎,看灯记得年时节。行行指月行行说。愿月常圆,休要暂时缺。
  今年华市灯罗列,好灯争奈人心别。人前不敢分明说。不忍抬头,羞见旧时月。

  金兵南下,于一个冬日攻破汴京,金帝把宋徽宗贬为庶人,并押送至北方。一起上路的,还有后妃、宗室、百官等数千人,以及教坊乐工、技艺工匠、法驾仪仗、冠服礼器、天文仪象、珍宝玩物、皇家藏书、天下州府地图等,这就是让人泪涌的"靖康之耻"。
  废了名号,财物散尽,这些都不足为惜,当他听说皇家藏书也悉数被掠去,心里的最后一点积存也彻底消散,只有仰天长叹,心疼得找不到落脚的地方。
  赵佶在寒冷的北方被囚禁了九年,受尽凌辱和折磨,最后死于五国城。
  《悟空传》里的话,惊天动地:"我要这天,再遮不住我眼,要这地,再埋不了我心,要这众生,都明白我意,要那诸佛,都烟消云散!"
  不是狂妄得不知天高地厚,是心里的情漫上来失了自己,最后也只有悲哀。世上没有齐天大圣,只有一只不舍自我的小猴子,有太多无奈。
  何况人生残酷,不是游戏。
  曾经的辉煌真的就停留在了笔墨间,他大概也没想到会悲惨到如此地步,在最后几年的挣扎中,把残留的温暖一点点耗尽。

细数流光飞散,他没有多少真正快乐释放自己的日子,笔端的墨汁饱含着深情,他临摹着世界,小心翼翼安放自己优柔的心。可他终是世间的君王,他的认真,别人看来更像戏。

他仍旧不能做个普通人,他一生的羡慕,也只能成为后世的谈资。

欧阳修晚年自号六一居士,曰:"吾集古录一千卷,藏书一万卷,有琴一张,有棋一局,而常置酒一壶,吾老于其间,是为六一。"

当时考入画院的李唐,颠沛流离逃到临安卖画为生,以近八十岁的高龄进入南宋画院,授成忠郎衔任画院待诏。

李师师晚年流落浙中,生活凄凉,曾经的微笑化作一抹凝固的颜色。一曲当时动帝王,说来,仍可为荣耀。

而赵佶,他无路可逃,除了死亡。

元末脱脱在撰写《宋史》的《徽宗本纪》时,不由掷笔叹曰:"宋徽宗诸事皆能,独不能为君耳!"

他不是没有这个能力,他是根本就没有这个心。

"雨过天青云破处,这般颜色做将来。"御用瓷器,与天一色,含水欲滴。

然而靖康事变让汝官窑和烧制工艺神秘消失,除了史书上的只言片语,它变得比传说更加扑朔迷离。

直到二十世纪八十年代,在河南省宝丰县发现了为北宋宫廷烧制御用汝瓷的窑址,更让人欣喜的是出土了一些传世品中没有见过的新器型,比如这件天蓝釉刻花鹅颈瓶。

根据文献记载,汝窑有"天青为贵,粉青为尚,天蓝弥足珍贵"之说。在存世的五件天蓝釉作品中,这是唯一一件刻花的作品,瓶身上刻有折枝莲花，布满开片，温雅端庄。

它如此尊贵，生在宋末，却未能与赵佶相逢。

一切更像是天意，赵佶该是最会欣赏它的人，定会比对待爱情还要深情。我始终看不到他的爱情在哪里，也许他拼尽心思想爱一回，却始终没有遇上那个人。姻缘簿上的名字和三生石上的誓言，有时在镌刻的时候，就存了悲哀。不是阴差阳错，就是鬼使神差，却都是命运里的缘分，不可更改。

赵佶为君王的辉煌，脆弱得让人不忍触摸，再珍贵的显现，他也已经无力护得周全。机缘巧合，汝窑瓷在比梦更深的地方，一眠就是上千年。

根据当时的出土现场推断，这件瓷器应该是被窑工私藏起来的，与其他的二十几件精品一起被埋在附近的土坑里，因为官窑把控极严，所以它还没有被带出去就已彻底埋藏。

也正是因为如此，它才能安好无损地保存到今天。

面对着它，总有一种怅然，昔日的贵气静静传来，照得人心里生了艳，却分明还有化不开的冰霜隐隐地浮起，回忆布满潮湿，它是在这尘世中被藏起来的温柔。

雪无声，厚厚地落了一层又一层，安静得没有丝毫人来人往的讯息。窗外的世界晶莹清冷如琉璃，屋里的案桌上，茶烟正浓，暖意缭绕，有沉沉的香在角落盘旋，还有古琴的弦音，一声一声，和着外面铺天盖地的雪。

有红梅花开的消息便披了外套去寻，雪落梅心香暗凝，从哪里来的脚印一路蹒跚，聚在这里，一个浅浅的笑容足够。

每到冬天，就总幻想这样寒梅映雪独冰清的画面，从历史，从风烟,从笔墨册页间寻找,那份熟悉,竟比想象中的还要真切。

冬至那天,画了九九消寒图,这份古代文人书案上的雅趣,我也拈在了手里。不会画,就认认真真地描,然后每个晚上,就着灯光涂红一个花瓣,等到所有的花都开了,春就深了。

一点一滴,一时一辰,尽在其中。

清尘收露步飞烟

水流在水里,爱在爱人心上。

浙江境内的青瓷,除了越窑之外,还有瓯窑,窑址在温州一带的瓯江两岸,因江得名。

美男子潘安写下了"披黄苞以授甘,倾缥瓷以酌醽"的句子,所以瓯窑产的青瓷,又名缥瓷。

缥,原是指晋代一种淡青色的丝帛。

缥瓷是一种色调基本青白,但也常闪灰黄的瓷器。这种瓷器因具有胎骨细腻、釉层薄而透明、硬度高、瓷声脆、造型秀雅的特色而闻名世间。

瓯窑基本窑型为龙窑,依山而建,如卧龙自下而上。

有个女子,擅长击瓯,其韵与丝竹合。她是唐传奇里刚烈而含怨的女子,她的魂魄,就是淡青色。

步飞烟,出现在《太平广记》艳异编卷幽期部里,一个艳字,是她生命悲剧的起源,一个幽的收笔,却是庭院里种下的芭蕉,早也潇潇,晚也潇潇。

她是瘦弱的女子,与大唐的丰腴隔了一点气韵,广袖的衣衫罩在她身上,盈盈似无力承担。她平日里话不多,善秦声,有文采,懂音律,是临淮武公业的爱妾,极为得宠。

邻居家的公子名赵象,年及弱冠,倒也清秀俊朗,文采风流。怎奈有丧在身,总是一副哀怨的神情,每日里提不起精神来,书看不下去,诗也写不出来。

日子一天天过去,他等了又等。

有一天,不早不晚,无意间一个抬头,正看见淡淡的她。

今天的故事里,爱情仍然是这样到来,"只是因为在人群中多看了你一眼……从此我开始孤单思念"。

蜻蜓飞上玉搔头,赵象失魂落魄,茶饭不思,身形也越来越清减,这是相思成了疾。

那个年月的坊间巷陌从来不缺香艳,天子在百花亭里感慨:"岂妃子醉,真海棠睡未足耳。"

那个朝代的男子从山间到河滨,能不能遇上爱情不敢说,但对遇见的女子,要一定会欣赏。

爱情是存在心里的,是隔帘曲求,或是诗词酬唱,有时候形式的风雅似乎比内容更重要。这是因为吸引力不是全都源于爱情,也许是一时的激情,也许是偶然的别情,孤心寂寞久,总等着爱情来拯救。真正的爱情,一定是参透了生死,用全部的心神拓下你的样子,一点一滴不敢遗漏。

赵象正值爱情上了心头,虽知道这是哪一家的妾,也仍然是心心念念地惦记,欲罢不能。他一遍又一遍从两家相邻的墙下过,却再也没有见过那个如细柳一般柔软的身影。倒是偶尔听见她击瓯,连与之相和的丝竹也没有,声音清脆而孤零,一下一下,全敲在了他心上,每一下,都是真切的疼。

相思是病,能要了人的命,它来得快,有时几世缠绵不休,有时一个暗示,便可药到病除。

按捺不住这度日如年,难见佳人芳踪的日子,索性豁了出去,赵象拿了不菲的钱财去贿赂武府的守门人。

这一招,是逼上梁山的险。

古时府门宅院的守门人,都懂得看人下菜碟,打量一眼,身份地位便能猜个八九不离十,交谈上几句,性情修养也能摸个几分透。耳濡目染也好,严格规定也罢,私自放人进来都是不允许的,必须提前通报,府里谁出去了,和谁同行,出去了多久,带回来点什么,他们都得心里有数。一府的安危,或者说安定,和这门房的人有太大的关系。

虽是邻居隔墙住着,看来平日里也没有什么来往,可能连出门要拐的方向都不一样,否则赵象不会连步飞烟的面都没见过。他想来想去都找不到一个合适的理由去武府走动,干脆用了最直接的法子,可能也是最有效的法子。

一是斥巨资,府院守门人的这项收入从来都不少;二是说实话,我就专为那一个人而来。

守门人绝对不是被感动的,陌生男人来找后宅女眷,原因不明,没打出去已是手下留情。看来赵象递上的钱财一定是超乎了普通的数量,所以守门人才舍不得眼前到手的钱财。也可见步飞烟再受宠也只是个妾,业公面前可以娇贵,其实根本没有什么地位,若对方指明的人是这家的妻,守门人一定不敢轻易造次,送来再多的钱财也知烫手的山芋轻易碰不得。

赵象看出了这一点,步飞烟的美是高宅府院里的摆设,如房里屏风,墙上字画,衬的是主人面。

所以,他用了爱情这个致命的理由,就足以让步飞烟沦陷。

步飞烟听说后,含笑不答,凝神的眼眸因为专注而浮出迷离。这个朝代的诗句太多,这个朝代的传说太多,这个朝代的花怎么也开不败,至于爱情,更像是故事里的杜撰。天上人间殊途之间的相随才是爱情的模式,凡人似乎已不可得,她看不到也不再等,可是在没有准备的时候,爱情却在门外盛开。

　　她需要爱情,不怕生死,不计其他,两心相许的爱情。

　　步飞烟是只适合春天的女子,柔得像春水初融,让人担心她受不了夏天的酷暑和秋天的寒霜,还有冬天的冰雪。她真是瘦,却天生一根反骨,柔顺安然在府里被娇宠,全是因为还没有到这一个渡口,跟随的这个人,能给她完全的安定,却不能给她波澜壮阔的爱情。

　　少了这个,这一生,总是不足。

　　赵象听到步飞烟的反应后,心里更是难以平复的荡漾,不知用什么方式才能安顿好的感情,急切地需要一个表达的出口。他回到房间,抽出浅青色的薛涛笺,落笔成章:

　　　　一睹倾城貌,尘心只自猜。
　　　　不随萧史去,拟学阿兰来。

　　萧史是一个精于吹箫的男子,与秦穆公的女儿弄玉成亲,两人非常恩爱。有天晚上,他们相伴一起在月下吹箫,引来了紫凤和赤龙。萧史对弄玉说他是上界仙人,今龙凤来迎,邀她同去。于是萧史乘龙,弄玉跨凤,双双仙升。

　　阿兰是仙女杜兰香,她在洞庭湖畔与张硕上演了一场情缘,还教给他飞升练形之术。

167

赵象把这两个故事铺陈在诗里，用意可叹，在他心中，步飞烟就是仙女一般的人物，缥缈婉约，让他这个凡人生了情，扎了根，没有办法平静。还有更深一层的意思，仙人来人间与凡人相恋，自然会有很多枷锁，但是仙人们以爱情为指引，再多的阻碍也挡不住在一起的渴望。

他是在告诉步飞烟："我知道你的身份，我知道府门里面高墙深院，但这不算什么，只要有爱，这些樊篱都可以跨越。"

步飞烟读完这首诗，吁嗟良久，她的心已经荡起了涟漪。

寂寞的女子在时辰更漏中，得已不得已都缝织好了自己的防护，兵来将挡，水来土掩，连光阴都斗得过。十年尘梦如水，在她们的面容上留不下任何的痕迹，仍然肤如凝脂，面若春花，甚至行走得更加从容，看人看事更剔透，学会了不动声色，学会了在心里筑池修城大动干戈。

天塌下来也不怕，怕的是，爱情来了，心里便再不平静。

所以，心不安了。

表面还能故作镇定，想着这个赵郎我也见过，才貌都好。

原来那边赵象的爱慕她都看在眼里，所以这样的问讯和诗句才一点都不意外，这份情感在她心里也已有酝酿，他在此时到来，不过是风过花开的必然。

公业是武将，性子粗悍，他得了步飞烟这个人，却收不了她的心。

步飞烟取出了金色的凤尾笺，以诗酬唱："郎心应似琴心怨。"

赵象读罢，已是喜鹊上枝头，天心已待月来满。他清楚地知道，这是两情深的好事，定有一个缠缠绵绵的结局。

他赶忙取出剡溪玉叶笺写诗为谢，这一去，却没了消息。

一连十天，赵象遍思不着，遍寻不见，恍然如同做了一场梦，越来

168

越不真实。可明明有她的字句为凭,难道是自己一厢情愿?又或许她只是碍于情面不忍打击,借机和了一首诗,说说生活的不如意和心里的委屈,源自寂寞,无关爱情。

爱情的起初,都是折磨人的,为一句话能起千百念,让自己无比卑微,让那个心里的人,成了全部的主宰,爱到没了自己,以心为祭。

就在他心里纷乱无着落的时候,步飞烟传来了消息,说因为身体微恙,所以才旬日无音。

她得了伤春病。

江南庭院里的杜丽娘因伤春病亡,三生石上情缘不灭,死去活来,誓把爱情修成正果。

春日迟迟,人心悄悄。

步飞烟忍了十天不理会,一旦下定决心,就是海枯石烂,什么都拉不回了。

她把句子写在岩苔笺上,放进蝉锦香囊中,这一次,是把整颗心都交付了。而且不似赵象那样,攀着神仙眷侣转着弯地表达情思,她字字恳切:"耗冰雪之妍姿,郁蕙兰之佳气。"

寸心情深如海,书岂能尽,第一风流最损人。

她自幼而孤,无奈身入武府,虽也受宠,但他宠的只是貌,从不关心其他。平日公务繁忙,还有很多的杂事,她只落得幽幽独叹息,没有亲人朋友,连个可以说说话的人都没有。

倾情相爱,六方震动,不是姻缘,定是劫数。

那边拈情为意,放下柔肠。这边静室焚香,虔诚祷告。

忽一日,步飞烟传话来说,今晚公业当值不回府,可谓良辰,她在后园等候。

赵象喜不自禁,依约而往,见步飞烟靓妆盛服,立于花下。

她比出嫁时还要端严,当时的装扮都有人操持,自己如同一个被摆布的木偶,不发表任何意见。而这一次,为爱着的人,一描一画,精挑细选,仍然心里忐忑,唯恐不好,她要在他心里,烙下深深的印。

一夜旖旎,慰前世姻缘。

> 相思只恨难相见,相见还愁却别君。
> 愿得化为松上鹤,一双飞去入行云。

步飞烟有和赵象远走高飞的心,却不知为何赵象没有回应。

古代女子私奔的例子,有名的是汉时卓文君和初唐红拂,她们认定了那个人,就不管不顾随他而去。关键的是,那个人也肯带她们走,所以最后的结局都很圆满。

可是步飞烟不同,她身份特殊,她是武公业的妾,别人是私订终身,他们的情前面,却还要加一个偷。

这情见不得光,经不得风,能许什么海誓山盟?

她有这个心,有这个胆,可赵象没有。步飞烟爱了就想要与子偕老天长地久,赵象给了她爱情,这爱情只是郎情妾意一刻春宵,情诗可以漫漫,天涯相随却还得瞻前顾后。

书生意气,估计是盼望打一场仗,让武公业上战场,血染边疆,那样他和步飞烟相守便可顺理成章。男人的爱情是理智的,是真心挚爱或图一时欢愉自己清楚,女人的爱情却往往糊涂,受了伤,也还是只把自己怨上几句,道一句冤家,说自己福薄。

好在这样的日子并不长,相爱的人眼里只有彼此,世界越缩越小,只觉得自己在小小的角落,什么都不受影响,以为鱼鸟不知,人神相助。

步飞烟曾经鞭打过一个侍女,侍女怀恨在心,一直在寻找机会报复,这样天大的把柄落在她手里,她在第一时间就告诉了武公业。

要设个计来捉双很简单,步飞烟妆扮得妩媚嫣然,正斜靠在门边低声吟诵诗篇,赵象伏在墙上,动也不动地凝神看着她。这一幕才子佳人深夜吟诗的景致正被武公业撞见。

武公业愤而上前,要去把伏在墙头上的人揪下来,可还是晚了一点,只扯下了半襦。

赵象逃了,留下步飞烟一个人面对武公业。他先是耐着性子盘问,可是飞烟始终不说话,神色凛然,似是已下了最后的决定。

武公业怒上心头,她越是倔强,他的火气越大,干脆把她绑在柱子上,用鞭子无情地抽打,直打得步飞烟遍体鳞伤,鲜血淋漓。就这样,她还是不解释,不认错,不求饶,连个借口都没有编造,只是说了一句话:

"生得相亲,死亦何恨。"

她的死,是注定。

这是一场注定没有结果的爱情。

赵象更名易容,远走他乡,他是在听到步飞烟的死讯后才走的。

侍女告密时,一定知道和步飞烟私通的人是谁,武公业看见他从墙头逃走,也自然是心里有数。按照常情,他有手下有家奴,提前筹划好的计策,去把赵象抓来很容易。然而他打死了自己的姬妾,却放过了那个来调情的男子,似乎于情于理都有些说不过去。

当时的赵象应该脚不沾地,家也不要,立刻远走,哪怕躲一段时日避避风头总是应当的。可是他不但没走,还在家里等着听信,直到听说步飞烟死了。武府对外宣告是暴病而亡,应该是不想张扬,按说人死事终,可赵象却在这时慌得逃离,他怕什么?怕武公业转头来收拾他,还是怕步飞烟死不瞑目,魂魄相缠?

皇甫枚把故事里的女子写得为爱情无怨无悔付出了生命,却把故事里男子的结局交代得扑朔迷离。

未尽之言,只有爱情能解释得清。

张爱玲爱了那个人一生,她说:"你问我爱你值不值得,其实你应该知道,爱就是不问值不值得。"

武公业是爱着步飞烟的,因为性格原因,表达爱情的方式总没有那么细腻。他是粗犷的,甚至粗心,他把宠当成爱,供锦衣玉食,供一个精致的院子,让她可以寄放才情,以为她就应该懂。

他没有想要步飞烟的命,说到底是步飞烟横了心要寻死,即便逃过了这场劫难,仍然要面对与赵象之间的相思之痛,她不愿意等到那一天,因爱相聚,又为爱失散。

爱了就是爱了,没有什么可后悔的,既然从一开始就不该,那么到了现在,也不悔。

赵象是没了主意的,他也没想到步飞烟会死,他等着所有的雷霆万钧和步飞烟一起承受,他以为武公业会把他抓过去审讯,所以他一直等着,他怕步飞烟孤单,更怕她伤心。

可他也没有勇气走过去,没弄清楚形势,他也没有这个必要,武公业知道多少,会怎么发落,步飞烟是不是能够解释得清楚,这些他都不知道。只能惴惴不安地等待,可是等到天明,却是佳人香消玉殒的消息。

他知道她的死不正常,只能是因为武公业的残暴,所以急忙逃走,再也不能留。他不知道步飞烟是怎样决绝,就是不肯给爱情破灭的机会,连欺骗武公业的违心之语都不肯说。

就是因为这一夜的等待,魂魄未散的步飞烟,一次也没有去找赵象。

他还有人间长长的路要走,未来一定还有幸福,她宁愿为他护航。

然而爱情总无辜,偏就说不清楚。

这个世上,值得解释清楚的事情,实在不多。

我心安宁,佛前的叩拜,仍然无欲无求,如旧清静。万千喧哗里,还是守着一隅的孤凉。太多太多的时候,我含蓄隐忍,不动声色,只因面对的,不是那个可以让我放下的人。

有调查说,人们说得最多的谎话是"没事,我很好"。

后来有洛阳才子听闻此事,遂作诗句。

崔生吟:"恰似传花人饮散,空床抛下最繁枝。"

他把步飞烟形容成击鼓传花时从众人手中依递而过的那枝艳,大家都能看到她的美,随时等着接过来,也随时等着抛出去。

这诗太悲凉,说得虽无情,倒也深刻,不过还是后人的一句怜惜,开在山谷里的花总是受伤最少的,撷至席间的花,颜色还在,生命早已枯萎,不管落在谁的掌心,一刻的温柔,灌溉不了一生凄凉的心。

李生吟:"艳魄香魂如有在,还应羞见坠楼人。"

他以绿珠的刚烈忠贞以死酬谢,来斥责步飞烟的不守妇道红杏出墙。

若步飞烟魂魄当真在,她当入了李生的梦,指着他说:"士有百行,君得全乎?何至矜片言,苦相诋斥!当屈君于地下面证之。"

不日,李生亡,众人皆诧异。

这是一个杜撰的传奇,一切都是作者的安排,故事早已剧终,却还要有步飞烟的不依不饶。见仁见智的话,梦里辩几句给个警示足够了,非到黄泉地下去求证,激烈得有些过了。

想来想去,还是皇甫枚的一片深情。犯了错的人,不是不可饶恕,善良的人,神鬼不欺。

步飞烟死后被葬在北邙山,我只觉得这个地方熟悉,那里是"枕山蹬河"的风水宝地,有"生在苏杭,葬在北邙"之说。

北邙山现存很多历代名人之墓,如一生传奇、政商两不误的秦相吕不韦,以"玉树后庭花,花开不复久"一谶亡国的南朝后主陈叔宝,词人皇帝南唐后主李煜,西晋司马氏,汉光武帝刘秀,唐朝诗人杜甫,大书法家颜真卿等。

他们都在那个地方,可步飞烟不在。她彻底地逃出了红尘。

万般情愫,懂的人会懂。

霜花不落碧云天

"蔡文姬,能辨琴。"

小时候,《三字经》里的她,已让我无限神往。

第一次看到蔡文姬,是在小人书的连环画里,书的年龄比我还要大,里面的她更多的是英气,目光里带着不屈。

我看得不过瘾。读她,是要配着曲子来听的,她是著名琴家,博学而有辩才,妙于音律。

声名显赫的蔡邕是蔡文姬的父亲,蔡邕在亭子的竹檐上发现了柯亭笛,在烧饭的炉膛中抢救出焦尾琴,能于琴音袅袅中感受到一瞬间的情绪。没想到的是他女儿在很小的年纪就有了同样纤细敏锐知音律的心。

六岁的时候,蔡文姬在房间里写字,父亲在隔壁弹琴。如泣如诉的琴声飘过来,伴着满室的墨香,熠熠生情。忽然,琴弦断了一根,蔡文姬想也没想,脱口而出:"是第二根弦。"

蔡邕一听十分惊讶,但表面仍然不动声色,不过是偶然猜中,当不得奇。但他心里还是无法安宁,有那么一点欣喜的期盼和猜想,于是他整了整琴,又继续弹奏起来,浑然忘我,全心倾情,让听琴的人也如入无人之境。曲调徘徊迂回,刚到高处,毫无预兆地,琴弦又断了一根,这一次,蔡邕是故意而为。

几折屏风外传来蔡文姬稚柔而坚定的声音："父亲,这次是第四根。"

这次蔡邕是喜不自禁,自己爱琴如痴,想不到小小年纪的女儿也有这样的天分。他问蔡文姬是怎么听琴辨音就能知道哪根弦断,蔡文姬说,她不但能听得懂每一首曲子,她还听得懂每一根弦,这于她来说,都是轻而易举的事。

每一根弦都不可能相同,放置于琴身上的位置不同,曲谱中出现的次序不同,发音不同,来龙去脉不同。有这么多的不同,蕴含的情感、表达的心绪自然也不同,只要认真听,一定能辨别得出。

虽是听曲辨弦,然而映入心里的却是弦外之音。汉代听琴的故事很多,子期听伯牙鼓琴,《高山流水》的旋律里淌的是知遇的音,文君隔墙听司马相如弹《凤求凰》,感受的是绵绵情意。

蔡文姬对琴如对自己一般了解,却没想到,这一生,命若琴弦。

度过了幸福的童年,长大后的蔡文姬嫁给了河东卫仲道。这是一个极出色的年轻人,卫家也是当时的望族,名将卫青、汉武帝的皇后卫子夫,都是这个家里的荣耀。

婚后他们互敬互爱,生活得很是甜蜜,就在筹划好的未来之事一件还都没来得及实现时,相伴不到一年的时间,卫仲道便因咳血而亡。

年纪轻轻的蔡文姬成了新寡的未亡人,心里的悲伤还未收拾停当,卫家却已难容她的存在,外人都认定是她命不好,克死了自己的丈夫。心高气傲,从来没有受过如此屈辱的蔡文姬干脆拂袖而去,因为没有子女,卫家也乐得她离开。

家里的变故已经让她措手不及,原本的青春也笼罩上了无处安身的愁郁。这时候,军阀混战已拉开了大旗,搅得天下纷纷扰扰,处处都充满了危险。

外族也趁乱来袭,羌胡番兵一路直上,劫掠了物产丰富的中原,不仅带走了金银珠宝,还抢走了很多女人。

这里面,就包括蔡文姬。

曾经也有一个女子走在去匈奴的路上,当时的场景是车马辚辚,这边皇帝亲自护送,那边大军来接,排场和国力系在一起,她从此被安放在广袤的草原上,回望因她而安宁的大汉。

蔡文姬想也不敢想王昭君,那个女子再伤情,此一去也是雄壮万里关山,世人不忘。

而她,放眼望过去,四处都是寒凉与孤寂。

二十三岁的她,有温雅的气质和清秀的容貌,在那个四周草色青青的地方,她被匈奴的左贤王领回了毡房。

"欲死不能得,欲生无一可。"

其实左贤王待她还不错,日常用度上没有让她受委屈,只是情感和习俗上的差异,让她这十二年来,仍然过得艰难无比。

十二年里,她有了两个儿子,还学会了吹胡笳。

十二年的家庭生活,中原的纷乱也有了暂时的平息。曹操平定了北方群雄,挟天子以令诸侯,正是意气风发。

走得太急,灵魂会跟不上自己的脚步,一路的战马不歇,日夜的随时警觉,他这个不可一世的英雄也会疲惫。还是青梅煮酒,却不是再与人对论英雄,他慢慢地回忆,想这半生风云,也落了温柔的点滴。

他想起了自己的老师蔡邕,蔡邕已在董卓被诛杀后,受牵连死在了王允的狱中。想起这些,曹操也不免唏嘘。

好在他还有一个女儿。曹操派人寻查,很快得知蔡文姬已被掠到了南匈奴,他立刻遣周近为使者,携带黄金千两,恐分量不足,又另加白璧一双,命他一刻不能耽搁,务必把蔡文姬赎回来。

且把霜花伴清莲,弦上命,只三更。

这个饱经离难失散和颠沛流离的女子,在膻肉酪浆的生活里思乡忆国,不敢存半点回归的心。想象总是美好的,但想得到又实现不了,反而是几倍的煎熬,时间越长,越是绝望。

她怎么也没有想到,来接她回去的人已经到了路上,一直向着西北急行,万事不顾,专为她而来。

眼睛哭到红肿,泪再也流不出来,多少年了,隔着莽莽苍苍,想着从前的样子,似乎已是隔世的光景。已经麻木了的日子,已经顺从的心,曾经望断四季风沙也没有看清的路,骤然就到了跟前。

她想回去,回到她生长的土壤,那里有她熟悉的空气和阳光。她从小博览经史阅读典籍,她还有和父亲一起修《汉书》的心愿,虽然父亲已不在,这个愿望永远都不可能实现,可是中原的文化,她舍不下。

然而这边,也同样是血脉相连。

回归故土,就要母子分别,这一别不是暂时离开,这浓浓的血脉亲情,就要生生扯断。

有时候,没有了选择倒是唯一的路,不用再想其他可能,有再多的不情愿不适应,也得低下心就这样过下去,怕的是两条路摆在面前,如同生命一分为二,怎么选,都只剩了一半。

孩子已长成小小少年,有草原上长大的强健体魄,看着两个即将长成男子汉的儿子,蔡文姬对丈夫叮嘱再三:"他们生是匈奴人,一生不得离,我生是大汉女,那边有父亲的孤坟,从此天涯,代我珍重。"

这样的生离亦是死别,旋即蔡文姬策马归汉。

这一个归,竟然比来时的掠,更痛得找不到依靠。

这一路千山万水,柔肠寸断,风亦凄凄,鸟亦惶惶,每走一步都是心头撕裂的伤。她一句一泪,凝成了千古绝唱《胡笳十八拍》,她才气无双,深情阔阔,生死之悲,天地为之一寒。

天无涯兮地无边,我心愁兮亦复然。人生倏忽兮如白驹之过隙,然不得欢乐兮当我之盛年。怨兮欲问天,天苍苍兮上无缘,举头仰望兮空云烟。九拍怀情兮谁与传?

蔡文姬回到邺城拜见了曹操,曹操怜她孤苦无依,把她嫁给了屯田都尉董祀。

曹操看中蔡文姬,给她挑的夫婿也是用了一番心思,这董祀正值鼎盛年纪,生得是一表人才,精通书史和音律,很有前途,和蔡文姬应该也有很多共同语言。

然而蔡文姬毕竟经历了太多,她已经不对爱情抱有任何幻想,只是想安安稳稳地寻一个家庭过平淡日子。能经历九难不死再回来,她的心里只有感恩,感大汉的恩,感曹操的恩,也感这个丈夫董祀的恩。

她用了十足的珍惜,细心照顾丈夫的起居,可是这份小心丈夫却不喜欢。蔡文姬经常思念自己的孩子,脸上常带悲切,这也让董祀不如意。董祀原本也是有对自己妻子的想象,碍于曹操的指配才娶了蔡文姬,但是心里始终有一些挥之不去的不足之感。

他们生活得并不幸福,家里的气氛总是冰冷,让蔡文姬常常想起关外的月,仍旧凄凉。

就在他们婚后第二年,董祀犯罪,依律当斩,蔡文姬慌忙去曹操的丞相府求情。

彼时，丞相府里觥筹交错，曹操正在宴请满堂宾客，忽听得蔡文姬求见，不知这个很少上门的女子所为何来。曹操趁着兴起，对大家说："蔡伯喈的女儿在外面，你们一定都听闻过她的才名，今天刚好可以见一见。"

蔡文姬走上堂来，众人愕然，眼前的女子蓬首跣足，不见一丝风采。

性命攸关，她蓬松着头发，连鞋也没穿。上来倒头就拜，久不肯起身，声音清丽，神情哀戚。

曹操听罢，叹了口气说："你们的事情的确很值得同情，但是判决的文书已经送走了，现在我也没有能力回天。"

蔡文姬原本就是能言善辩的女子，口才极好，如此关键时候，她顾不得太多。于是再次倒头叩拜："您的马厩里有上万匹骏马，府里还有数不清的猛士，为什么不能请人快马追回文书呢，这能救人一命。"

曹操看着这个苦命的女子，想起蔡邕对自己的教导，如果董祀被处死，估计蔡文姬往后也不好过了，那还不如不把她从匈奴接回来。想到这，曹操立刻派人快马加鞭追回了文书，并免了董祀的罪。

那时正是寒冬时节，看着蔡文姬为了丈夫而不顾一切的样子，曹操也非常感动，他命人给她取来头巾鞋袜穿戴好，重新梳洗了，还留她住在府里等消息。

曹操是当时叱咤风云的传奇英雄，蔡文姬是磨难重重的传奇女子，他们的谈话多是论及诗书。曹操的文学修养极不含糊，而且很爱看书，一次闲谈间，曹操说很羡慕蔡文姬家里有那么多的藏书。

这一说倒勾起了蔡文姬的伤心事，她说原本家里藏书四千余卷，可是几经战乱,现已全部遗失,自己能记得的,不过只是四百卷。

这话轻描淡写,说得简单,却让人惊讶不已。已经过去了那么久的时日,她在匈奴的时候连说话的机会都没有,居然心里的记忆还没有磨损,她也不愧是奇女子。

曹操当下大喜,欲派十名书吏去蔡文姬家抄写。

蔡文姬端严地说:"男女有别,礼不亲授,大人您给我提供纸笔,我自己来写,至于用楷书还是草书,您说了算。"

这句话真是底气浑厚,说得也痛快,才女当如是,须眉面前,胸有成竹。

危难之时,形象可以远远抛开,世俗说什么,有多少规矩,都挡不住她的奔波,为爱的人做到万死不辞已是不易,又有多少人肯去为不爱自己的那个人,高呼一声刀下留人。

此时坐在书房,她礼仪见识一样不少,开始论起男女不可无故寻常见,估计曹操的思维也得紧追慢赶,这一程,蔡文姬煞是可爱。

皆因为,放下了心来。

此后的日子里,笔墨书写成了蔡文姬最重要的事情,她凭着记忆把四百卷书默写了下来,没有遗漏和错误,曹操见了,既满意又欢喜。

史载千古的文姬归汉,一定要到这一章才算注解圆满。她人回来不足为之长叹,关键还在这四百卷书籍,本已灰飞烟灭,却在她的心里深藏,又重生,归了汉。

同样获重生的还有董祀,经过这件事,他也得以重新看待蔡文姬。能娶得这样的妻子实在不容易,兜兜转转,兜了半个天下,兜了生死边缘,还能在一起,除了珍惜别无他选。

苏芩写过:"女人天生是好孩子,好孩子要修成正果,须得阎罗君逼她历那九九八十一难。"

世事浮沉总伤人，处理完当下的事情，了无牵挂，董祀带蔡文姬溯洛水而上，择山麓为居，避开了烦琐。每日里两人简单生活，只读书、写字、弹琴，蔡文姬的《胡笳十八拍》也由董祀改成了琴曲。

这根柔弱而坚韧的弦，也终于安下了琴瑟和谐。

唐代琴家董庭兰以擅弹《胡笳十八拍》而著称当朝，诗人李颀在听闻此琴声后，吟诗以记。蔡文姬移情于声，置于琴中的浩然怨气，被他隔着时空道了出来：

蔡女昔造胡笳声，一弹一十有八拍。
胡人落泪沾边草，汉使断肠对归客。

后有宋代宫人吴淑贞同样是听别人弹这一曲而心有感怀，以此作词《霜天晓角》：

塞门桂月，蔡琰琴心切。弹到笳声悲处，千万恨、不能雪。
愁绝。泪还北，更与胡儿别。一片关山怀抱，如何对、别人说。

不管时空如何变，琴中寄托的深情，只要静心会意，定可知那韵律深处的隐匿。很多的情感不是已不在，而是没有遇到那颗相印的心。

经历多少艰辛，才能明了最后的真谛，人生再平淡也是一个传奇。有时想要一点波澜，有时千帆过尽，只愿安栖于红尘角落，每一个转弯,都像是重新来过。

有一种瓷,也得要几个回炉,才得最后的光彩夺目,能来这世上,多少挣扎都愿。

清代雍正时期的窑变釉是仿宋代钧窑釉色繁衍出来的一个新品种,它采用两次或多次上釉的方法烧成,将各种不同颜色的釉融合为一体,在烧制中呈现出多种美丽的釉色,交织在一起,形成千变万化的缕丝状线条或斑片,奇妙无比。

此乾隆梅瓶是仿雍正窑变釉烧造,釉层里闪现出深浅不同的蓝色线条,与红釉相互浸润,色彩斑斓瑰丽,美不胜收。

大家小姐的一生应该是什么样?严歌苓说得最形象:"她们的未来就像通往井台的那条小路,一共两个弯,三个坎,四个台阶,她们闭着眼都走不错,偶然有的个把心思,无非是一个成色好的玉镯,一块杭州绸料,一条南京来的云片糕。"

这样的日子安心过下去,风险最小,一生走下去直到人生的终老,然后庆幸这一生过得无波无浪。然而这想法也还得是到年老,年轻的心,谁都不愿意锁了锦绣在堂前屋后暗映青苔。可是真的大起大落到面前,要承受这样极致的痛苦磨砺,还是宁愿在门上加一把锁,守着安稳,一日一日,总能安得下心来。

如今,古琴已是大雅而稀,繁华的都市掩盖了泠泠七弦,"不惜歌者苦,但伤知音稀"。

谁在陪我,听琴到无言。

183

有梦不觉故人远

那年，有多少人如我一般，随《青花瓷》淡雅脱俗的歌词迷失在江南烟雨中，又在面对青花瓷时，眼里心里多了一抹缱绻柔情，甚至寻来老青花瓷片，包上银做成项链，舍不得戴，收在妆奁里。如藏了三春花事，宁可虚度着，也要惹一段尘缘。

我国瓷器文化源远流长，种类繁多，个个不凡，青花瓷经历数个朝代恩宠不减，皇室青睐它，百姓喜爱它，乘风破浪的航船上满满载着的也是它。如今，拍卖会上不断刷新纪录的还是它，万家灯火的餐桌上，静守平淡流年的仍是它。

青花瓷最初出现在唐宋，成熟于元代景德镇，明朝时成为瓷器主流，清康熙时发展至顶峰，还出现了青花五彩、孔雀绿釉青花、豆青釉青花、青花红彩、黄地青花、哥釉青花等衍生品种。

青花瓷是用含氧化钴的钴矿为原料，在陶瓷坯体上描绘纹饰，再罩上一层透明釉，经高温还原焰一次烧成。钴料烧成后呈蓝色，具有着色力强、发色鲜艳、烧成率高、呈色稳定的特点。所以，历代青花瓷的器型多样，上面的纹饰图案也非常丰富，或书写，或绘画，可以寄托，也可以讲述。

竹林七贤是青花瓷器上常见的人物形象，多用于笔筒、笔海、笔洗、花瓶等文房雅致器皿。大概每一个文人在读诗书的同时都有一份惜知己的心,像魏晋时期的竹林七贤一样,世道乱了,就避开风烟,红尘慢了,就与知交好友相伴着看流云飞散。对酒纵歌,肆意无拘,超然物外,不同流俗。在那样一个动荡的社会里,纶巾羽扇颠倒,为一疏狂也好,即便最后各散西东,可内心的认同始终还在,如春雨后竹笋拔节的速度,所以绝交后还能托孤,远离后还会思旧。怎能不叹呢?天下这么大,能对之亦喜亦怒的人,不过可想可念的一二罢了。

  太液芙蓉,浑不似、旧时颜色。曾记得、春风雨露,玉楼金阙。名播兰馨妃后里,晕潮莲脸君王侧。忽一声、鼙鼓揭天来,繁华歇。

  龙虎散,风云灭。千古恨,凭谁说。对山河百二,泪盈襟血。客馆夜惊尘土梦,宫车晓碾关山月。问嫦娥、于我肯从容,同圆缺?

王清惠写下这首词的时候,北风料峭,驿路霜寒,从临安到汴梁,好似漫长的冬天总也难以过完。这是北宋的都城了,旧日诗文画作里曾见,如今也日影斑驳,盛景凋敝,此番看来,更是增添了悲伤,心里还有咽不下的苦涩。

  即使一百多年了,亡国痛从来都未曾消减,偏南一隅的家国始终动荡,即便她是长在深宫里的弱女子,也知这凄苦无奈化不成流水东入海,眉弯里尽数都是散不尽的彻骨凉薄,蚀骨透心,让人藏无可藏,躲无可躲。

  在简陋狭窄的夷山驿站里,风吹着树梢上孤独的鸟巢,她微微仰头站在窗前,虽有阳光,仍不觉得温暖。她用冰凉的手指理了理鬓发,发间只剩一根桃木簪了,清简得不容再回顾,原本出城时的不舍和愤恨都已经淡了,不再有徒劳的垂泪与挣扎。说到底,月有阴晴,人有聚散,繁华三千又能怎样?倾国倾城也只是一朝红颜,没有千秋万代的不朽,读过史书听过传奇,这些,她明白。

所以才能认了这俘虏的身份,认了这风餐露宿、布衣素服,把这悲凉的路一步一步丈量下去。可是,这国破梦碎的凄楚,怕是一生,也难以消融。她自知,风骨深深烙刻下,不能磨灭,她宁愿疼痛,绝不麻木忘记。

她寻来了笔墨,粗简得勉强可用,此种境况下也已是难得。有人偷偷地丢下一卷纸,她没有展开,只轻轻走到泛黄的墙边,略一凝神,转而快笔疾书,像是心里提着一口气,必得要畅快淋漓地抒发出来。她手中的笔俨然也成了兵戈,要与这岁月较量一下深浅,与这命运辩一辩明暗,与前尘旧梦作一个了断。

一曲《满江红》,长寄故国山河,念我情深义重,留在这陌路风烟里。光影流转,年年岁岁,是否有人相忆又有何惧,她只抒胸臆,一个文人的百转思忖,一代才女的柔情和刚毅。落笔墨色已淡,唯笔刚还烈。

外面车辚辚,马萧萧,人声嘈杂,却不是征伐上战场,也无人再来保年岁安康,甚至不是商队的喜悦或频传的驿报。说来欲无言,日后历史上描述这一程,也要多沾几笔血泪,这是南宋投降后,皇室三宫众人在元军的押送下做俘北上。

亡国皇帝年仅六岁,王清惠是先帝度宗的昭仪,宋度宗并不是一个英明亲民的皇帝,甚至在朝在野对他的评论都是昏庸荒淫。然而这丝毫不影响王清惠对他的怀念,她的情怀早已跳出了小女子的情趣,而是以饱读诗书的文人词笔,站立在国破家亡的漂泊旅途上,感受着自此一别,生死难再回的绝望。她切肤的痛,是基于民族大义,根连忠贞血脉,昭昭对着日月天地,对着即将告别的大宋王朝。

长歌当哭,远望当归。她什么执念也没有了,只有手里这支万语千言寄一字的笔。也不用再顾虑什么了,就当这是最后的一首词吧,让它埋在故园的月光下,给这个以词作迎百花送晨昏的王朝系上最后一点牵绊。

一朝繁盛随云散,翻了天的变故,也只在一个瞬间。她是度宗的嫔妾,连夫妻的情分都没有,没有什么资格与他共享大富贵,可是一旦落难,她们女子要承受的,比亡国的君,少不了一丝苦难。

清惠无怨尤,扑面而来的风霜再多,她也稳稳地立在当口,她是宋人,理当与国同难,泪盈襟血,去国怀乡,眼前尘土惊夜,远处关山晓碾,心随朗月,肯从容,同圆缺。

数月后,门前的青苔正滋养着光阴,薄薄的岁月还没来得及改变墨色,被胁迫北行的谢太后走在同一条遗落国仇家恨的路上。驿站落脚时,谢太后在这面墙壁前垂泪不止,再三吟念,以眉笔将词写在了白衣上,说给每一个擦肩的人听,渐渐传遍了远方。

心志孤凉的才女,青春貌美的宫嫔,哀伤凄婉的俘虏,这些都是王清惠的身份。落在《满江红》的曲调中,她就是一个目睹山河凋零的文人墨客,替同样处境、相同心情的故人,问一问命数,刻一刻轮回。

文字的力量是无可估量的,它承载着慰藉心灵的分量,文字传回临安的山水间,也传到了金陵的牢房里。民族英雄文天祥听闻此词,一见惊心,深为感动。

燕子楼中，又挨过、几番秋色。相思处、青年如梦，乘鸾仙阙。肌玉暗消衣带缓，泪珠斜透花钿侧。最无端、蕉影上窗纱，青灯歇。

曲池合，高台灭。人间事，何堪说！向南阳阡上，满襟清血。世态便如翻覆雨，妾身元是分明月。笑乐昌、一段好风流，菱花缺。

文天祥亦是爱国诗人，征战沙场，宁死不降，连敌军都甚为倾慕，却为一个柔弱女子的词作夜不能寐，情感起伏，作下这首《满江红·燕子楼中》。文天祥原本就是神思饱满之人，看尽了风云变幻，人世残酷，也借王清惠的韵脚，再把对尘世的表白，说得生动。

彼时的王清惠在路上走了太久，来到元上都时王清惠已容颜暗淡，风尘仆仆，江南江北路茫茫，再多的不适都得自己克服。没多久，她青衣挽髻，拂尘在手，入道门清修，号冲华。

冲华，至美也。她半生孤苦，埋骨他乡。几声老树寒鸦，半盏残灯如豆，曾经的温暖多情都已远去，从此她隐姓埋名，遥望故土，待霜起白发生，还藏着余情未尽。

《全宋词》里仅存了她的这首《满江红》，作者介绍里，她出生和离世的时间全无，忘了也好，最重要的是这一生，她走得艰难，但又从容。

况且，还有一个人，懂她的词，她的命。文天祥为她写过一首《满江红·代王夫人作》：

试问琵琶，胡沙外、怎生风色。最苦是、姚黄一朵，移根仙阙。王母欢阑琼宴罢，仙人泪满金盘侧。听行宫、半夜雨淋铃,声声歇。

　　彩云散,香尘灭。铜驼恨,那堪说。想男儿慷慨,嚼穿龈血。回首昭阳离落日,伤心铜雀迎秋月。算妾身、不愿似天家,金瓯缺。

北宋,庐山,初秋。

郁郁苍苍的古松前,两个出尘绝世的身影并肩而立,着灰色长衫的男子是文采雅瞻的东坡居士,着褐色僧衣的则是博学意真的空门佛印。

他们极目远眺,彼此无言,只有甘冽的松风往来,带起衣衫飘拂,远处磅礴的瀑布声传到此处,也只剩下了点滴空灵,若隐若现,不惊不扰,空气里有清淡的花香,寻不到出处,更觉妙趣无穷。一旁的巨石上摆放着棋盘,虽然胜负未定,实则胸臆已舒,兔毫盏里茶迹点点,铜炉里的檀香燃尽,余情还绕。

山脚下的小城隐在氤氲缭绕的云雾里,身后空茫无人烟,仿佛大千世界,只有他们两个彼此为伴,与凡俗尘世,再无半点牵连。

有那么一些刻骨铭心的感动,无法用语言表达出来,看着身边人,对望只一眼,却分明心下了然。这个人,就是天光朗日下的另一个自己,一个深爱红尘,琴棋书画,诗意风流;一个佛前打坐,勤修来世,安度今生。

此时一日将近,万千从容,他们相濡以沫,不忘江湖,这会心的须臾,只有他懂,只要他懂。

二人的相携同游,参禅悟道,淡化了悲苦和生死别离,这样的生活,也的确令人羡慕。更重要的是彼此的成全和看顾,有慈悲之心,不说怜悯之情,若众生皆苦,那就甘苦都咽下,风雨亦能同舟。

苏东坡有乐观豁达的人生态度,在北宋,能与他为邻,也是一种幸福,他才情浓郁,兴趣广泛,诗词、书画、美食、琴、茶、香、佛、道……无所不好,无所不精。若没有他,北宋的风采总要少几分,而他点亮的天空下,总能映出佛印的影子,淡淡相从,不近不疏。

南宋时的江南,人们开始传抄读阅一本名为《东坡居士佛印禅师语录问答》的书,落款苏东坡编撰,所记皆为他与佛印禅师往复之语。

此书是不是苏东坡编撰的已无可考证,但一定有他的心愿在里面,那就是让挚友真情得以流传,每个人在品读中都能体会到他与佛印在山间舒云沐月的情怀,即使他们不在尘世了,但情谊一直未曾走远。

只有性情里的知己,才能这么一针见血,一字封喉,不会虚情假意地奉承应付,因为知道不管怎么说,这个朋友都丢不了。待叶落尽,草枯黄,星归隐,四海茫茫,至少还有一个人,举着你人生旅途里的那盏灯,用尽一切,为你避雨遮风。

若干年后,数个朝代更迭,相传明末高僧憨山大师是苏东坡的转世,前生阅历留在史籍词作中,今生归宿最终入了佛门净土。若深读便知道,他心里有着佛印的一缕魂魄,再看江月清舟,浮世悠悠,还有那段影踪,永不孤独。

相逢还如故。

我在纸上写下这几个字,落樱三两瓣的浣花笺上隐隐浮现了些许柔情,与我内心的清雅暗暗相映,淡然若暮色晚风,又婉约似月轮如钩,分明还有琳琅摇玉之声。一记记扣着心弦,弥散在云端,有淡淡的惆怅,还有浅浅的不安,像芭蕉待雨,粉墙知三更,说不出缘由,意念里却知道,纷扬浩荡的暗涌拍打出脉搏的跳动,驿路上,谁牵马蹄轻轻,传音清明。

人在凡俗,总是容易孤独,越才情卓绝,越能生出冷寂的感触,渴望能有同类相逢,交换心海里的玄妙和玲珑。与爱情的生死契阔不同,真挚的友情更洒然飘逸,落笔就是梅花香,回首处,莪莪满堂。

陆羽习惯了早起,虚窗暗昽,煮茶临书,人们称他注定为茶而生,且痴且迷,身负使命,所以耐得住千般诱惑,只一笔一笔,为茶做着有情有义的解注。

他山河浪迹,寻觅茶香和水源,他用质朴的情怀品味风月,将行径的寒凉雨雪,统统置放在袅袅的一盏茶中,抵挡尘寰的孤独。他煮茶论人生,为有缘擦肩的人奉上香茗,结识着一个又一个朋友,陪他走过这一段或那一段路。有时不经意间回首,才发现早已剩了自己一个人,还微笑着走了那么久,不知道哪一个拐角处,彼此失去了影踪。渐渐习惯了,便也视作寻常,从春到秋,如自然的荣枯,去留随意,往来随心,看淡了,说不上疼痛。

只有李季兰不同。陆羽听闻她的时候,李季兰的才貌已经名满天下,据说她广招四方客,不为终身托付,只求寻友。相识她的人有达官贵人、名士商贾,甚至墨客高僧,李季兰同陆羽结交的人群多有相似,而他们的相逢,却用了好奇做借口。可是初相识,便觉暖阳融冰,微微一笑,心领神知,花落水流红,所有的不甘不忿,一瞬间烟消云散,对人生再无苛求,唯一的心愿,就此成全了。

他们结伴入山,共聆远风,一起收拢松花竹叶,汲山中清泉,煮上一壶晚霞,山中静坐,分杯共饮,推心置腹。原道人生坎坷,一切应对都漫不经心,遇见了他才知道,流离之后仍要信,野草闲花皆是亲,不是没有知心的那个人,天机说,只是你还未等到。

不知命运许了多少时日,他们珍惜着,只当一生来过,后来一纸诏书分天涯,他们彼此祝愿,郑重告别,知道再无见面的可能,却挥手得从容,有过一个真心交往的朋友,此生就不是虚度。

李季兰在皇宫的奢华里,不再追求绫罗丝竹,她在安宁的夜里,为远古的句子,消磨今生。

有人涉水采芙蓉,衣佩芳草,肩挑露霜,懂得蒹葭连荒蔓的忧伤,也在陌路的城墙,聆听过青青子衿的吟唱,收留着悠悠我心的过往。然而这些,都没让他们停下来,阔步走过驿站渡口,把足迹烙印在风烟里,岁月凝成墨,遗落在泛黄的书页中,待灯晕里投下暗影,再含笑着,道一句弹指几重逢。

在那个初有文字记载的江湖,人们且歌且咏,向水之滨广泛传诵,多少后来人向往那个自由表达的情与慕,天地为证的约定,俯瞰海誓山盟,宁可云水迢遥里断肠,也相信千古的明月光,一边照着柴门,一边推开深深庭院的寒窗。相信这世上,有遗落的往昔,斑驳风雨无惧,只因有人陪着牢记。

若说爱情是为了给平凡的众生以激情与刻骨,把酸甜苦辣品味清楚,那友情才是十世轮回不迷失的婉约,是紫陌岁尘里,最端庄的慈悲。

你看爱情被箍在世间不得放松,媒妁之言父母之命,礼教门第都是赌注,人们只得把爱情写入志怪传奇,靠仙灵神鬼来相助。莫若友情,始终自由,伯牙引樵夫为知己,为他从此不鼓琴,宏阔得青山有泪,江河呜呜,挽留着此后,数不清的诗啸云游。

我有相思茗烟赋,相信因缘扶疏。陆羽一个人燃薪烹茶,丝毫不马虎,照例在对面放一个留云盏。于是从此后,知交在一起,往往少不了这一壶热茶,道不尽的千言万语,世味风流。

那一年杭州春雪,寒梅开得热烈,天地一派贞静,豆蔻年华的冯小青一身素裹,专注地收集着梅蕊里的雪,宛如仙子,这是她一生最美的时候。

冯通寻梅来到门前,看到的就是这一幕。佳人美则美矣,难的是慧心天成,他不想唐突,所幸梅是共同的喜爱,冯通微笑着点头,小青说:"进来喝杯茶吧。"品茶赏梅论诗话,二人投机语妙,心旷神怡,难描欢欣。

若时光能停,哪怕仍旧是路人,也能把这个偶然当做必然,点成寒夜的灯,温暖脚下的路。可惜,他们以知己之情邂逅,却妄图以世俗的朝暮实现长久。轻视了友情的界限,小青嫁与冯通为妾,逾越半步之多即为殇,现实里败下阵来,没人能给她护佑,凄凉离世,无可奈何。

修得初心如晓月,谁能怄过自己的心呢?用一生来将就,不能,谁都不能,就这么无情,冷酷到了一意孤行。

红尘中的许多事都解释不清,而友情却是最不需要解释的。

一场大雪,下得白茫茫大地真干净,北京西山的茅屋里,茶香缭绕,曹雪芹和敦敏围坐在炕上听雪,廉价的茶末子已经沏不出颜色了。曹雪芹大口吃着敦敏带来的烧鸡,敦敏捧着曹雪芹的手稿拍案叫绝,眼眶有些湿润,呼他为世上唯一。

彼时的曹雪芹生计艰难,除了写着的《石头记》外,一无所有,连命都值不过三两钱。曾经的热闹都散了,只剩敦敏不嫌路远天寒地跑过来送吃食,也不嘱他怎么挣钱,而是一边全力帮衬着,一边鼓励他写下去。因为敦敏知道，这是曹雪芹的快乐，也是宿命。

最好的友情不需太多的语言表达，略过修饰，省去客套，永不需解释，却一言一语都有排山倒海的力量。就是那么契合的懂得，懂你会心一笑的留恋，懂你言外之意的执着，懂你欲言又止的隐约，懂你眉间心上镌刻的明朗和忧伤，他会唤起你内心所有压抑的深情，坚固你在尘世最独特的个性，欣赏你独一无二的生命，看穿并心疼你的脆弱和无助，让内心从此不再害怕漂泊，哪怕更多的时日，彼此各自匆匆。

曹雪芹的寂寞里，化生出为情而生的林黛玉和看似无情的妙玉，她们是大观园里不需走近的知己。只有妙玉能品黛玉的琴，能续她的诗里痴，只有妙玉敢抢白黛玉的话，不怕她恼。黛玉在墙外的风里就落下泪来，这两个女子，是对着另一个自己，深知前面凋花命定的伤，又都选择了秘而不宣，只借一笔淡墨遥望。

于是多少人捧着书卷羡慕，人心江湖，不知何时能等来自己的知音好友，一起把岁月风霜相酬。

每个人的一生，都会有无数相逢，人世间最美的缘分，就是不期而遇，又恍然熟悉。我们也都曾有过遗落，沉淀在时光的长河里，几经沉浮打磨，又落在陌路的岸边，静静驻扎在古旧的渡口，开始地老天荒的守候。宛若我们随手抛下的种子，也许有一颗发芽长大后，就是你注定要路过的树。

我煮了一壶陈年月光白，置案在芭蕉树边，任三千寂寞落尽，唯留相守，一笔如昨。纵你是过客，我亦取出青瓷杯，邀约一盏茶的时光，浅读慢品，有温习的故人情，缓缓溢出。

都道知己难觅，皆为太过珍稀，没有任何线索可找，更无捷径可攀。但你要相信,入深山有空谷幽兰,走荒漠有酒旗招展,总有一个人,执着前世的伏笔,与你有着高山流水的因,相期在平生的愿。

再晚,也是故人归途。

等一个人,一生,当不负。

红尘渡口配低弦

年末岁尾,不习惯写总结和列计划,只是随手在淡青的笺上写下几行文字,仍是只能代表一时的情绪,而后收进抽屉里,如放在岁月深处的曾经,不知道哪一天会再翻起,透过遥远的时光往回看。

总是这样不经意地,把过往收于一隅,什么都不舍得丢弃,就这样让回忆长长,前路迢迢。某一天老去,也不觉岁月突然,这些,是红尘世间里我这样走过的痕迹。

我端坐在寒霜中,着布衣,焚檀香,沏一壶普洱茶。清旷的日子行行复行行,淡然,却长久。

你若不在,我便不讲,把心事放进茶壶,溢出烟色,消失在空茫中,你在哪里,就飘向哪里。

听说不远处,有春的消息。

就像我衣袖上的花,覆着我冰凉的手指,也仍然是春色占了先。

有古人在堂屋里挂着横幅,春色满堂。

外面是四季寒暑自顾自悠然,可这也两相无碍,瓶上的山水正烟雨,画中的桃花横枝就过了江来,丝锦里的鸟穿翠柳。暖暖的一壶酒是春,温温的一盏茶是春,还有女子红妆,正对镜贴花黄。

春色被留在了这,也被囚在了这,杜丽娘十几年不知自家后花园的模样,一样心情百样娇。同样是戏,千金小姐薛湘灵就活泼得多,二八年华的女子嗔蛮起来也动人,似珠玉落瓷,响就是响,没有拖泥带水、缠缠绵绵。

  样儿要鸳鸯戏水的。
  鸳鸯么,一个要飞的,一个要游的。
  不要太小,也不要太大。
  鸳鸯要五色的,彩线透清波。
  莫绣鞋尖处,提防走路磨。
  配影需加画,衬个红莲花。
  莲芯用金线,莲瓣用朱砂。

  小姐的气派,用不着现身出来,利落的话往外一递,那份雅致,那份精秀,想藏都藏不住。却让人听得心存臆想,女子的美养在深闺,样样讲究,从头到脚马虎不得,尤其是这样的千金,学到的见识用在打扮上,谁都还不了嘴。
  这不过是刚刚开始,四平调一起,根源初现,还是待嫁女儿的焦虑。

  仔细观瞧,仔细选挑。
  锁麟囊上彩云飘。
  似麒麟何曾多双角,
  形同耕牛四蹄高。
  是何人将囊来买到?
  快唤薛良再去选挑。

麟囊就是绣有麒麟的荷包,专为女子出嫁准备,里面装满珠宝首饰,上花轿的时候要拿在手里,一路握着到夫家,意喻早生贵子。

自古有麒麟送子的传说,东晋王嘉《拾遗记》中描述,孔子诞生之前,有麒麟吐玉书于其家院。

最惊心还是这个"锁"字,从八字合婚,聘礼进门的那一刻起,女子的命运就被牢牢地系在了那个陌生的人家。从此这一生的路要和人一起走,换了角色身份,就是一场没有剧本的演出,连对手是谁都尚且不知。

她开口第一句:"怕流水年华春去渺。"

春是青春,无关年纪,是青春里如花似玉的梦想。和功名利禄不相干,只关心那个命运里注定的伴,是不是她的良缘。

有多少焦灼不安在里面,路在脚下,也只能往前,怕现实里的烛花不似梦里那样的燃,生活惯了的大宅院,就要离开,却又看哪里都不顺眼。

尤其是这个麟囊,没有一点招人喜的地方,谁买来的谁再拿走重新去挑。

不是她大小姐脾气刻意刁难,委实是无处寄放的心安定不下来,有多少话是说不得的,好日子一天一天近了,心里的怯却越来越放大,一时的慌乱盛不下,总要找点事来打发心思和时间。可似乎什么事都不如意,怎么个不好也道不出来,拧着性子地挑毛病,旁人都出去了,泪却要落下来。

帘外有燕子在屋檐下进进出出,声音碎碎的,她反而觉得亲切。燕子年年南北返,旧巢有情,只要活着就永不知倦,它记得路,风雨再浓,路途再远,它辨得清方向,执着而往。

湘灵在家跋扈,那是父母膝下的娇宠,她知道出了这个门,丈夫才是天。生辰八字上相合的命数,却无法保证就是相濡以沫的深情,德容言工的礼教她一样不少,却也怕幸福无情系得空荡。

花轿上门的时候,她瞬间安静了下来,没人能挡的路,众人都要看着她走。她走得沉稳,走得缓慢,也走得坚定。是老天爷定的情,自有老天来护佑,出了这个家,进了那个门,她还是她薛湘灵。她要带着满心的爱,去换一份相对的安宁。

手里握着这麟囊,里面鼓鼓的,是父母的宠爱和期待,她在颤悠悠的轿子里轻轻笑了,这些是她亲手数过的珠宝,还有更多的她都敛在了体己箱里,爹娘疼她,总是尽可能地多绝不会少。

这是财富,能变换宅院良田,也能开起个店铺,代表着她大小姐的贵气,她握住的,是手里的一个安稳。

紧张的时候,茫然的时候,手里总要有个什么东西才好,最怕的是空空,好像这尘世,什么都抓不住,什么都不属于她。

有金珠和珍宝光华灿烂,红珊瑚碧翡翠样样俱全,那夜明珠粒粒成串,还有那赤金练、紫瑛簪、白玉环、双凤鏨、八宝钗钏,一个个宝蕴光含。

十里红妆要走多久,有多少个弯儿,她一概不知。偶尔从帘子的缝隙间看着外面,正是春光明媚佳时佳期,梅香就在轿旁跟着走,一点也没听她说累。

大家都在匆匆地赶路,喜娘催得紧,说那边千叮咛万嘱咐,要早点把新娘子接来,不可误了良辰。

走着走着,忽然觉得天色暗了下来,耳听得风声断、雨声喧、雷声乱、乐声阑珊,紧接着轿子颠簸了起来,大家奔着向前,湘灵赶紧扶好,没等撩开帘子看,梅香先拽紧了,说是大雨倾天。

前面就是春秋亭,可暂躲避。

轿子落了地,湘灵端坐不能动,风雨恓惶里,却听悲声踏寂寥,分分明明地到了耳边。心奇之下,她掀起帘子看,不远处也是一个花轿,声音正从里面传来。

轿中人必定有一腔幽怨,她泪自弹,声续断,似杜鹃,啼别院,巴峡哀猿,动人心弦,好不惨然。

同是新嫁娘,有多大的委屈如此抑制不了,以至于在姻缘的路上就愁了前途,是夫君貌丑难往前,还是强配过来违了心愿,这一曲失意号啕调别弹,让湘灵心里放不下,遣了梅香又遣薛良,问问那边的娘子,隐情如此,为的哪般?

戏文里说得明白,梅香没能问得什么来,我猜她定是问的新娘本人。既是难言之隐又怎可对一个过路的陌生人说,说了没准还要平白地遭人笑话。即便不是这样,最多也就是共同感慨一番,安慰几句,雨停了,各走各的路,什么也改变不了。

薛良却问来了,他一个男子自然是不会去直接问新娘的,他问的不过是随行人。随行的人是知道的,否则不会不劝,知道事已至此,新娘哭一场也是情理之中。

其实不像湘灵想的那样,她哀的,只是人生贫贱,却像重重压过来的山,她柔弱的肩,想想就不知该怎样担。

湘灵动了恻隐之心,她从小衣食无忧,嫁的也是钟鸣鼎食的人家。从千金小姐到大家夫人,里里外外的光鲜是少不了的,却忘了世上不是尽富豪,更多的还是饥寒。她看着对面的花轿,短花帘,旧花幔,参差流苏残破不全。

遇上了,缘分一场,就这样眼看她愁苦地走过去,往后的日子心里放不安然。虽然自己后面一箱箱的妆奁不下百万,可是也不能大张旗鼓地赠过去,正焦急盘算着,忽然低头看见了手里的麟囊,里面的珠宝虽然有限,但是足够她安个家,救得一时之急,暂不用为衣食冷暖而发愁。

至于麒麟送子的说法,不过是世人给自己寻个出路,这是积德行善的好事,菩萨自会记得。

此去,经年。

一晃就是几度春秋,驻青春依旧是玉貌朱颜,夫恩爱,儿康健,婚前担心的事情都好端端地溶在了一晨一昏,她窝在幸福里,根本不在乎光阴似箭。

这天她带着娇儿回娘家,路上突遇洪水暴发,可怜的湘灵过惯了在家的日子,相夫教子做得,家庭琐事理得,可是面对这突如其来的慌乱,她一下子蒙了。什么反应都没有,被人群簇拥着逃窜,急乱之中丢了儿子,不辨方向远离了家园。

只道铁富贵一生铸定,又谁知祸福事顷刻分明。女人坚韧的力量,不到适时,永远也不知道有多强,平时柔弱到连风都躲,变故之下,却坚强地连乞讨都不怕。

经人介绍她在异乡进了卢府当婢,照顾这家正顽劣调皮的男孩,开始看人脸色过日子,尽日里赔笑,日日操劳。

想当年也曾绮装衣锦,到今朝只落得破衣旧裙。更让人难受的是,这个孩子和自己的儿子差不多大,名字叫天麟,不是让她趴在地上当马骑,就是到处跑得故意让她找不见。

这天他们在楼下玩游戏,天麟故意把绣球抛到了楼上,她只得到曾经嘱咐过不许上去的小楼去取,却猛地在桌子上看见了麟囊。

大红的锦缎,金丝线,黄色的抽绳,薛良当时在街上跑了一趟又一趟选来的样子,这麒麟她认得,这模样她认得,这就是她出嫁时赠给那陌生新娘的麟囊。

她的娘亲,她的儿子,她的家,她捧着麟囊,手不住地颤抖,泪如珠下。

积德行善吉人天相,卢夫人就是春秋亭里遇上的新娘赵守贞,原为人生苦难而放悲声,却引来了善良小姐薛湘灵的慷慨相赠。卢夫人牢记那一时的暖意温情,对生活有了信心,她始终把麟囊恭敬地置于高阁案上,爱子的名字也从此而出。只恨当时没有留下多一点的线索,欲报之恩无处可寻,没想到,却在自己家里相逢了。

《增广贤文》里有言:"但行好事,莫问前程。"安慰了多少匆忙的脚步,无意中的一个援手,种下善因在人生的渡口,此情不负,天也善待。

湘灵还如坠梦里,她的娘亲、儿子和夫君已经来到了她面前,接她回家。一场遭遇没有家破,相反让他们都懂得了更加珍惜。

"这也是老天爷一番教训,他教我收余恨、免娇嗔、且自新、改性情、休恋逝水、苦海回身、早悟兰因。"

程派名剧《锁麟囊》是戏曲作家藕红应程砚秋之约而写,这一段西皮流水转二黄,程先生唱得幽咽婉转典雅娴淑,有深闺女子的哀怨和轻愁,又心旷晴空,真似霜天白菊,是清冽的顿悟,有一分艳三分凉,随着情节的发展,注重内心情感,跌宕起伏,徐徐有致,细腻如虹。

就像粉彩瓷,有着俗世的热闹和浓艳,洛阳花枝月圆,长安雨落庭院,世间胜景万千,少了一抹,都是残缺。

康雍乾是清代瓷器制作的鼎盛时期，从乾隆开始，粉彩在彩瓷的领域中几乎完全取代了五彩的地位。工艺繁复，色彩浓艳明丽，在保留前代精华的基础上，还吸收了一些西洋的工艺技法，创造出许多新颖的瓷器。

乾隆皇帝有很深的艺术造诣，所以对有些粉彩器物的用途、器型、花纹的要求常有御旨，制作前要有画样或木样，审查通过后才能正式烧制。

乾隆粉彩有一个独有的特征，即器物口部及底部都施浅淡光润的松石绿釉，釉面犹如粥皮，常常带有细小的纹片。这时的粉彩以缠枝花作主体，组成各种祥瑞吉庆的图案，新奇精巧的镂雕瓷为乾隆时期新创。

2010年11月11日伦敦博罗的一场拍卖会上，一个清乾隆官窑粉彩镂空瓷瓶最终以5.5亿人民币的价格成交，刷新了2010年6月由黄庭坚书法《砥柱铭》创下的纪录，成为最新的中国最贵艺术品。

沙门问佛，以何因缘？佛见佛笑，花见花开。淡远了紫陌红尘，历劫了黄泉碧落，仍然扣着那根弦，迟迟不落。

写完这篇文字，这个城市已在早春的暮色中，看看时间，我也该换衣服去戏院了，今晚上演的是程派名家迟小秋的《锁麟囊》。

我心素已闲，体会着王小波说过的似水流年，那是一个人如中了邪，躺在河底，眼看潺潺流水，波光粼粼，落叶、浮木、空玻璃瓶，一样一样从身上流过去。

仍然是喜欢独自一人，喜欢一意孤行，然而能读懂自己的人，一定是同类。

同类就是，一起看雪的时候，雪必倾城。

醉颜·独赴红尘

那时日光散尽,薄雾轻烟,那时浮生未老,苍山已暮。我把柔情刻骨,素雅成角落的一抹守候,你的目光在,我就在,你的目光不在,我就从尘埃里隐起来。柔风过境,几忆清凉,再回首,还有斜影相随,沉淀下来的,却不是心里的一层沙,而是一朵花,在时光中,静静开过。在窗前,看落花流水在人间,说不尽的话,便成空。

山有木兮木有枝

昨夜的油灯已烧干,我的故事,还没有开篇。

梦里春归何处,寻到天涯不见影踪。带着心流浪,启程的时候,步履与红尘缠绵,有心在,那份情就深深地移不开。徘徊成千千结,每个转弯处都有花开不败,安静地凝望,或者守候谁的到来。

隔着季节看轮回,湛蓝的天,路过的风,是我们行走的人间。

有情有义的日子,就是一段好时光。

那天的日子格外好,两千多年前的浓春深处,时辰过得缓慢。不用太匆匆,就像缓缓流淌的河水,船上的女子着素色曲裾,秀眉淡妆,含情脉脉。

她摇着手中的橹,渡的竟是光阴那条河。

她静静地摇着船,徐徐风来,眼前这个男子的气息拂身而过。她忍不住微微笑了起来,沉醉就在刹那间,她就对着碧蓝的河水和心仪的他,旁若无人地唱起了清朗的歌。

她唱得动情,唱得绝望,也唱得寂寞,正因为有这些情绪在,她才能在这样的时刻,抛了矜持,去了身份,大着胆子唱出来。

这也是一船内心有情感的人,其间没有人来打断她,大家都被这意外的吟唱震动了,此情此景,实在太美。

歌声飘去,起初一定是震动,就像不期而遇的初相见,是惊心的山崩地陷。后来就是被感动,一个清如水的女子,用荼蘼盛开的方式,传递自己的深情。

其实在她心里,只唱给那一个人,那个人是楚国的鄂君子皙,远道而来泛舟河上。有些事情说不清缘由,连给自己找条退路都不能,偏偏是她来撑船,远远地一见他,顿时心生爱慕。

她爱慕这个彬彬有礼的男子,他说话温柔,时而眺望远方,脸上浮现出极淡的忧伤,他是在想家乡,还是在心里有他牵挂的姑娘,她永远都不可能知道。她只是偷偷地看着他,在他专注的神情里,没有笑容,也没有波澜,却像合上了一本书,眼里说不出的心事能放能收。

她终于还是克制不住唱了出来,不计后果,也许此生就为了这一首歌而生动,也许此后最美的回忆就是这首歌的模样,她不想错过。

她是越国的女子,采莲撑船,心地单纯,一身洁净。爱不知所起,来了,汹涌得连自己都挡不住。

楚越语言不通,她知道他听不懂。

明知道听不懂,还是按压不住心里的颤抖,满腹的爱不能留,不放出去,怕这深深的河水都载不动。

也是因为他听不懂,才敢这样唱出来,一字一句的心声,她一定要这样表白,只要个释放吧,她和他同船一渡,终是陌路。

他身份高贵,能乘她的舟已是她泼天的福,她只是想为心里的情感找一个归宿,哪怕得他一个注视也好。她永远不会有勇气站到他面前,用他听得懂的话,说一句爱的语言。

她是如花的女子,在他经过的路边,毫不吝啬地开放,却不能说守候。

她是这样酸楚。

她的心里,一半混乱,一半飘零,只有神情仍然坚定,如孤注一掷的凛然,让人心动。开口的一瞬间,内心的缤纷动荡都不在了,只坚定此时的情感,随时等待烟花盛开。

没想到的是,他却被她的歌声打动,他接收到的,与语言文字无关,是超越了这之上的,心里感应了她的一往情深。

他没有跟她说话,只是目光在她身上停留,远远地有一个温暖的笑容,仍然淡得如暮色,眼神里却有了更多的内容,是欣赏,是懂得,是收留。

他让身边人把刚才唱的歌词用楚语翻译过去,此词一出,浓烈纯真,美不胜收:

> 今夕何夕兮,搴舟中流。
> 今日何日兮,得与王子同舟。
> 蒙羞被好兮,不訾诟耻。
> 心几烦而不绝兮,得知王子。
> 山有木兮木有枝,心悦君兮君不知。

这是公元前的爱情。

一个人的爱情。

也许是一瞬,也许是一生。

这个唱歌的越女很有福气,连遇到的翻译都如此出色,把她质朴的情怀传达得淋漓尽致,真诚而孤绝,没有任何企图。

子晳是第一个被打动的人,在歌声唱起的那一刻,这样的百转千回,他是化不开的。

传说后来的结局有两种,一是子晳在听完歌词后,衣袂飘飘地走到越女面前,轻轻地抱了她一下,而后送给她绣花锦被,把这一天最浓的笑容留给她,然后离去,这一生,他们不会再有机会相逢。

还有一种说法,是子晳微笑着带走了她。

我信第一种,第一种是爱情,越女热情的单恋,换来他的懂得和怜惜。

春秋战国时期,等级制度森严,他们之间有着不可逾越的身份距离,这门第森严的戒律,能拆得有情人分离,能让人爱而不得,但挡不住爱。

所以越女爱得恐慌,表达得急迫,所以子晳不会就这样带着她走。他们语言不通,生活方式不同,生长环境天差地别,一旦朝夕相处,定不是只凭想象就能过尽从青丝到白发的一生,更多的可能是被光阴打磨,情感磨灭。

她一瞬间被他吸引,他一瞬间为她感动,可是他们谁都没有把握,这一瞬间,能延续多久。

与其让爱情在俗世烟火里消磨成心里的伤痕,还不如远远地走开,留下一份记忆,无论是刻骨铭心还是浅浅散去,都是对爱情的慈悲。

最怕的是,相对已厌倦,再狠狠地说一句:"当初怎会爱上你。"足以让人焚了心,扬成灰。

张爱玲说:"短的是爱情,长的是人生。"让多少人泪洒红尘。

有时候,正因为不了解,才爱得如此浓烈,看不到缺点,想不到冷落,少了包容的爱情,有再多的海誓山盟,也到不了天长地久。

何况,越女和子晳之间没有约定,也不可能有。我们可以简单点看,今夕何夕她忘了,反正是好山好水好时光,遇见这个温润如玉、沉稳踏实的男子,她忍不住抒了一下情。于是子晳成了越女一时的知音,没有因为她身份低下而不理会,相反,他记在了心里,也给她留下了余生。

她仍然要过着自己日复一日的生活,直到把船摇成一个自己的家。有一天她会苍老,再也唱不出动听的歌,那个绣花被压在箱子底下,这是她的秀丽年华。整日里的琐碎、劳累和疲惫,都掩盖不了记忆中的亮丽,曾经有一天,她和子晳同舟,这是她苍白人生里,最锦绣的片段。

如此,最是妥当。

一生长长,路途漫漫,总要认识很多的人,然而十之八九都是擦肩而过。对别人的付出,那是自己的事情,永远成不了必然得到回报的理由。你的用心,他的用心,分明已是两份主体,两个心思,如何能够衡量得平等。

对别人善意的温情,是自己的欢喜,与对方无关,他如何对待,这些不值得在乎。

值得在意的人,不过寥寥,而这难得的三五个,不需要处处以这样的纠结来在意。你的生命在,他在,你的生命不在,他的思念还在。

这首《越人歌》是《楚辞》的艺术源头之一。

越女在爱情到来的时候,唱了一首歌,从此一传就是千年又千年。让我们可以在歌声里,看到她刚柔并济的性情,她的身影从来不远。

郑旦也是越女,习以歌舞,精通剑术,与西施齐名,与西施身份相同,也是被越王勾践选为送给吴王夫差的美人。在诸暨,走过那条名叫长弄堂的巷子,总忘不了一户人家台阶下的四眼青石井,那曾是郑旦和西施比美的地方。

当地坊间的传说里,郑旦比西施漂亮,她性格刚烈,心地善良,她想和西施做好朋友,跟别人说西施是最美的女子,可是西施却常常自卑。西施说自己脚大,郑旦就帮她做长裙,让她走路可以摇曳多姿,只露鞋尖秀色一点点。西施说自己的眼睛不如郑旦大,郑旦就拉她去照井水,说两个人的眼睛在水中看上去就像四条鱼,眼睛不是因为大才算美。

她们终于成了好朋友,也一起临危受命,远去敌国面对同一个男人。

几年后,西施的故事多得可以填湖,而郑旦却越来越没有消息,相传她到吴国仅仅一年多就抑郁而终,而原因是妒西施之宠。

郑旦也算得习武之人,身体素质要好过西施,西施有心口疼的毛病,但她有吴王疼着宠着,还有范蠡爱着等着,在爱情里养着的人总是娇贵柔弱,还风情万种。

这一切,郑旦都没有,伤了的心,得不到救赎。她该是冷静的,甚至是冷酷的,可是她被爱情一击而中,她爱上了夫差。他是英雄,有江湖人的豪爽,也有江湖人的执着,无奈他爱的只是西施,他只当郑旦是越国送来的一番好意,他不能不收。

郑旦一定不会弃了尊严去夫差面前唱一首歌说说爱情,连暗示大概都不会有,对着身边的人,感受他的无情,心里的爱终成毒素,一个蔓延就到了尘世的尽头。

以身许国的初衷,演成了以身许吴王的落幕,她永远怀着寂寞,剑上青锋含霜,断得了三千青丝,断不了痴缠今生。

她殉了国,也殉了夫,祭奠的是爱情。

郑旦没有等待吴国灭亡的那一天,她一定也不愿意看到。她没有负越国,也没有负夫差,她只是对自己,太过于无情。

有多少爱说不得,一说就是错,一说就是从此天涯两茫茫,连凝视的机会都不再有。

于是,终生沉默,不说爱情。

可是,可是,盛景繁华,三千舟过,心里寂寞,独独只有一个他。

如郭襄爱杨过。

杨过许她的三枚金针,她许下了愿:一是瞧杨过的容貌,二是生日时约在襄阳城。

郭襄身边不缺英雄,她的爹爹娘亲是,姐姐姐夫是,还有很多的人都是。她仰慕着杨过的执着和不羁,她中了情的蛊,命中注定世上除了他,哪个男子都不在眼中。

十六岁时第三个愿望:盼望神雕大侠杨过和他夫人小龙女早日团聚,平安喜乐。

绝情谷里断肠崖,她说得无邪无畏:"我见你跳下来了,便跟了下来。你不怕死,我也不怕死。"

这不是爱是什么?

她为杨过行走江湖,天涯海角,比流浪更沉重。

许多年以后,华山之巅,明月在天,清风吹叶,树巅乌鸦鸣,郭襄再也忍不住,泪水夺眶而出。

天涯思君不可忘。

一份爱能持续多久?天地做不了主,缘分也只是一个机会的守候,结局是水到渠成还是覆水难收,还要看这颗心,爱得有多坚定。

我用一生的时间,去靠近你的生命,这是爱的风情和气度。

杨过知道郭襄的心，但也只能装作不知，远远躲开。他怜惜这个小丫头，把她当妹妹放在心口疼着，比妹妹还要看重几分。可是再往深处思量，也仍是无奈，他的爱情早已尘埃落定。他努力爱，用心爱，这样一个男人，值得郭襄为他倾了所有。

只是委屈了她，一生凄清，天意而为，她只能认了命。

认了命，仍不说悔，人生没有重来的机会，若选择，还是宁愿遇见他。

"山有木兮木有枝，心悦君兮君不知。"

一个人如果懂了这首歌，这个人就不会寂寞。

不寂寞，在心里缠了枝，盘根错节，用心血养着，开出莲花。

瓷器上最常见的纹样就是缠枝纹，也是我最喜欢的青花图案，从名字到内涵，美好而清凉，有一低头的温柔，有楚楚的娇羞，在风里自开自落自相守，孤寂得能惹下人的泪来。

缠枝纹又名"万寿藤"，起源于汉代，盛行于南北朝、隋、唐、宋、元，一直到明、清，也就是说，经历过所有的朝代，它一直被尘世深深喜欢着。缠枝纹以植物的枝杆或蔓藤作骨架，向上、下、左、右延伸，循环往复，变化无穷。因其结构连绵不断，故有"生生不息"之意，最常见的有缠枝莲、缠枝牡丹、缠枝草蔓。

缠枝纹还是我国传统青花瓷中最主要与最具特色的装饰纹样之一，它最早出现于元青花中，在明、清青花中更加比比皆是，成了青花工艺的最重要的纹样。

天色将明，我听见莲花盛开的声音，舒歌慢调，蕊心里有露珠，润润莹莹。

一个苦者找到一个和尚倾诉他的心事。

他说:"我放不下一些事,放不下一些人。"

和尚说:"没有什么东西是放不下的。"

他说:"这些事和人我就偏偏放不下。"

和尚让他拿着一个茶杯,然后往里面倒热水,一直倒到水溢出来。

苦者被烫到之后马上松开了手。

和尚说:"这个世界上没有什么事是放不下的,痛了,你自然就会放下。"

这个故事无法释怀爱情,爱情是痛到骨髓也不会放手,越痛越要生枝蔓,要缠,就缠个生生世世。

如果真的不再痛了,才是解了情蛊。

一树梨花开成海

哥窑是宋代五大名窑之一,哥窑器物存世量极少,且至今还未找到准确的窑址。

它波光一闪,如一颗坠落的明珠,人们仰望它的风采,却猜不透它真实的由来。

哥窑器必须具有"金丝铁线"和"紫口铁足"的特征,据说,这是一场意外。

大宋,龙泉,仍然要回到那个时间和那个地点,有个很有名气的制瓷高手叫章村根,擅长制作青瓷,手艺世代相传。他的两个儿子章生一、章生二从小就跟在他身边学艺,老大厚道踏实,老二聪明伶俐,他们都得了父亲的真传,也都有绝技在身。

父亲去世后,兄弟二人分家,各开各的窑厂,两个人都以烧制青瓷为主,远近闻名。但是很快哥哥的长处充分显现了出来,他肯动脑肯钻研,烧出了"紫口铁足"的青瓷。这种瓷器底足露出黑胎,口沿呈现紫色,和青釉的色泽配在一起,灵动处有了质感,很快受到了追捧,并传遍天下。随后传进了皇宫,龙颜大悦,钦定章生一为皇家烧造青瓷。

这是莫大的荣耀,是会写进家谱代代流传,福泽后世子孙的,所有的艺人,手艺能进宫就是顶天的辉煌,从此就是技压天下,无人能比。别说皇帝身上穿着的衣服绣品,就算他落难时在路边喝过一碗粥,这家粥的味道从此就一定与众不同。

老二心里不舒服,哥哥表现太好光芒太盛,就显得弟弟无能。他一气之下,趁兄长不注意,一把草木灰就扔进了章生一的釉缸中。

老大浑然不知情,把这掺了草木灰的釉施在了坯上,开窑的时候差点没晕过去,只见满窑的瓷器都开了釉,裂纹有大有小,有曲有直,长短不齐,粗细不匀,而且形状不尽相似,简直是像什么的都有,密密麻麻地就乱了他的心。

他欲哭无泪,怎么也想不通这是怎么回事,自己呆呆地泡了一杯浓茶,令他惊奇的是,浓浓的茶水沁在瓷器上,裂纹马上变成茶色线条。他一时兴起,又把墨汁涂了上去,裂纹随即变成了黑色,仔细欣赏,别有一番情趣,这样,不经意中形成了"金丝铁线"。

弟弟回去后冷静下来总觉得不安,思来想去他决定去向哥哥道歉,到哥哥的窑厂里负荆请罪,却发现哥哥正对着一件他从没见过的瓷器爱不释手地赏玩。细说之下,哥哥没有责怪弟弟,反而觉得这是天意。

兄弟俩和好如初,哥哥努力钻研着哥窑,弟弟认真烧制着弟窑,弟窑也就是历史中同样声名显赫的龙泉窑,他们的技艺都越来越精湛。

也许,真的不过是命中注定的考验,从此兄弟俩感情更深一层,所有细小的隔阂和不平都烟消云散了。

有些意外是命运的别有用心,有些意外却是苍天苦心策划的成全。

《菜根谭》里说:"交友须带三分侠气,做人要存一点素心。"

那素心,还在古时的闺房,等待爱情。

  几日轻寒懒上楼。重帘低控小银钩。东风深锁一窗幽。
  昼永半消春寂寂,梦残独语思悠悠。近来长自只知愁。

  春归江南,柔情漫卷,光阴不误花期时节,如约点染着姑苏的水墨画轴。小桥流水缓缓,粉墙黛瓦依然,这一季的朱楼写满诗意,连那飞檐的一角,也驻扎下几多雕花的咏叹。
  叶家的阁楼临水垂幔,如霞光又似烟罗的纱帘起起落落,映衬得窗前的女子朦胧而清丽。有绕水轻磨的唱腔滤尘而来,沾了梨花细蕊的清芳,袅娜翩跹。庭前深院,都有了一往情深的牵念。
  "则为你如花美眷,似水流年,是答儿闲寻遍,在幽闺自怜。"
  台上才子佳人,三生缘系,香魂一片。
  偶然间,心缱绻,楼上的锦屏里的人把手里的帕子紧了又展,恍若梦中涟漪惊绮思,一时难以回还。还是母亲细心,考虑周全,知这个女儿冰雪玲珑,恐她入戏太深,特地亲自前来,轻轻唤她的名字纨纨。
  她是叶纨纨,其父是文学家叶绍袁,在朝为官,母亲是诗词书画皆佳的沈宜修,性情旷达,温良娴雅。他们琴瑟和谐,诗书传家,膝下儿女聪颖,满门风雅,早已是江南人人乐道的一段佳话。
  纨纨便是这枝上春意锦上花,分外光华。她是长女,初生之女,爱逾于男,何况她粉琢玉砌,如奇萼之吐华。所以上至祖母,下至仆妇,都对她喜爱有加。刚牙牙学语,母亲就抱着她捉笔识字,三岁时随母亲读《长恨歌》,仅四五遍即能独自朗诵,且口齿清晰,神情端妍,毫无滞涩。连母亲都如看意外之喜,感慨天赐慧心,给了她文心诗性,便是一生的依仗和不凡。可以有个寄托,有个释放,不至苦闷孤单,一世荒芜。

后来纨纨有了弟弟妹妹,母亲常日持家,她也逐渐习惯了一个人,看书写字,吟诗填词,听雨打芭蕉,看风过竹梢,四季流转里送春去秋来,知月缺月圆,晓花落花开都不是长久之态。

于是更添了性情,对人对事无不来时珍重相待,去时不多言,却在心里独自伤感独自忆。落笔千行,空谷闻哀,也唯有自己知道,那是怎样细细密密的伤。

父母疼她,于她室外植下数株雪梨,给她芳春照流雪的纯白清洁,纨纨在芳雪斋安静地长大,相伴的除了阁楼上的诗书史籍,便是这身边的亲人。纨纨眼里,这些血脉至亲和朝夕相伴的婢女,就是她最看重的人,也是她诗文里仅有的温暖。

她少时给祖母祝寿:"佳节称眉寿,芳樽祝万春。"她寄尺素给独自在外的父亲:"愁心每幸人皆健,但愿加餐莫忆家。"她和侍女一起游春,这些侍候她饮食起居的下人,看在她眼里也是让人怜惜:"柳腰袅娜袜生尘,欲比飞花态更轻。"苦命的侍女意外去了,帮她研磨的人恍若还在门外没有进来:"数载依依共晓昏,惆怅屏前空断魂。"

说到底,人生是一场苦旅,内心深处,总有别人到达不了的天涯,也总有自己排遣不了的孤寂。有多少相逢,就有多少分离,世上所有的缘分,该来的时候来了,该去的时候,也会毫不留情地去,最终皆是虚空。回忆起来,连同曾经的欢乐和无邪,也都成了此时的伤心不已。

纨纨站在父亲的佛堂里,燃灯供佛,焚香跪拜,口里默诵着经文。佛说五蕴皆空,先要学着微笑舍去。

门外有银铃般的笑声传来,是她同样有才名的两个妹妹小纨和小鸾,她们正铺了茶席在栀子花前,分水联对,妙语情真,卸下了她心头浮起的阴云。

她深深地叹了口气,自己一个微渺的女子,有幸生在江南书香之家,有开明的父母,有同心同德的手足,虽然不是大富贵,但也衣食周全,不操心生计,这已经是几世修来的福气了。无非是她多读了几卷书,多看了几回落叶,心里解读过凋零之感,便有了伤春悲秋的无声泪,似乎也不应该。

"古今摇落尽,流水独滔滔。"纨纨书法遒劲,素腕下有落梅之风,她每天都要写数篇唐人诗词,从不懈怠,其实是自己对自己的约定,也是放松和托付。时人都道她墨中有晋人之风,洒脱淡雅,不沾世俗,超然物外,自生风流。这是她的心声,心有所羡,神有所往,书法里才有这样的烟云仙姿,真愿凌空飞渡,找一个桃源,刻画风骨。

所以,父亲辞官归隐时,她雀跃欢愉,与父亲做《秋日村居》,描画着梦想里的田园幽静和自在悠闲。琴书在床,诗花对酒,即便清贫简朴,却也远去了世事悲苦,这该是极致的幸福了。

可惜所有的想象都在远方,纨纨受母亲影响深重,她知书达礼,进退有度,她懂得人生在世的责任,于是多少次,把未干的墨迹丢进了火盆,那些愁,那些苦,那些思,若能就这样化去也好,可惜只是不在红尘留痕迹罢了,越说忘记,心里越是雪落纷纷。

她豆蔻之年学诗词,在一个女子最好的十年青春里,作品无数,却多是自己散尽,没有留下来。她不留,是不想让人通过词句洞悉她内心的纤弱和敏感,不奢望红尘里有知己,给她的秋心之愁遮风避雨。甚至,她从未想过,能有一个人,与她琴棋书画,白首共度,有共同的精神家园,可以修篱种菊,共抵尘世风雨。

因为,她自小就知道,在她还未满周岁的时候,就已许配给了父亲的友人之子袁崧为妻。若说感情,那时家家都是父母之命,婚前俱是陌生，以此作为悲剧的源头，也委实不公。纨纨是德才貌俱佳，心性自然不同凡俗，她身上有着灵气，却也有着才女对待感情的高洁心思和不容攀附低就的决绝。

她认定了婚事不是自己所想的那般，便认定了不如意，于是也不肯把心低下来将就。岁月磨砺，磨去了镜里朱颜的神采，却磨不去她的棱角和冰霜。

婚后的纨纨，因与夫君性格不合，实在是没有幸福可言，佛经诗卷常在手边，她甚至动过看破前世今生，出家常伴青灯的念头。

一切还在颠沛流离，未等尘埃落定，与她感情深厚的妹妹小鸾突然离世，这给了她沉重的打击。

小鸾婚期已定，纨纨又伤感又欢喜。她们从小一起长大，同好诗词，感情非比寻常。回想往事悠然，疏香阁里照新妆，一同赏梅之暗香，多少夜里两人围炉闲话，念着过去，也憧憬着未来。想起这一切，纨纨忍不住又提笔作催妆诗，三行断章，秋风扑门，噩耗传来，小鸾在婚前五日，将嫁而卒。

纨纨伤心欲绝，奔回娘家扶棺痛哭，心神黯淡，连作十首《哭亡妹》，闻者欲泪：

才赋催妆即挽章，苍天此恨恨何长。
玉楼应美新彤管，留得人间万古伤。

是怜妹，也是伤自己，曾经的愁苦经由血脉积攒，如毒发显现。情深不寿，她一病不起，眼看年迈的高堂鬓边霜华，她也已无能为力，暖阁里养病，她不动声色地弃了诗书纸笔，每日只是诵《金刚经》《楞严经》等，为尘前身后事，做一个不容道破的铺垫。

她披着披风，看寒冬降临，白日尚可撑着平静，晚上梦里却不得安息。她梦见寻山问水，梦见高僧说法，指给她《金刚偈》，"一切有为法，如梦幻泡影"。

尽管有母亲的劝解和挽留，即便她也明白这会是父母多深的伤痛，然而更是自知命已不久。小鸾走时是秋天，她走时是寒冬腊月，已近年关。

她和母亲拜别，盘膝静坐，敛容正襟，合掌念佛，很快通身汗下，她酣畅离世，没有丝毫痛苦。

她就这样去了，经尘历劫期满，去做佛前的青莲，朝有莹露夕有霞，从此再不作愁言。只是每当流云随风半遮月，她便会想起，那一世，她叫纨纨，落身明末江南，有一窗梨花，印着她的红颜。

我避开季节来去，躲过岁月浮沉，忘记草木荣枯，暂不理会低眉时淡淡的忧伤和分明的想念，只守着心里庞大的静寂和宽阔的安宁，就这么一个人，坐在小小的角落，无念到从容，磊落到温柔。

岁寒冰封，天地安然静谧，轮回里暗换流年，季节也要修成侘寂之相，删繁就简，过尽千帆，寡言内敛，却又柔软多情。

这是严冬慈悲的法度，我欢喜默然，任凭远来的寒，扑上相思已久的容颜。湖石上的菖蒲碧水翠色，在桌案上生长得宠辱不惊，恰仿佛，窗外是淡墨轻痕的宋画小品，窗内是煮字取暖的红尘倦客，借庭前柏树的一段香，氤氲着把曾经的三生回望。

烟水知寒瘦，我知往来皆悠悠，辗转了多少岁月，仍愿在故事之外，远离尘嚣，择一寻常巷陌栖身，避于沧桑屋檐，端坐老树深院，心素意简，爱亦清浅，瘦尽繁华，淡看岁月。再把安顿的心，与斑驳流年痴缠。

对一丛莲花说戏言,看月上中天,手挽君子意,云水叹阳关,借得烟火一缕清欢,妙笔惊鸿,淡墨绘尽尘缘。满庭芳华,不惧沧海桑田,如白宣上的墨迹,刻下花期,一抹嫣然,一襟古雅,就是浮生绝色,相见悠然,即是永远。

就在窗前对花阴吧,转身拂衣去,无须挂牵,拢一抹月光,铭七寸刻骨,放生十分成全。世味里熬煮多年,唯此不生杂念。

人生多少事,沉浮一壶春茶,一炉轻烟,风日洒然,莫若点一盏灯,把沧桑的心愿,重温几遍。茗烟里开出菩提,慈悲喜忧,陪你安顿闲暇,聆听孤寂,随喜无边,学会放下。

岁序时令,最耐有心人的消磨,做岁月的知情者,用重逢的心思,把一时一辰印上掌纹,一分一秒稳妥地过。

再把故人旧时,草木闲情,连同快意恩仇,荒寒苦楚,一并交付。不管是唱过的离歌,舞过的惊鸿,这尘世沁心冰凉的低吟浅唱,这辗转三千繁华一夕刻骨的缠绵,这光风霁月碎玉潇湘的醉盏,都随它去吧。

在岁月里陈酿,青苔上收容,与风与月做知己,人生纵然是孤旅,落下泪来,到底明白,一路鲜衣怒马的盛景,都只是与自己擦肩,最终相陪的,只有心底闲逸眉间月,若你不丢,它必情深不减。

你看花枝剪影瘦,才下回廊,又上东墙。光阴宽厚从容,过着过着,就到了白首,是你说过的不离,是我说过的长安。

人生无常,看淡些,便能过得容易些。做清淡凡人,暗香可盈袖,叶落不惊心。

春花秋月有影,流年暗换无踪。是红尘因缘,自己对自己的成全。

厚厚的诗词古卷几万篇,落地就是琉璃,沐过清风与月光,句句皆是倾城色。且孤光自照,一往而深,谁靠近了,都是未语失声成寻常,早就乱花迷了眼。偏生心里碧水千涧,拍着岸边柳绿花红,韶光醉饮,白墙黑瓦如画扇,即便是粉树下闭上了眼,也还是朝霭依依弄色,谁怜幽独的忘我痴绝。

终朝采蓝,不盈一襜,恰似我写此文的心思,多情以对,仍然意未尽,念不绝,却也无可奈何。只能捻亮灯芯,化开心里一池春水,临摹几行长短句,看松香的墨色里生出七彩的鹊翎凤羽,守护着千年的芳菲,暗香长存,永不褪色。

旧时月色映眉山

　　明朝末年的秦淮河,聚集了一整个朝代的繁华,桨声灯影,琴棋书画,丝竹风月旖旎无边,画舫里珠帘锦绣,脂香酒浓,承载着今夕又何夕的薄醉清欢。唯有江水悠悠,明月圆缺,旁观着人来人往的聚散,掬一盏水月记流年,明灭浓淡的微茫里,全是不老的故事,斯人已远,唯情不散。

　　虽在同样的年代,虽在成长里有相似的无奈经历,虽然在十里秦淮的金粉楼台中,她们已是芸芸佳丽中的翘楚,然而一番命运沉浮,她们固执地秉持着各自的性情,红尘里的抉择,一个路口,不经意间就是半生的痴望。何况,她们还恰好生活在家国山河的飘摇中,所有天下女子最简单的心思就是有良人可托,有静日可度,竟也辗转流徙,大多成了奢求。

　　所以,人生传奇这部戏,注定都是自己演自己,幸与不幸,都是一别永恒,再读相惜。

　　她们是女子,才貌双绝。

　　冠了这个词,人生怎样取舍,都带了浓墨绚烂的精致,我在寒冬的夜里读她们的样子,始终有着刻意保持的距离。不是我忘了靠近,外面风雪似旧年,漫漫撒着前世的光阴,古老的轮回里,她们是屏风外寂寞的诗意。

　　原本该是哪个男子身边安静的影,在国运的末路里,漂泊的爱情只能似春日的柳,柔柔不能系。她是月光的布帛,不情愿,也刺上了丝线,艳了天下人的眼,独独与自己无关。

她相信爱,肯去爱,用了一生的时间,最终算来,还是只寻到了孤单。

"我见青山多妩媚,料青山见我应如是。"

落雨纷飞的江南,她神色温婉,骨子里的执着是一生的诺言。她用饱满真诚的生命,惜时也惜人,努力地想把红尘的留白写完。

如是,柳如是,每一个字都带着不褪的墨香,她是明末著名才女。后人从文学艺术的角度评价,称柳如是的才华为秦淮八艳之首。她的书法"铁腕怀银钩,曾将妙踪收",灵秀里藏着让人无法临摹的柔韧傲骨,由此也体现出了她不输男儿的襟怀与抱负。

这些赞赏都是后来人给的,当时的她不过就是倔强了些,不肯轻易向俗世低头罢了。她聪慧诚挚,仰慕高风亮节,她说:"天下有一人知己,死且无憾。"

她本姓杨,名爱,号影怜。

秦淮河边的游丝画舫上,多少美貌的女子,引得天下风流纷纷而聚,她们大多都是因为家贫无奈流落入烟花地。

朝廷危难,世道不稳,豆蔻梢头春欲放,一个女子最美最好的年纪,不得不在动荡中消磨。她辗转来到金陵,喜欢这里,并非因为秦淮河,还因为这里的文化气息,让她的绝代美艳有个依靠的地方,也让她的才华有释放的空间。

她在松江与当时极有名气的社党名士交往,常着儒服男装,与大家纵谈时势见解不俗,也和诗唱曲落笔有神。自然而然,她心里爱慕的也是才华横溢、有胆有识的豪志之人。

最初她和陈子龙情投意合，但为了投身报国，陈子龙几次北下，二人逐渐疏离，便没有未来可谈。

多年的歌姬生涯，她也算阅人无数，于这种生活早已经厌倦。她深深爱着大明，可是朝代的裂痕却不知道还要等待多久才能得到修复和平静。

男人喜欢乱世，可以一展鸿图，铁马冰河闯自己的伟业，为这个不安分的天下维持个秩序。女人则不同，希望生活得安宁，莫有战乱纷争、颠沛流离才好。

连那样孤傲的张爱玲也为胡兰成一句"现世安稳，岁月静好"而赔了一生的情。生在了这个时候，天下原本就不安稳，想再多都只是一个美好的念头。即使不信天下人，也愿蒙了耳目就信身边的他，他说了静好，这岁月的河，就算无风无波。

红妆也脆弱，经不得时光无情把人抛，催得人抬眉能见春已老。最后她给自己寻的这个人，不年轻，不潇洒，但有沉稳的味道和厚厚的踏实。

原朝廷礼部侍郎钱谦益已年过半百，归乡两年里，他很少外出，友人也不见来访，该不该冷落的都冷落了，比一盏茶凉得还要快。

冬日淡淡的午后，总让人思眠，钱谦益的半野堂却来了访客，拜帖上写着柳儒士。名字陌生，人也陌生，钱谦益好奇地来到客厅，一个正欣赏墙上字画的年轻男子看见他进来，恭敬地深深一揖，只见他蓝缎儒衫，青巾束发，看起来很是英气。但这个书生还是太娇小了些，而且眸似秋水，肤如凝脂，好像还有隐隐的暗香，正若有若无地飘过。总而言之，这个男子，俊俏得有些过。

书生顽皮，看见钱谦益打量自己的神情，偷偷笑了笑，转而正色，

也不说什么,上来就吟了一首诗:

> 草衣家住断桥东,好句清如湖上风。
> 近日西泠夸柳隐,桃花得气美人中。

这柳隐就是柳如是,其实两年前他们就已相识。那还是钱谦益刚被免去官职,失意落魄地返回常熟老家的时候,愁怀满腹无处排,年过半百,心里盛满暗淡悲凉,疲倦时落脚杭州,恰好未识佳人面,先就读到了这首诗,见到柳如是,更是生出怜爱之情。

钱谦益是有名望有身份的人,身为歌姬的柳如是不但不拘束,反而显出伶俐之态,极为放松。她落落大方,心有性情,让钱谦益顿时忘了苦闷,整个人也显得年轻了,一口气吟了十六首绝句。

温柔乡,那个女子的相貌和柔肠,果真就是一味不可置换的药。

但毕竟年龄差了太多,欢喜之情流露出欣赏,他也没敢给自己更深的念想。

西湖一别两年,再见柳如是,她女扮男装,一拜进了门,他们成了忘年交。

外面世界的纷乱全都不理了,管它来年是不是还有柳絮飘飘。他们披上斗篷,去山前踏梅赏雪,满眼雪似琉璃,梅花开得似火燃烧,却凝固着一种静,惹人情思不断。他们还一起放舟寒钓,相伴身边却不作一言,沉寂下来,如冰层暗结的水面,深处藏着永恒的温暖。

不管我们经历着什么样的寂寞,还要看心里是不是有个伴,有了伴,孤独就成了可遇不可求的意境,延伸着无限美感,沉在其中,仍然是满满的感念,没有丝毫凄寒。少了那个人,即使足不出户,也仍有千里走单骑的飘零,不能见花开花落,不能见月缺月圆。

他们氤氲了整个冬天的暖,有烧得旺旺的火炉,有滚烫的红茶,还有相对时论不完的情怀,对不完的诗词。

钱谦益怎么对如是好,都觉得不能尽兴,他选择了红豆山庄,亲自坐镇为督工,请了最好的工匠,给如是盖起了一座楼,取"如是我闻"句,将之命名为"我闻楼"。

如是,我闻。

他用心良苦。

同样是西湖边,《白蛇传》里,许仙说:"早就知道娘子是妖,她待我这样好,而世间哪里有无所求的爱情。"

难怪我不喜欢他。不相信爱情的人,永远也得不到爱,不懂爱的人,永远只能寻找爱。

白娘子被镇压在雷峰塔下,是菩萨有好生之德,引渡她的一片痴情。

一个妖,历尽磨难,修炼了几个寂寞的千年,只为了求得真身,来人间爱一场生死无怨。而人呢?周旋提防,城府深造,光阴无情划过,却不清楚自己所求为何?

这,可也算是人妖殊途的一个解说?

爱一个人,给她再多都不够。能有一个给予的机会,也是幸福。

哪怕这机会只有一次,哪怕这一次关乎生死。

欧阳克,西域人士,学了高深的武功,却没学过中原的儒家文化。他自负才调,总觉得凭借自己俊雅的外表和不凡的身手,再贞烈的女子也会倾心。所以他窃玉偷香,以此为荣耀,这样的想法只是因为他纵横江湖这么久,还没有遇见一位令他真心爱上的女子。

这个女子是黄蓉,偏偏是黄蓉,他真真切切地动了心。不只是为她的美她的俏,还有她的机灵与活泼,反正就是她这个人,没有一点儿不吸引着他。

放不下,得不到,一生纠缠。

他中了黄蓉的机关,只淡淡看着她的脸:"我早就知道了,死在你手里,我一点儿也不怨。"

黄蓉和郭靖的爱情没有让我落泪,却为欧阳克哭了很久。如此荡气回肠,宁死不负,不是为了不负黄蓉,而是忠于自己的心和心里的爱。

想那欧阳克,青山绿水间,他也是白衣纤尘不染,轻裘缓带,洒满阳光的脸上,有着玩世不恭的笑。

爱情是朵花,逢期盛开,有的还未来得及找好归处,就已寂然凋零。有的却至死不休,开得成了精,倔强地为来世的缘分点着那盏孤独的灯。

> 清樽细雨不知愁,鹤引遥空凤下楼。
> 红烛恍如花月夜,绿窗还似木兰舟。
> 曲中杨柳齐舒眼,诗里芙蓉亦并头。
> 今夕梅魂共谁语?任他疏影蘸寒流。

钱谦益一片深情。他一生经历了宦海沉浮,临老还乡却是戴罪之身,原以为余下的时日就要在不安的等待和焦灼中度过,所谓的平静只是做做样子,苦撑着名声。而他憔悴的心,早已没有人来靠近。

不知是哪一世把闲暇的时光都用来抄写经文,换来了这红颜慰苍年的相知。柳如是虽然年纪轻轻,但也有着坎坷的曾经,所以他们轻易就能把对方读懂。他们寄情于山水间,柳如是多次透露以身相许的意思,钱谦益却总是故意躲避。

给她什么都可以,到这一刻却要小心翼翼。他爱她如花似玉,舍不得未来有分离,可年龄差了三十六岁,他怕误了她的青春,她还有长长的一生可以去从容地选择。

他只要这一点陪伴,已是对天对地、对她的感激。

柳如是不是普通的女子,她敢爱敢恨,多金的公子她见过,潇洒的才子她也见过,她知道人最难得一颗真心,有这份感情在,就是喜绢上的金玉良缘。

安稳恬静的生活,是她渴望了许久的家。

一生何其短暂,与其日日写遗憾,不如把余下的时光穿成红豆,挂在屋檐下笑对清风。

文坛领袖钱谦益以大礼迎娶比他小三十六岁的青楼女子柳如是,当时的这段姻缘被时人怒斥为伤风败俗。钱谦益不在乎,柳如是就更不在乎了,总算可以为他凤冠霞帔,做他温良的妻,总算可以道一句同心白首。

婚后钱谦益忍痛卖掉了珍藏多年的宋版《汉书》,斥巨资在西湖边修筑了"绛云楼",里面雕梁画栋,藏书丰富,徐徐展开的,都是诗一样的日子。生活中他们彼此知心知冷暖,日子过得安逸宁静。

诗一样的日子总是太匆匆,大顺军攻破了京师,崇祯皇帝自缢于景山。他这个君王殉了国,引得明末遗老遗少意志都极其坚定,有人弃笔入空门,有人天下潇洒云游,还有人回归田园不理新政。

余秋雨写过:"一个风云数百年的朝代,总是以一群强者英武的雄姿开头,而打下最后一个句点的,却常常是一些文质彬彬的凄怨灵魂。"

在明末,尤其明显,而且是以女子当先,有秦淮河为证。

清军南下,兵临杭州城,柳如是虽为女子,却有巾帼男儿的忠义深情,她的民族气节可比巍巍青山贯长虹,她劝丈夫一起投湖自尽。

钱谦益贪恋红尘世界放不下,被柳如是很是讥讽了几句,只见她自己纵身就要往下跳,却被丈夫苦苦地拦了下来。

几天后,钱谦益剃了头发,降了清,并很快答应入朝为官,邀柳如是同去,她想也没想就拒绝了。

钱谦益临行前一天,他们又一次泛舟西湖上,景色还是那样美,朗月微风,轻舟小漾,然而他们却都面色沉郁,连道别的话都没有,只是几句可有可无的叮咛。

眼前还是熟悉的景,眼前的人,分明已陌生,只因为,心与心有了距离,中间要跨过的,先是漆黑的深渊。

钱谦益到京城后的际遇也不理想,只得了个礼部侍郎的闲差,与期望的差距太大,免不了失意孤零,心灰意冷。

似水流年已不在,还好有如花美眷,妻子的尺牍不断寄来,也有相思之苦,也有规劝之言,终于他决定,弃了这官袍,托病回乡。

西湖边,仍是他们安逸的家园,经过一次求仕的放逐,钱谦益已年逾花甲,也彻底断了功名的念头。

岁月还算宽厚,他们有了一个女儿,娇妻爱女,日子仿佛甜蜜如初。

他们可以关起门来,把生活过得波澜不惊,无奈却躲不开大祸临头。

钱谦益的一个门生,因写诗讽刺清廷而被缉拿,这个人激昂的情绪收不住,一不小心把老师也牵扯了进去。钱谦益被关入了大牢,柳如是还在月子里,硬是拖着虚弱的身体冒死上书总督府,要求代夫受刑。

这一举,感天动地,钱谦益只受了月余的牢狱之苦就被放了出来,从此尘世万千都变得渺小,只是这个爱着的女子,仅仅爱着还不够,还要加上敬重。

此后十余年的生活,能盛尽一生的幸福。

钱谦益八十三岁寿终于杭州,留下柳如是独自一人面对纷争。

钱谦益是有正妻的,柳如是嫁过来再受宠也只是个侧室。丈夫在世时护着,她得安乐,丈夫死后,她得到过多少宠爱,现在就要面对多少的嫉妒。

钱氏家族不容她,为了家产纠缠不休。刚烈的她解下腰里为丈夫系着的孝带,三尺白绫,结束了自己传奇的一生。一身刚烈燃成了火炬,也算是为那个她心系的朝代做了最终的送行。她就是大明留在秦淮河边的一方玉,可隐可碎,唯不可夺其志,亦不能伤其魂。

仅仅两个月,柳如是便赶赴九泉之下追寻丈夫的脚步,但是她的身后事极其悲惨,不但未能与钱谦益合葬,而且连钱家墓地都不许她进。

柳如是的墓在虞山脚下,一座孤坟,墓前石碑只一米多一点,上面刻的名字是"河东君",凄凉无处可话。

百步之外,钱谦益与原配夫人合葬一墓。

  人去也,人去凤城西。细雨湿将红袖意,新芜深与翠眉低。蝴蝶最迷离。

  人去也,人去鹭鹚洲。蒻苣结为翡翠恨,柳丝飞上钿筝愁。罗幕早惊秋。

  人去也,人去画楼中。不是尾涎人散漫,何须红粉玉玲珑。端有夜来风。

  人去也,人去小池台。道是情多还不是,若为恨少却教情。一望损莓苔。

  人去也,人去绿窗纱。赢得病愁输燕子,禁怜模样隔天涯。好处暗相遮。

  人去也,人去玉笙寒。凤子啄残红豆小,雉媒骄拥裹香看。杏子是春衫。

  人去也,人去碧梧阴。未信赚人肠断曲,却疑误我字同心。幽怨不须寻。

  人去也,人去小棠梨。强起落花还瑟瑟,别时红泪有些些。门外柳相依。

  人去也,人去梦偏多。忆昔见时多不语,而今偷悔更生疏。梦里自欢娱。

  人去也,人去夜偏长。宝带乍温青骢意,罗衣轻试玉光凉。薇帐一条香。

  她的影子,清晰地浮现在白瓷釉上,不肯依盘附瓶,而是一个恬静莹润,端庄秀丽的僧帽壶,远了这尘世,淡了箫声。

  褪去浮华,连尘埃都显得透明,永乐窑烧出的白釉瓷器,前面还要加上一个"甜",有着冷冷的光泽,隔空的爱还不算守候,要有爱的温度。

  一夕苍老,共偕白头。

平生天涯风染笑

那时日光散尽,薄雾清烟。

那时浮生未老,苍山已暮。

华北的山,秋天最有味,蔡中郎也一定是在秋天去寻鬼谷,从他的曲子里听得出来,曲里有万种风情,高远、苍凉、灭寂、怆然、浩茫……

我也是在秋天进了山,那座山,以秋为名,就在城市的边缘,保持着原始的样貌,除了假日喧哗三两天,平日里难见人烟。

这样才好,我赴秋的约,秋不负我。

已经着上长袖的衣衫,走在山间有一丝沉淀,还有一点无法言说的慌乱。也许读它的心太迫切,一乱就理不开那婉转百结。

山上的溪流依山势而下,但闻水声潺潺,悦耳如丝,却不是随时能见它的蜿蜒。它时隐时现,我在把手伸进沁凉溪水的那一刻,心里再无所求,空无一念。

秋在当下依心而生,可有可无。

一时间,茫然全部散去,此时,我是一个无邪的孩子,在山里生活了多年,或者,从来没出过这座山,任外面灯红酒绿尘世喧嚣,我都未听未见。

我只遇这山里的仙。

青花属于釉下彩,始自唐代,元代达到鼎盛,完成了由素瓷向彩瓷的华丽过渡。元青花尤以构图为佳,饱满有致,疏朗有型,主题纹饰鲜明,釉色白中含青,莹润透亮,不浮夸,也不晦涩,很是亲切,似烟水葱茏。

也是在那个时代,景德镇成了闻名中外的瓷都。当我们提到元青花,大概都会想到那件名为"鬼谷子下山"的瓷罐,在2005年7月12日伦敦佳士得举行的拍卖会上,最终以折合人民币约2.3亿元的价格拍出,创下了当时中国艺术品在世界上的最高拍卖纪录。

这件事让很多人激动不已,带动了越来越多的人关注收藏市场,也不可避免地让市场中元青花的仿品越来越多。

专家语重心长地劝告:"这里面水很深,一定要慎重而为,要学会辨别真伪。捡漏的事情总是稀少,寻得开门之器,还得靠相知相惜的缘分和留得下守得住的福分。"

狂热之下,世间熙熙攘攘,那青花瓷兀自静立着,在遥远的岁序中看着红尘聚散。

这个不同凡响的罐子直口短颈,饰水波纹,如墨色轻飘,溜肩圆腹,肩部绕缠枝牡丹,腹部是鬼谷子下山的画面,素底宽足,下部为变形莲瓣纹,整个罐子有主有次,又浑然一体。

只见鬼谷子端坐在车中,身体微微前倾,脸上神态自若。虽在途中,却无限安宁,车子是由一虎一豹拉着的,一出场就不是寻常人等。也不是帝王君主可以比拟的出尘之态,更似世外仙人,与天地万物神灵有通,越发表现出他运筹帷幄之中,决胜千里之外的胸有成竹。

车前两个步卒手持长矛开道,倒有些活泼之气。这一场面取材于元代版画,所以有民间的喜乐元素在其中,开阔之外又有轻松。

罐上还有一位英姿勃发的青年将军,纵马而行,手擎战旗,上书

"鬼谷"二字,威风凛凛,颇显气势。

此外还有苏代骑马殿后,穿着官服,衣袖飘飞,脸色凝重。

这些人物刻画得流畅自然,神韵十足,饱满生动,呼之欲出。

山色树石花间道,一样都不马虎。山石皴染得酣畅淋漓,笔笔精到,构成了一幅优美的山水人物画卷。

鬼谷子是战国时期极富神秘色彩的传奇人物,纵横家的鼻祖,原名王诩,卫国人。因在山深树密、幽不可测的清溪鬼谷定居修行,故自称鬼谷先生。

他被誉为千古奇人,长于持身养性,精于心理揣摩,深明刚柔之势,通晓纵横捭阖之术,独具通天之智。

《东周列国志》记载,他通天彻地,兼顾数家学问,人不能及。"一曰数学,日星象纬,在其掌中,占往察来,言无不验;二曰兵学,六韬三略,变化无穷,布阵行兵,鬼神不测;三曰言学,广记多闻,明理审势,出词吐辩,万口莫当;四曰出世,修真养性,却病延年,服食异引,平地飞升。"

看过鬼谷子的像,不同的时代赋予了他不同的神采,但都是长须鹤颜,衣带冉冉,带着世外超脱的逸气和豁然。在那个百家争鸣的时空里,他亦隐亦显,通天彻地,智用于众人之所不能知,而能用于众人之所不能。

他是圣贤里的奇才,凡人世界里的神仙。

我一小女子的纤弱柔肠,只盼世间永无纷战,对排兵布阵、权谋策略没有多少兴趣,言谈辩论最是不擅长,但是不妨碍我对鬼谷子先生的倾慕。我也喜欢他的号——玄微子,对他以内在心神去处理外在事物的方式存着敬意。

但是最吸引我的,还是他日星象纬鬼神不测的灵通,还有修身养性平地飞升的异能。

他的故事被写在神话中,中国古代的神话故事,从宇宙洪荒到皇天后土,凡是人们想象不出因果的,就都借助神力来解释。鬼谷子不像孔子、老子,在神州大地上往来于烟火尘俗,他是驻扎于深山幽谷中的,那个谷还冠了"鬼"的名。

山不在高,有仙则灵,那无路可通的云雾缭绕处,是神仙居住的场所。或者,在深山里修炼的,都是非人类的其他生灵。

相传,鬼谷子是东海龙女的儿子。

那时龙女和她的爱人庆隆被东海龙王压制于云梦山,因此丧命,但他们分别化为山岭和龙泉,保持着阴魂,徘徊盘踞在这里,不肯散去。而且他们还有个心愿,要借体繁衍,以为后人造福。

东海龙王在《西游记》里叫敖广,在《封神榜》里叫敖光,是神话传说里极其重要的人物,和人间往来密切。

龙的形象在古代神话中,经常出场,黄帝曾乘飞龙升天,大禹治水时,有神龙用尾巴在地上画出河道,汉高祖刘邦出生时,据说其母梦见了赤龙。

龙王不惜亲手把女儿送上绝路,无非是为拆散一段人间的姻缘,他秉的是天庭的条例:异类之间不得相恋。

看来做神仙也有做神仙的难处,再神通广大也不能动了凡念。爱而不得、长生不老反而成了最大的折磨。一起死了倒是唯一的出路,从仙籍上除名,再也不受约束,来人间相伴,一个化身青山,一个化身清泉,水绕山,山照影,给了个生生世世的约定。时光变得缓慢,纵使沧海成桑田,他们再也没有变迁。

可是，就这样，连唤她名字的机会都不能有，就这样，连碰她指尖的温度都不能够，如何不怨？

这怨在，魂魄不能散。好在他们善良，爱红尘胜过怨苍天，所以，只愿共生，福佑百姓。

时间一退，就要退到两千多年前。

朝歌城南王庄王员外的夫人怀孕已三年，却一直不分娩。初春一天的夜里，突然狂风骤起，村庄如被挟持一般，在电闪雷鸣里飘摇，窗外大雨如注，倾盆而下。

如此异象，必有不凡。人们都为这不正常的天象说长道短，忽然一个火球从天而降，直奔王夫人床前，正反各转三圈，而后化作一条小花蛇，钻入了王夫人的被子里，随之婴儿落地而啼。

可是王夫人生下的却是一个满头红发、容貌丑陋的女婴。王员外长叹一声，拂袖而去。

小女婴却自己坐了起来，说话细声细语："别难过，我会变美丽的。"话音落地，娃娃就倒下咽了气。

王夫人哭了一晚上，黎明时分，只听女婴"哇"的一声又活了过来。就着日光看过去，小女婴满头黑发，唇红齿白，十分漂亮可爱。

王员外一见也大吃一惊，心中暗自思忖：三年不坠，火球助催，紫气东来，丑女变美，是大富大贵之兆，预示王家的好气数。

于是，女孩有了名字，就叫霞瑞。

这里面的每一个关键处都不合理，不合理多了，便也不用分析。鬼谷子的神秘绝学和深山里的影子，于当时太过于不可思议，世间事已解释不清，借助天人的能力也还分量不足，一定要从前几世开始说起。

转眼十八年过去,霞瑞已出落得楚楚可人,她有大户小姐的端庄,却不是知书达理该有的依顺。她性格倔强,不拘旧礼,善于言谈,平日不但在花园里赏花戏蝶,还会偷偷去田间细问桑麻。

卦签飘零,这一年天下大旱,家里三顷的土地只活下一棵禾苗,但长势茁壮,生命力极旺,更神奇的是,风吹过后,禾苗香味扑鼻。

霞瑞姑娘因为不凡的出生而在家里很有地位,这棵唯一的谷穗就被端上了小姐的绣楼,谷穗搓开,竟然变成了一颗透明如琉璃,而且散发着浓郁奇香的珠子。霞瑞刚凑近,珠子就钻进了姑娘的肚子。

未婚姑娘有了身孕,败坏门庭,被盛怒的父亲赶出了家门。

霞瑞的出生有诸多不寻常,她也自然会把谷子成珠的事情做一番说明,身边有丫鬟为人证,虽然这事解释不通,可她家经历过这么多稀奇事,王员外应该能了解个清楚。可就在这该冷静的时候,偏偏装了糊涂,说什么都不行,就是要把她赶出去。

这是磨难加身,佛祖在拈花微笑慈眉善目,该经历的九九八十一难,少一关都到不了坦途,哪怕就一步之遥,可能也要面临千锤百炼的考验。

霞瑞也不再求情,毅然出门,带着丫鬟朝着北斗的方向,走上了天涯路。

两个弱女子风餐露宿走到了黄河岸边,遇见了一个和蔼的婆婆,婆婆给饥寒交迫的她们拿来了热腾腾的蒸馍。一番对话后,婆婆亮明了身份,原来她是西天老母,候在这里多时,为了给她们点化明路。

所有的不合理都有了解释,原来,霞瑞正是龙女的化身,她吞下的珠子是庆隆的精髓。

前缘说得,后面关乎天机,说起来就要含蓄那么几分。婆婆在离开之前留下一首诗,并告诉她们,可暂时到临漳谷子村寄身。

在谷子村,霞瑞和丫鬟过了几个月安静的生活,临生产时,西天老母把她带到了云梦山的一个水帘洞里。

洞前青山参天,野藤缠绕,蝶飞莺戏,晶莹的水珠如时间一般滴滴而落,就是天成的珠帘。那洞外已远了尘世,近了仙府,峰峦叠翠,云雾濛濛,林木葱郁,气象万千。

就在这个地方,鬼谷子诞生。

那是隐世高人居住的地方,适合修炼,适合与天地对话,观星斗眉目。

相传鬼谷子有隐形藏体之术,通混天移地之法,能脱胎换骨,撒豆为兵,还能揣情摩意,纵横捭阖。

传说里鬼谷子是有师父的,他的师父当然最后升了仙。他们在深山相依为命九年,临走时师父留给他一本天书,鬼谷子小心翼翼地打开看时,里面从头到尾居然没有一个字。

他正着看倒着看,用水淋,用火烤,就差没有挫骨扬灰了,百思不得其解,还是没有找到玄机所在。

有一天夜里,他辗转反侧还想着这件事情,忍不住又一次打开看。火把燃烧着,有松香的味道,这时候,竹简上金光闪闪,一行行蝌蚪文渐渐浮现出来,鬼谷子一口气读下去,这竟是一部纵横家书,讲些捭阖、反应、内楗、抵峨、飞钳之术,共十三篇。

读完之后,他心里豁然开朗,忍不住拍案叫绝,脑海里浮现出真实的场面,境界开阔了许多。

他带着疲惫睡去,第二天再看天书,上面又是一字都无。

鬼谷子思来想去,认为这本书应属阴性,见日则不显,奇书必须有其奇特之处。

可是挨到了晚上再去看,字是出现了,却非昨日的那篇,纵横之言全不见,上面呈录的是兵家之事。

后来,他把纵横之术传给了苏秦、张仪,把兵家之法传给了孙膑、庞涓。

第三夜看到的是致富之道,讲"将欲取之,必先与之",此法后来传给了计然、范蠡等人。

第四夜看到的是《养性修真大法》,主要讲述《本经阴符七术》,后来此秘诀传给了茅蒙等人。

第五夜出现的是推命相面术,里面讲天武经、命数、面相及人生祸福,后有《李虚中命书》,即署名"鬼谷子撰,虚中注"。

此后每夜一读,每次都是一部新书,网罗了所有想得到的和想不到的,可以说是无所不有,而且取之不尽用之不竭,这样的宝贝,有史以来也就下凡了那么一次。

鬼谷子懂得太多,门下学生分门别类各学所长,他与天下有隔,天下却从来不少关于他的传说。我们在中学课本里就看到过苏秦和张仪的风采,孙膑和庞涓的故事更是从小就听说。

当年的战国七雄,各据地势称霸,大小征战从不停歇,苏秦凭其三寸不烂之舌,合纵六国,配六国相印,统领六国共同抗秦,显赫一时。而张仪同样是用其谋略与游说技巧,将六国合纵分崩离析,为秦国立下显赫功劳。

他们的事迹和辉煌都难以复制,诸子百家中,鬼谷子带来的,是个别样传奇。

庞涓听说魏国正高俸纳贤,于是动了心,鬼谷子让他出去摘一朵花,庞涓就在门外摘了一朵马兜铃。这种花一开十二朵,鬼谷子告诫庞涓:"你只有十二年富贵。"这花采于鬼谷,见日而萎,正好是一个"魏"字。最后他送给庞涓八个字:"遇羊而荣,遇马而卒。"果然,最后庞涓命终于马陵道,被万箭穿身。

鬼谷子先生早年也曾周游列国,欲求闻达于诸侯,然而仕途不顺,最后自成一派,隐于朝歌鬼谷,著书立说,并广收门徒,同时悟天修道,传说在世间活了好几百年,后来不知所终。

鬼谷子在人间一住那么久,皆是寂寞高处,跳出三界外,不在五行中。他尚在世间行走时,人们就已把他位列仙班之中,他的所学绝对不光是得助于那本天书,但跟他在山林里避世隐居一定有着必然的关系。

山间岁月总是悠然,枯自枯,荣自荣,不碍黄绿踏时节,静得不知归属,笑看人间匆忙。

到了东汉末年,蔡邕带着他的焦尾琴,循着早已荒草丛生的小路入青溪,走到山谷的最深处,去探访鬼谷遗迹。

"邕性沈厚,雅好琴道。熹平初,入青溪访鬼谷先生。所居山有五曲,一曲为制一弄,山之东曲,尝有仙人游乐,故作《游春》;南曲有涧,冬夏常渌,故作《渌水》;中曲即鬼谷先生旧所居也,深邃岑寂,故作《幽居》;北曲高岩,猿鸟所集,感物愁坐,故作《坐愁》;西曲灌木吟秋,故作《秋思》。三年曲成,出示马融,甚异之。"

这五曲共称为《蔡氏五弄》,到了隋朝,它被隋炀帝钦定为考取进士的必考科目。

元青花鬼谷子下山图罐上的将军就是苏代,也就是苏秦的弟弟,"鹬蚌相争,渔人得利"这一成语就出自于他。

"鬼谷下山"的故事出自《战国策》,说的是战国时期,燕国和齐国交战,为齐国效命的孙膑为敌方所擒,他的师父鬼谷子前去营救。

这个瓷罐在瓷器史上占据着重要地位,其艺术价值不可估量。画面再丰满,看在眼里的也就是这么简单,疏处走马,密不插针的美感还得要品。

它让众人瞩目,更多的原因还是那个上亿的价格。

不用知道元青花藏了多少秘密,曾有怎样的兴衰,也不用太关心这一虎一豹拉着车,到底是怎样的来龙去脉。只"元青花"这三个字就充满了无限诱惑,它代表着几辈子的富贵。

电视上近年来正风生水起的鉴宝类节目,不管走到繁华都市还是宁静小镇,都不乏元青花的影子。多少人来了急于问个真假,价值几何,而问及喜爱程度,还是那个让人不忍责备的答案:是元青花就值得。

它连城的价值,人们已经说不上几许分明,而它不断被放大的价格,让历史里的青花瓷,把自身的美和承载的故事,都无奈地藏了几份。

也许是生活的节奏太快,而压力又太大,没有宁静从容的心来生活,又如何以空灵之心与历史对话?赏不出的意,一定是在哪个环节有了失落,最可能的,就是心里的浮沙还没有被安置在海角天涯。

什么时候能静下来,能欣赏青花瓷的美,能听古乐带着远山的风声,能放下手中的忙碌,去山里,遇不到高人遇不到仙,但可能稍有停顿,就遇见了自己。

那个时候再回来看,青花的一笔一画都想描画,故事里的纷杂喜乐,都想用心一一地去体味。再面对这上亿的瓷器,只会由衷庆幸,人间有它，与我牵挂。

我在芦苇丛里走过，身上扫过柔软的芦花，跪在溪流边玩水，笑起来眼神清澈。秋山的美这么简单，简单得连灵魂都变得轻渺，好像一阵风过就可以飞起来。山上多是藤缠树，还有一大片藤海，站在山顶往下看，绿色的屏障给人以极大的震撼。什么都不想说，由着心飞跃，与天、与地、与风、与自然亲近。

山花簇簇，开得不管不顾，有没有人来赴花期不重要，重要的是盛开曾是一个诺言。我心疼地看着它们，怎么就如此不分时节，一场寒来，谁能顾惜？

我的手指变得笨拙，却朗目柔情，顾盼生姿。没有一期一会，只有一时一逢，因是深秋，所以才更拼了性命地开，此花开过，再无后继的等待。

请原谅我小女子的多情，柔肠以对世间天地葱茏。是珍惜啊，我知道花谢花开，寒来暑往，都是命中的注定，与其哀叹，不如欣赏路过的风景，施施然走过最美的宿愿。

化刻骨，为永恒。

我离去时，余香绕身，气息不散。

不到禅语不知休

无声的雨,该用心听吧。

看官俱未到,独自在此,说与谁听?

近来的雨总是无常,一片云就是一片潇潇,风来即散,水洗碧空天青色,不误傍晚时的霞光。夕阳西下,层层漫卷如火烧,似是天庭的宅院里,也燃起了唤人归巢的炊烟袅袅,让凡尘的脚步跟着慢下来,心里莫名地有了想念和忧伤。

转身时,眉梢眼角,略有不安,好像一怀心事就要被他人洞穿。却只有自己清楚,这份动荡,亦美亦妙,宛若小扣柴扉的门环,不等开启,已有暗香绕墙而来。连同着里面清幽的曲调,宫商在指间,闻之已是欣然。

"呦呦鹿鸣,食野之苹。我有嘉宾,鼓瑟吹笙。"一刹那九百生灭,闭目就是千年又千年,那些且吟且唱、且诗且歌的曾经,转瞬到了身边。或许,这些烟雨情怀、红豆诗篇,一直都在岁岁年年、寒来暑往、沧海桑田间,从不曾走远。更多的时候,是我们只顾着向前,乱红迷眼,又恨缘浅,忘了停下来,用一个片刻,看斜阳在戏台,如何持着琉璃盏,把人间悲欢,唱到阑珊。

是谁弹着一首《幽兰操》,在我刚刚避雨的屋檐,铜铃下的美人椅上,放着我古老的诗卷。清风不识字,却是往昔笔墨情怀的旧相知,它告诉我"蒹葭苍苍,白露为霜",又让我知"长相思,催心肝"。

梦寐沉醉,神魂出游,忽然就怀念起那抹琴弦上的白月光。梨花院落,片片清凉,尘世里打磨过,柔肠里思念过,脱口还是人如初,情如故。只当风月刻骨隔忘川,此时握住的那一把,全是闲情。

靠在窗边听雨,隔着窗,声声点点,不单调,怎么也不厌。

不厌,是因为随着这声音思绪早已远去。心一点点地沉下来,又像笼了一层水汽,无端地就惆怅了。想什么都带着一丝伤感,那些久远的人或者事。或者心情,如此浮现出来,不是晾晒,连回忆都谈不上。似乎就是要撞这雨期,就是要这样相逢,看谁路过携了一把伞,撑一个可以微笑的花好月圆。

有雨,总是好的,让节奏慢下来,让目光可以穿越秋水。都说秋雨愁人,其实,在这雨里,幽怨也可寄三分。

雨是有情的,所以才来人间。

草衣道人王修微,明末的一场雨。金陵,秦淮河,她不在八艳之中。

她是广陵人氏,家境贫寒,七岁那年父亲因病去世,一家人彻底断了生路。又值末年乱世飘零,修微年纪最长,经人介绍,换了银两,入了青楼。

这一去,是花花世界最深处,她天资聪慧,貌美温柔,自然得到了最好的调教。她也刻苦用功,短短的几年,琴棋书画诗词舞蹈曼妙歌唱,熏就了这佳人的千般妩媚万种风情,还有一点思想。

长大后的她,并没有把自己锁在秦淮岸边的高楼上,也不在意与莺莺燕燕争个高低。这边万紫千红开遍,由它总是春,她只习惯了扁舟载书,乘兴而去。只要有念头,就能在路上前行,与当时的文人雅士频繁交往,渐渐地,她的才名已飘落四方。

漂泊不是最终的选择,只是无奈的过往,年轻女子的心思大多相同,她也一样。知道自己的身份,不敢有过多的奢望,只盼遇一良人,为她脱了乐籍,低眉进门,做一个可长相守的妻。

她的姐妹个个名声不浅,也都有这么一个微薄的愿,可是坎坷曲折太多,总难走到最后的圆满。世道对她们不公,从踏入青楼的那一刻起,就已先定了终生。

其实她们没想过高攀,只想要个安定。

紫霞仙子在幽幽回忆:"我的意中人是个盖世英雄,有一天他会踩着七色云彩来娶我,我猜中了故事的前半截,却猜不出故事的结局。"

诗友往来中,她认识了明末儒将茅元仪,这人能文能武,志向远大,闲谈之中两情相系,彼此都是侠士风范,很快成了亲。

这一段姻缘太潦草,不知道是具体情节旁人不知,还是刻意隐去,反正在钱谦益给她写的小传里丝毫不见这一行。只有在明代诗歌集里,介绍她的时候有一句:"初归归安茅元仪,后归华亭许誉卿,皆不终。"

然而残缺与残缺也可有着天差地别,与茅元仪的结合更像是人生的一个台阶,即便没有足够的深情面对日后的烟火,尽管匆匆遇,又要匆匆离别,但还是这个男人把她带出了青楼,给了她这个从良的机会。

没有爱情,还有那么一点感激。

她也越来越多地看到了姐妹们的辛酸委屈,越来越向往简单的清静。王修微开始潜心向佛,平时也不再佩戴首饰,只是素衣布袍,执一个拐杖,风雨江湖,情系山水。她游历江楚,登大别山,眺黄鹤楼,望鹦鹉洲,谒玄岳,攀天柱峰,溯大江上匡庐,访白香山草堂,还有幸见到了明代四大高僧之一的憨山大师。

就像她在自己的《樾馆诗》自序中写的那样："生非丈夫,不能扫除天下,犹事一室。参诵之余,一言一咏,或散怀花雨,或笺志水山。喟然而兴,寄意而止,妄谓世间春之在草,秋之在叶,点缀生成,无非诗也。"她甚至在西湖边给自己修建了墓穴,从此自号草衣道人。仿佛给自己开了一剂药,来面对红尘无望的苍茫。

本以为一生这样就好,无牵无挂,也没那么多烦恼,一心一意修来生。

可是,这一生,尘心纵已断,尘缘尚还未了。

心不在红尘,人在江湖。

钱谦益记载,当时的情况是:"偶过吴门,为俗子所嬲。"后面这个字,是调戏的意思。

这个人叫许誉清,万历四十年的进士,儒家门生。崇祯年间国政不稳,他数次上书进谏朝廷,可见骨子里也有浩然正气。钱谦益这样的叙说,总觉得有些刻薄了。

钱谦益和王修微是多年好友,他和柳如是也是经由王修微介绍认识的,在他们的婚姻中,王修微有着不可忽略的作用。也许因此对她总存了那么一份感激,所以钱谦益大概觉得王微修更适合单身,过她无拘束的日子。受过一次感情的伤害,何苦再这么草率,两人相识不深,毕竟偶过吴门的偶字是真。

在钱谦益的眼里,王修微已是修佛之人,许誉清偏把她往凡俗里拉,所以他才用了那么一个严重的字眼,并不是特别针对他的人品。

敢于进谏的人,都是置生死于不顾的。国运动荡,英明之君自有把握,脑子转不利索的多半常常心烦,若再有人不厌其烦地再三来说这里不对,那里有问题,应该如何如何,赶上皇帝脾气一上来,许誉清就被免了官职。

王修微选择了与他同甘共苦,她是他危难时最坚强的伴。她一边整理自己的诗稿文集,一边协助许誉清编辑他当年上疏的奏文《三垣奏疏》三卷。

日子过得清苦,倒也没有了更大的危难,可外面奔波的人那么多,明朝还是亡了国。

三年后,年刚半百的王修微病逝,许誉清悲痛欲绝。亡国的痛可忍,失爱的心不能留,安葬好王修微后,许誉清放空了手,剃度出家为僧。

各寻了各的归路。或者,各得了各的归处。

明末有多少鲜媚的生命,驻扎成了明朝繁盛的釉里红。红得隐忍,不张扬,也没有锋芒,却让人牵肠挂肚。

釉里红烧制难度大,过程复杂,对窑温和窑内气氛要求极为苛刻,要求那时的古人要在一千多度的窑温中掌控正负五度的差别,所以成品率极低,以至于明中后期釉里红一度失传,故有"千窑难得一红"之说。

釉里红瓷器创烧于元代,盛行于明朝,这和开国皇帝朱元璋有着密不可分的关系。他信奉阴阳五行,近朱为赤,认为朱姓属火,而且当年正是投身于红巾军打下了江山,这也是朱家王朝的吉祥色,因此以红色为贵,并颁布天下。

那个朝代情有独钟的颜色,浸入了末年一个又一个的传奇。

故事看到这里,心里仍然不能澄明,有一点飘零,挟裹在兵荒马乱的三千烽烟里,片刻无踪,岁月无影。

明末还有一个被称为"学海"的人叫傅青主,比王修微晚出生十年。我曾想象,江湖的纵横中,他们是不是有过相逢。

傅青主通晓释老经史,因恨未能救得妻死,立誓救天下女子。他著有《傅青主女科》,书法被推明末第一,绘画是丹青妙手,以剑法和拳术名闻当下,被梁羽生写进了《七剑下天山》。

可是,即便有过相逢又如何?给她开了方子又如何?医者,意也,看的是病,交流的却是命。红尘是道场,季节里有最深阔的禅机,中药里的"引子"常变常奇常含天意,没有哪个药方可以积年累月地吃下去,还要根据时日情形透一点天机。

看过鲁迅先生的散文,他写有个久治不愈的病人,找到了圣医,医生只在他的药方上加了一味"梧桐叶"做药引,只因为正是秋天,梧桐最先知秋气。只一剂,大病痊愈。

还有的需用"蟋蟀一对",这蟋蟀也不能寻常,须得"是原配,即本在一窠中者"。鲁迅先生感慨,昆虫也要贞节,否则连做药的资格也丧失了。

他是学医的人,也信自然的灵,病总不去,可有什么冤愆?这也许是前世的事。

注定人生的路不能停歇,有人远远地过来,只是擦肩,有人相逢一笑,从此天涯两茫茫,有人和你并肩,只到了下一个路口,挥手说再见,有人走着走着就消失不见。有人可以陪一程,但只有很少的人可以陪着你走完长长的一生。

立秋那日,天高云淡风轻,昨夜还缠绵的闷热悄然无踪,推窗就是心旷神怡。无须渲染的过程,那份阔朗舒爽已随呼吸潜入,转身便是岁闲人静,意念里油然而起情思,就算片刻,也足以触动怅惘。

梧桐一叶落,天下尽知秋。心里闪过这句话的时候,我的身边并无梧桐树,然而看着如洗的碧空,却似看到一枚还未完全老去的梧桐叶,悄无声息地坠落,身如蝶,美若惊鸿,一瞬伶仃,一别永恒。

它惊的是红尘,或许,这就是它的使命,在某个星宿的见证下,守护它与秋天不离不弃的约定。沧海桑田千年暗换,它在流转里安宁无恙,不染风月铅华,悟透了缘分的落落空寂,就这么守着初心,陪秋醉一年又一年的相遇,肝胆相照,孤光自洁。

梧桐是我国有诗文记载的最早的著名树种之一,"凤凰鸣矣,于彼高岗。梧桐生矣,于彼朝阳。"《诗经》里吟唱着它的高贵与不凡,其后的《尚书》《庄子》《吕氏春秋》等先秦文献也都提及梧桐树,记载它是神鸟择定可在红尘栖息的良木。不知远古时的哪位高士得了神通,夜观天象,日行万物,于秋风浩浩的涤荡中,洞悉了梧桐的秘密,藏在书简中。于是真龙天子都喜欢梧桐树,帝王之家多有种植,以求祥瑞安泰,亦图福运久长。

历史的册页越积越厚,跳出浮生回看岁月的长河,已知除了当下,一切注定成空,再多的权势与富贵,也换不来片刻永恒。人生短暂,赏心乐事的欢愉太少,花开无百日,落叶又西风,梧桐树下的凋零飘进心里,一派凄凉境况。

古老阔大的梧桐树下,有一个美丽的女子,瘦影泪目,长发随风,双手合握在胸前,连落叶也不能将她惊醒。她正想念着春天夜凉如水,紫花簇簇,那个宛如枝头新芽般温柔的梦,她静卧在情郎膝上,盈盈楚楚,娇俏可怜。她笑比春风,看着萤火璀璨,暗自许下一生的愿:"侬作北辰星,千年无转移。"后来挨不过分离的苦,追郎到异乡,与他比邻而居,他却已有了同床共枕的妻。如今,梧桐依旧生门前,她最远只能走到树下张望,季节已换,相遇秋风,一片一片叶子寂寞地凋零,世间万物,在她眼里,都成了酸楚。

她叫子夜,留下哀婉凄凉的长歌,纵后人燃起篝火,仍化不了那份凉薄,也说不出劝慰的话。或许这故事太过苦涩,然而子夜朝暮的相思里,自始至终不带一丝恨意,缱绻都是爱的表达,题写在梧桐叶上,一传千古,岁岁重生,惹得后来人多少附和。

古代传说里,梧是雄树,桐是雌树,它们同生同长,同老同死,根脉相系,枝叶相依,古诗里有"梧桐相待老,鸳鸯会双死"的句子。从先秦时起,梧桐便被认定是恩爱忠贞的树,象征最牢固的情感和最浓烈的誓言。子夜在她的歌里吟唱,孤独里守着梧桐,让它做个见证,这便是初衷。

梧桐天生知世情,必然懂得,赴一场烟火爱情,是凡俗众生避不开的宿命。张爱玲遇见胡兰成,所有的傲气都成了桃花水,放下清高身段,就是个寻常爱着的小女子,情愿为他嫣然百媚,在相伴的辰光里沉溺到地老天荒。那些日子是绣满花团的锦缎,胡兰成说:"桐花万里路,连朝语不息。"然而彼此内心的触动,用遍最精致的字眼也形容不尽。

这场惊动了三世十方的热恋,相逢就是海枯石烂,也是传奇女子张爱玲唯一的爱情,没有人比胡兰成更懂她的前世今生,胡兰成扼住了她的情脉,说她是民国世界的临水照花人,迷人到心疼。

后来散落在世界的两端,年年桐花,代替他们相会。人生面对如此的爱,只能任它流淌,无须救赎,再重来,也不更改。

因为太过熟悉,反而太多的人不知道,其实,梧桐本就是一味药材,全株皆有药用,以祛风除湿散毒为主,还治须发早白。有人恨生活平淡无奇,不妨煮一壶梧桐,补俗念里的贪嗔痴妄,安静地和身边人,慢慢把日子过老,就是莫大福报。

苏州的叶天士是著名的医学家,他神悟绝人,常有妙方。邻居家的妇人难产,因他不在家,所以邻居去街上找别的大夫开方子,回来时碰上叶天士,就把药方给他看。这时刚巧一片梧桐叶从枝头坠下,叶天士捡起来嘱咐邻居煎药时放进去,没过多久,树下喝茶的叶天士就听到了隔壁传来婴儿响亮的啼哭声。

这件事被很快传来了,并被别的医者当成秘方记在宝典里,逢有难产之症便用上。叶天士听闻后笑着摇头,那日正值立秋,适见梧桐叶落,顺势取其得秋气之先,物遇之,得脱落,寻常日子,怎能管用?

原来时节之气才是天道,看不见摸不着,却在一枚梧桐落叶里积蓄了力量,不早不晚,化身成了秋天寄给人间的名帖,也是四季轮回里自带的药方,医旧梦,疗霜月,让人学会自己读自己。

"梧桐更兼细雨,到黄昏,点点滴滴。"入了秋的雨,一场寒侵,一地别离,梧桐叶子宽厚,冷雨敲打了再坠下,就像惹了多情的人心,徘徊了愁肠,还要把一怀寂寥,独自咽下。

李清照多次在词作里写到梧桐,尤其是在她的晚年,每有怀念,必见梧桐。那时赵明诚已经离世,她除了寂寥,还有冷清,无处可诉时,也无人可等了,好在从故里到异乡,一直还有梧桐在窗前,听她叹一句愁怨,把心弦弹一弹,就像老友对坐,也像爱着的那个人,还未走远。

她说:"梧桐应恨夜来霜。"可是梧桐本不惧,四季轮回,循环往复,于它无伤。若有恨,也是它慈悲心起,怕千古伤心人,在它身旁,碎了柔肠。

时光填海,止水为岸,一树梧桐半生情,千里正清秋。我不顾寒露,往来霜月,只是为了出门去捡一叶梧桐,回来熬煮成药,医相思不白头,心事有人收。

繁华如管弦,再美的曲子也会有终点,更多的时候,只素雅成角落的一个守候,你的目光在,她就在,你的目光不在,她就从尘埃里隐起来。水风过境,几忆清凉,渐行渐远的日子,再回首,还有斜影相随,沉淀下来的,却不是心里的一层沙,而是一朵花,静静开过。

听着曲子,忽然就觉得曲子也孤零,从来没有填过词,那一刻,心里却是澎湃的深情。于是笨拙地尝试着倚声拈字,也仿佛在配一味药,医这一时一尘的景,时光瘦,浮生浅,含笑自得。

送人归。也唤人回。

薄雾引红尘微凉

遗落过往成殇

我独自红袖拈香

月色寂寥

情深隐丹青苍茫

诗酒年华锦瑟扰

只含泪　笑天下　潦草

慕君笔下有桃花

开到风流自忧伤

红笺小字书惆怅

记忆泛黄

三月烟花为谁放
横笛吹彻语无双
酬知己　不思量　淡妆

念离骚　难解这温婉模样
却留白　隐约词句三两行
苔痕上粉墙
落笔在画堂

一夜红烛不知晓
冰冷眼神安祥
独舞成妍断回望
慈悲一场

弹不尽角徵宫商
伴孤飞飘零绝望
心枯冷　剩情字　难了

似当年　初相逢烟波浩渺
落云端　惜前尘饮尽悲壮
犹记小轩窗
泼墨卷一方

若有来生如何好

你亭前醉长箫
花瓣沾衣日相绕
一夕苍老

为所思驻足凝望
豆蔻梢头春欲放
旧时光　在醇酿　缥缈

你临壁濡墨挥毫
陌上低吟浅唱
我依栏此生静好
慰君轻狂

听弦断茫然罗裳
闲绣榻独对斜阳
且相思　且断肠　未央